dtv
premium

Vanessa Roggeri

DAS WILDE *Herz* DES *Wacholders*

Roman

Aus dem Italienischen von
Esther Hansen

dtv

X

MIX
Papier aus verantwortungsvollen Quellen
FSC® C083411

Deutsche Erstausgabe 2015
dtv Verlagsgesellschaft mbH & Co. KG, München

Titel der italienischen Originalausgabe:
›Il cuore selvatico del ginepro‹

Umschlagkonzept: Balk & Brumshagen
Umschlaggestaltung nach einem Entwurf von
Wildes Blut, Atelier für Gestaltung,
Stephanie Weischer unter
Verwendung eines Fotos von Trevillion
Images/Maurizio Blasetti
Satz: Fotosatz Amann, Memmingen
Gesetzt aus der Haarlemmer 10,5/14˙ und Poetica
Druck und Bindung: CPI – Ebner & Spiegel, Ulm
Gedruckt auf säurefreiem, chlorfrei gebleichtem Papier
Printed in Germany · ISBN 978-3-423-26061-9

PROLOG

Das Dach war an mehreren Stellen eingebrochen. Im Hof wucherte hoch das Unkraut. Ich, mein älterer Bruder und meine kleine Schwester standen reglos unter dem großen Tor und sahen uns bekümmert an. Vor der Reise waren wir uns unschlüssig gewesen, was mit dem Geburtshaus unserer Mutter geschehen sollte. Deshalb hatten wir den Ort sehen wollen, wo sie geboren und aufgewachsen war, um herauszufinden, was nach ihrem Tod noch von ihr blieb. Doch nun, angesichts dieses trostlosen Verfalls, fühlten wir uns plötzlich leer, verloren, als hätte unsere Reise ihren Sinn eingebüßt.

Durch das Meer aus Unkraut bahnte ich mir einen Weg bis zur Haustür. Eine Stimmung friedlicher Verlassenheit lag über dem großen Haus der Zaras, eine so vollkommene Stille, dass ich den Widerhall meines Herzschlags hören konnte. Das Anwesen meiner Vorfahren musste früher einmal sehr prächtig und gut geführt gewesen sein. Schritt für Schritt ging ich darauf zu, während ich mir vorzustellen versuchte, wie meine Mutter hier als Kind gespielt hatte. Und plötzlich, in diesen Augenblicken, fanden Fragmente alter Geschichten, die den Rahmen meiner Kindheit gebildet hatten, auf einmal zu neuer Form und Gestalt.

Meine Mutter hatte es geliebt, uns Kindern Geschichten

zu erzählen. Durch ihre Augen hatte ich eine ganze Welt erblickt, und in ihrer Stimme hatte ein Zauber gelegen, der uns einspann in ein feines Netz aus Träumen. Doch erst hier und jetzt, als Erwachsene, nachdem der Nebel meiner Kindheit sich gelichtet hatte, und mitten im Hof der Zaras, verstand ich, dass es keine reinen Fantasiegebilde gewesen waren, sondern dass sich in ihren Geschichten eine unendlich härtere Wirklichkeit und wichtige Dinge verborgen hatten. Dinge aus der Vergangenheit und dem Leben meiner Mutter, die auf einmal alle einen Sinn ergaben.

Wie von einer tröstlichen Wahrheit gewärmt, drehte ich mich um und blickte in das ernste Gesicht meines Bruders und die tränengefüllten Augen meiner Schwester. Wer mich in diesem Moment gesehen hätte, wäre wohl überzeugt gewesen, dass ich nicht zur Familie gehörte, dass ich keine Tochter Lucia Zaras war, die ihren Tod betrauerte, denn auf meinem Gesicht erschien ein Lächeln.

In ihren letzten Lebensjahren hatte meine Mutter häufig gesagt, dass das Haus in Baghintos ihr irdisches Erbe für uns Kinder sei. Sie hatte sich daran geklammert, als sei dies ihre einzige Kraftquelle, ohne zu ahnen, dass sie uns längst etwas anderes, ganz und gar Wunderbares hinterlassen hatte.

Nein, das Erbe unserer Mutter war nicht dieses leere Haus. Wir hatten erst den langen und anstrengenden Weg in dieses gottverlassene Dorf zurücklegen müssen, um zu begreifen, dass ihr wertvollstes Geschenk Mutters Geschichten waren, die Lehrstunden dieser starken und mutigen Frau. Und dieselben Geschichten erzähle ich heute meinen Kindern, und diese werden sie eines Tages an ihre Kinder weitergeben, sodass der unsichtbare Faden, der uns alle verbindet, niemals abreißen wird.

1

Baghintos, 31. Oktober 1880
Die Nacht auf Allerseelen

Tzia Mercede war nicht sonderlich groß und rund wie ein Laib Brot, doch ihre Arme waren stark und wussten ein Kind aus dem Bauch der Mutter zu ziehen, wenn der Moment dazu gekommen war. Schwarz wie ihre Röcke und ihr mit violetten Blümchen besticktes Mieder war das Kopftuch, das sie so straff unter ihrem Kinn geknotet hatte, als wollte sie damit all die Geheimnisse festhalten, die sich in ihrem Kopf verbargen. Sie war wie ein uralter Olivenbaum, der zwar keine Worte kannte, doch schon vieles gesehen hatte, und in dessen Blättern und Zweigen die Weisheit wohnte.

Seit Severino Zara sie am frühen Morgen hatte rufen lassen, stakste die Hebamme nun schon auf ihren kurzen Beinen durch das Haus der Familie Zara und erteilte Befehle an jeden, der ihr über den Weg lief, doch der Säugling im Bauch von Assunta wollte noch nichts davon wissen, auf die Welt zu kommen.

Dieses im Hause Zara bevorstehende Ereignis war indessen alles andere als glücklich, es wurde vielmehr gefürchtet. Jeder in Baghintos hätte es lieber gesehen, wenn es nicht zu dieser Geburt gekommen wäre.

Als Tzia Mercede nun wieder das Zimmer der Gebärenden betrat, unterbrachen die Frauen, die einen Kreis um die große geweihte Kerze gebildet hatten, ihre gleichförmige Litanei. Die Augen so groß wie ein Adler, der den Hasen aus seinem Bau zerrt, bekreuzigte sich Tzia Mercede.

»Weitermachen, ihr müsst immer weitermachen!«, ermahnte sie mit ernster Stimme die Nachbarinnen der leidgeplagten Familie. »Betet, betet den Rosenkranz, von Anfang bis Ende. Und wenn ihr fertig seid, fangt wieder von vorne an! Wir dürfen nichts unversucht lassen. *Deusu ci gastidi,* Gott steh uns bei.«

Im selben Moment klopfte es, und eine junge verschüchterte Magd brachte einen Stapel Laken. Cesarina, so hieß sie, hätte gern auf der Stelle kehrtgemacht, um im schützenden Dunstkreis der Ysop-Blätter, die in der Küche neben dem Kruzifix über der Feuerstelle hingen, ihren Pflichten nachzugehen, konnte jedoch der Versuchung nicht widerstehen und warf, mit einem Fuß schon auf der Schwelle, einen Blick auf ihre qualvoll in Schmerzen und Angst liegende Herrin. Um ein Haar hätte der Anblick ihr die Sinne geraubt, und so flehte sie zu sämtlichen Heiligen, dass wenigstens einer von ihnen sich ihrer Seele erbarmen möge.

»Aus dem Weg, Eselin!« Tzia Mercede schubste das Mädchen hinaus und eilte zum Kopfende des Bettes. Kurz musterte sie Assunta, die stumpf an die Decke stierte und in unaufhörliche Gebete versunken die Lippen bewegte, dann beugte sie sich zu ihr hinab.

»Heiliger Sisinnius, macht, dass es kein Mädchen wird!

Macht, dass es kein Mädchen wird! Ich flehe Euch an, heiliger Sisinnius, macht, dass es kein Mädchen wird! Erweist mir diese Gnade, nur diese eine Gnade!«

»Recht so, recht so, betet zum heiligen Sisinnius, dass er Euch gnädig sei«, bestärkte die Hebamme die werdende Mutter.

Pechschwarzer Himmel und blitzgeschwängerte Erde: Draußen wütete ein gewaltiges Gewitter. Tzia Mercede schob einen zweiten Dreifuß umgedreht unter das Bett der Gebärenden.

»Küsst das Andachtsbildchen des heiligen Sisinnius, tut mir den Gefallen … Und noch einmal. Legt es Euch auf den Bauch. Es muss die Haut berühren.«

Die Hebamme nahm eine Schüssel mit Weihwasser und benetzte Assunta damit unter Beschwörungsformeln wie ein ausgetrocknetes Pflänzchen.

Kurz darauf gellte ein Schmerzensschrei durch die Luft, der bis an die Dorfgrenzen von Baghintos zu hören war, so als wollte Assunta das Donnergrollen übertönen. Als hätte ein Blitz sie getroffen und ihr Fleisch gemartert.

»Der Lump will heraus, möge die Gnade des Allerhöchsten uns vor ihm schützen! Schieb ihn raus, meine Tochter! Los, schieb ihn raus!« Tzia Mercede krempelte die Ärmel hoch, um im richtigen Moment das hervorzuziehen, was da ans Licht kommen wollte. »Gut so, sehr gut!«

Noch mehr Schmerz, noch mehr Blut. Bis endlich, nach langem Leiden, Tzia Mercede etwas fand, was sie ordentlich packen und herausziehen konnte. Zuerst ein Köpfchen mit schwarzen Haaren. Dann einen violetten Leib. Es war geboren. Jetzt galt es, keine Zeit zu verlieren. Tzia Mercede packte es an den Beinen und hob schon die Hand, um ihm mit einem Klaps zum ersten Atemzug zu verhelfen. Doch dann hielt sie inne, steif und bleich, wie zur Salzsäule erstarrt.

Assunta hob mühsam den Kopf und blickte sie an, mit aufgerissenen Augen, den Mund vom Keuchen noch geöffnet.

»Ist es … ein Mädchen?«

Die Angst vor der Antwort raubte ihr die letzten Kräfte.

Doch Tzia Mercede schwieg. Und wollte dem Kind auch keinen Klaps mehr versetzen. Dieses aber schaffte von sich aus das erste Wimmern und begann nun, stark und lebendig wie ein Tierjunges, unbändig zu strampeln, als wollte es sich selbst auf die Füße stellen.

Um ein Haar hätte die Hebamme es fallen lassen. Ihre Miene war düster, ihr Blick auf einen Schlag uralt und in weite Ferne gerichtet unter Gedanken, die man lieber nicht streifte, denn sie waren hässlich und drehten sich um Dinge, so schwarz und unheilvoll wie die Nacht.

»Es ist zu spät«, sagte sie schließlich mit dünner Stimme und legte den Säugling auf das Bett, ergriff eine Schere und schnitt ein Stück Nabelschnur ab, das sie in ein mit Ähren besticktes Leinentuch wickelte und der Mutter reichte.

»Das müsst Ihr gut aufbewahren, was immer auch geschehen mag. Wenn Ihr es verliert oder aus Versehen wegwerft, gibt es keinen Schutz mehr gegen *jene*. Das weiß ich von meiner Großmutter und die hat es von ihrer Großmutter. Darum tut, was ich Euch sage.«

Assunta sank in ihre Kissen zurück. Sie fand kaum noch die Kraft zu atmen, und als Tzia Mercede ihr das Kind hinhielt, drehte sie nur den Kopf weg.

»Ein Mädchen«, sagte die Hebamme mit so düsterer

Stimme, als verkündete sie ein Todesurteil. Doch Assunta wusste längst Bescheid, so wie sie auch alles andere wusste.

Darauf wickelte Tzia Mercede den Säugling in ein Tuch und verließ damit das Zimmer. Sie hielt das Kind ein Stück von ihrem Busen entfernt, als trüge sie Gift vor sich her. Schnellen Schrittes stieg sie die Treppe hinab zu den beiden Männern, die ihr voll Hoffen und Bangen entgegenblickten.

Severino Zara kaute auf einem kleinen Zweig herum, während die Perlen des Rosenkranzes durch seine groben Bauernfinger glitten. Der Schnäuzer und die dichten, geraden Augenbrauen gaben ihm das Aussehen einer düsteren Schleiereule, ernst und gründlich in der Beobachtung von Details. Er hatte Augen so blau wie kleine, gefasste Edelsteine, genau wie sein Vater Efisio, der mit seinem Blick die Seelen der Dinge und Menschen durchdrang und darum auch von jedermann im Dorf respektiert wurde.

Eine sardische Berritta auf dem Kopf, deren langer Zipfel über sein linkes Ohr herabhing, den wollenen Orbace-Rock am Leib und darüber die Weste aus schwarzem Fell umklammerte Efisio nun den Ellbogen seines Sohnes. Doch nicht aus Schwäche. Er war von robuster Statur und lief noch sicheren Schrittes durch Wälder und Felder. Efisio hatte vor nichts Angst, als er nun aber die finstere Miene der Hebamme erblickte, bebte sein weißer Bart.

Tzia Mercede musste nichts sagen. Sie hob eine Kante des Tuchs an und drehte die Kleine so, dass Vater und Großvater sie sehen konnten.

»*Gesusu!*«, stieß Efisio den heiligen Namen Christi aus.

»Seht her«, erklärte Tzia Mercede und deutete auf das winzige Schwänzchen, das am unteren Ende des kleinen Rückens hervorragte, sowie auf die Zähnchen, die wie weiße Getreidekörner in dem weichen Kiefer glänzten. Die Kleine schien über die Inspektion wenig erfreut; sie strampelte und protestierte und wollte wieder umgedreht werden, Vater und Großvater starrten jedoch wie gebannt auf die schrecklichen Male des Teufels.

»Das sind die Zeichen, Tziu Efisio.«

»Seid Ihr Euch da ganz sicher?«

Tzia Mercede nickte.

»Natürlich, seid Ihr noch bei Sinnen?! Sie ist die Siebtgeborene und geboren in der Nacht auf Allerseelen. Und sie hat das Schwänzchen und schon sämtliche Zähne. Sie ist eine *coga!* Es ist Schicksal.«

Efisio sah sie an, und ihm stockte das Blut in den Adern. Cesarina und die ältere Dienstmagd Cicita, die in einem Winkel alles belauscht hatten, rannten weg und schlossen sich in der Küche ein, und auch die Nachbarinnen, die hinter der Hebamme die Treppe heruntergekommen waren, zogen nun ihre rabenschwarzen Tücher enger und verließen unter tausend Beschwörungen und Bekreuzigungen schnell das Haus.

»Nun«, Tzia Mercede beugte sie sich vor, um dem Vater das lästige Bündel in die Arme zu legen, »hier, das ist jetzt Eure Sache. Tut, was zu tun ist. Und tut es schnell!«

Ohne ein weiteres Wort wickelte die Hebamme sich in ihr Schultertuch und verließ ungeachtet des noch immer heftig prasselnden Regens das Haus. Den Korb mit Brot, Schinken, Käse und Eiern, den die Mägde für sie gerichtet hatten, ließ sie stehen. Niemals, um nichts auf der Welt hätte sie den angenommen, nachdem sie einer *coga* ins Leben verholfen hatte. Ohne sich auch nur einmal umzudrehen, hastete sie unter dem alten Feigenbaum hindurch über den Hof zu dem gewundenen Pfad, der zum Haus ihrer Schwester hinabführte, von wo aus sie am nächsten Morgen in ihr Dorf zurückkehren würde.

Efisio und Severino sahen sich wie versteinert an. Aus dem Zimmer der Mutter erklang ein jämmerliches Klagen.

Efisio hatte Säuglinge noch nie leiden können. Die vielen Falten und das ganze Geschrei. Sie waren für ihn nichts anderes als diese eigenartigen *Omineddus*, Gnome, die er als Kind heimlich durch die Ritzen der Nuraghe Marxani beobachtet hatte, diesem uralten Steinturm auf dem Berg oberhalb seines Dorfes, in dem es von ihnen wuselte wie im Nest einer Spinne. Er erinnerte sich noch gut daran, dass sie ihm bis kaum an die Knie reichten und Gesichter hatten, die nur aus Falten bestanden. Zu den Feen und den anderen Wesen, die in den Nuraghen der Umgebung wohnten, waren die Kinder aus Baghintos immer gern gegangen; sie waren ihr großes Geheimnis, denn die Erwachsenen konnten sie nicht sehen.

Mit seinem knotigen Zeigefinger schob er das Tuch ein wenig zur Seite, um seiner Enkelin ins Gesicht zu sehen. Beim Anblick der dunklen Haare, so dicht wie das Fell eines Tieres, des kleinen gekräuselten Mundes und der schlammgrünen Augen verzog er missbilligend das Gesicht. Und erst die Runzeln: Die Kleine hatte ja fast mehr Falten als er!

»Sie ist hässlich. Und sie ist böse.«

Sein Sohn Severino wollte sie indes nicht einmal mehr anschauen.

»Womit haben wir das verdient?!«, stieß er mutlos hervor. »So ein Unglück! Was soll ich nur tun, Babbo?«

»Was getan werden muss, muss getan werden. Hör auf mich.«

Severino ließ seinen Blick über die Treppe schweifen, über die Intarsien und die Zierleiste der Anrichte, das Schilfrohrgeflecht über den dicken Holzbalken an der Zimmerdecke, die Fensterscheiben, gegen die der Regen peitschte; alles sah er an, nur nicht seinen Vater und das Kind in seinen eigenen Armen.

»Und wer soll es tun?«

»Severino, du musst es tun, du! Hast du mich verstanden?«

Severino wich dem stechenden Blick seines Vaters aus. Er wollte nicht, dass er sah, wie viel Angst er hatte. Sein Magen war in solchem Aufruhr, dass ihm die Knie zitterten.

»Und wie? Stecke ich sie in einen Eimer Wasser?«

»Nein! Den Leibhaftigen kann man nicht ersäufen. Leg sie auf den Mühlstein und nimm dann einen schönen großen Stein. Aber schwer muss er sein! Das ist die einzig mögliche Art, glaub mir.«

Severino starrte stumm zu Boden. Sein Vater schüttelte ihn kräftig am Arm.

»Hast du das verstanden?! Es muss noch in dieser Nacht geschehen, um Himmels willen, oder unser Schicksal ist besiegelt!«

Severino rührte sich noch immer nicht, stand nur da, mit seiner Tochter, der Siebtgeborenen, im Arm; er hätte Wurzeln schlagen können, ohne es zu merken. Plötzlich und so überraschend wie sonst der Juniregen drehte er sich dann auf einmal um und rannte auf den Hof hinaus, hinüber zu dem alten Mühlstein, mit dem sie früher das Korn gemahlen hatten, und legte das strampelnde Bündel darauf ab. Aus der Trockenmauer, die den Hof mit den Hühnern vom Dreschboden trennte, löste er danach einen großen Stein und ging damit zurück. Tief atmete er die eisige Luft ein, holte, den Brocken in der Hand, aus und – zögerte.

In diesem Augenblick entblößte ein Windstoß den schmalen Kinderleib. Die Kleine war noch blutverschmiert, doch der Regen wusch sie schnell sauber. Ihr Anblick erinnerte den Vater an seine sechste Tochter, die zwei Jahre zuvor geboren worden und eine Woche nachdem sie das Licht der Welt erblickt hatte, gestorben war. Aber Giulia war normal gewesen, sie schon. Severinos Herz wurde weich, und der Mut, den er so mühsam zusammengerafft hatte, verpuffte in einem traurigen Seufzer. Er ließ die Waffe, mit der er den Tod hatte bringen wollen, fallen und wich einen Schritt zurück. Mit zusammengekniffenen Augen blickte er hinauf in den wasserstarrenden Himmel. Und traf dann eine Entscheidung. Er würde seine Siebtgeborene dem strömenden Regen und der eisigen Nacht überlassen. Ja, das würde er tun. Gramgebeugt und auf einen Schlag um Jahre gealtert, kehrte er ins Haus zurück, die Hände schützend über die Ohren gelegt, und blickte dort erst wieder auf, als die schrecklichen Klagelaute endlich verstummt waren.

2

Seit Stunden schon ließen die fünf Zara-Schwestern den Teller mit gekochten Linsen und das Glas Rotwein, die sie draußen auf das Fensterbrett der Küche gestellt hatten, nicht aus den Augen. Doch wegen des Gewitters und der Donnerschläge waren in dieser Nacht die Seelen der Toten weder auf dem Friedhof noch in den Dorfgassen gesehen worden. Die verstorbenen Verwandten, welche die Lebenden besuchten, hatten die Teller, die die Familien als Dank für ihren Schutz in irdischen Dingen für sie bereitstellten, nicht angerührt.

Still und mit gespitzten Ohren lauschten die Mädchen aber auch auf die Klagelaute und die schlurfenden Schritte im oberen Stockwerk, während sie die süßen *Pabassinas* knabberten, die die Mägde anlässlich des Allerseelentages gebacken hatten, sie horchten auf jedes kleinste Geräusch, ängstlich und zugleich hoffnungsvoll, dass jeden Moment etwas Unfassbares passieren würde. Sie wussten, dass sie ein weiteres Geschwisterchen bekommen sollten, eigenartigerweise schien die Sache dieses Mal jedoch so schwer zu wiegen wie ein Trauerfall, was für sie völlig unverständlich war.

Mariuccia war mit ihren gerade mal drei Jahren die kleinste der fünf Schwestern und so zart wie ein Blümlein auf dem Felde. Bei ihrer Geburt hatten die Ärzte gesagt, das Kind habe »kaputte« Nieren: Sie seien zu klein, um damit zu überleben. Sie konnte noch nicht sprechen, doch im Haus grämte man sich nicht darüber, sondern war froh, sie überhaupt noch bei sich zu haben. Wenn die Kleine etwas mitteilen wollte, sprach Desolina für sie, außer der Mamma die Einzige, die sie verstand.

Desolina war fünf, sah aber mindestens zwei Jahre älter aus; sie stopfte den ganzen Tag Essen in sich hinein, am liebsten Süßes, und alle wussten, dass der geringste Verdacht auf etwas Unheimliches genügte, damit sie sich ängstlich in einen Winkel verzog. Von den fünf Schwestern hatte sie allein die blauen Augen ihres Vaters und Großvaters geerbt, ihre waren jedoch von einem verwaschenen Blau, standen weit auseinander und waren ein wenig nach unten gerutscht wie bei dem alten Schäferhund, der einen Monat zuvor gestorben war.

Fedela, die Drittgeborene, lief einen Großteil des Jahres barfuß herum. Sie war so springlebendig wie ein Zicklein, die Hände waren stets leicht klebrig und zudem hatte sie auch ein vorlautes Mundwerk. Die alten Frauen im Dorf hatten ihre Beinknochen untersucht und geweissagt, dass sie von der Kinderschar wohl am größten werden würde, zu Fedelas großem Unmut, da sie nicht die geringste Lust hatte, wie eine Distel aus der blühenden Wiese zu ragen.

Einigkeit hingegen herrschte im Hause Zara und im Dorf darüber, dass die schönste und meistbewunderte der fünf Schwestern die älteste von allen war. Lucia war zehn Jahre alt und wie eine kleine Sonne, mit warmen, nussbraunen Augen und weichem, gelocktem Haar, das

das vollkommene Oval ihres Gesichts sanft umrahmte. Ihre olivbraune Haut war eine Freude, genauso wie ihre weise Urteilskraft und Güte, die sie in Geist und Seele barg. Wenn sie sprach, lauschten die Schwestern voller Respekt, und es gab keine Widerrede. Zumal ihre Stimme streng und machtvoll war wie die der Mutter, der man sich ebenso wenig entziehen konnte.

Dass Lucia in der Familie die Beliebteste war, stieß der zweitgeborenen Pinella übel auf. Ihre große Schwester bekam immer die besten Kleider, von einer Schneiderin eigens für sie genäht, und zur Kommunion hatte die Mutter ihr den kostbaren Rosenkranz mit echten Perlen geschenkt, der einst Großmutter Elena gehört hatte. Lucia wurde schnell verziehen, wenn sie mit ihrer Dickköpfigkeit oder übermäßigen Neugier etwas anstellte, und die besten Happen beim Essen schob der Großvater immer ihr zu. Und außerdem war sie der Liebling von Cicita, der Altmagd, die den Haushalt führte und sich um die fünf Mädchen kümmerte, als wäre sie die eigentliche Mutter. Ein Lächeln von Lucia genügte, und die übrige Familie erfüllte ihr willig jeden Wunsch.

Darum fühlte Pinella sich ihrer Schwester Lucia stets ein wenig unterlegen. Nicht selten verknotete sich Pinellas Zunge, wenn Lucia sie ansah. Sie fühlte sich dann klein und hässlich, weil es ihr so vorkam, als ob Lucias Blick sie für etwas tadelte, was sie gesagt oder getan hatte. Und bei jedem Lächeln und jeder Zärtlichkeit glaubte sie, ihre große Schwester wolle sich nur lustig über sie machen. Doch Lucia liebte alle ihre Schwestern gleichermaßen, und wenn es jemandem im Haus nicht gut ging, egal ob Mensch oder Tier, bemühte sie sich umgehend, Trost zu spenden. Wie ihre Schwestern hatte auch Pinella dunkle

Haare, doch bei ihr schienen sie das Licht zu schlucken und Schatten zu werfen, und was an Dunklem bei ihrer Geburt auf sie gefallen war, hatte Lucia danach umso heller erstrahlen lassen.

Wie die Orgelpfeifen standen die Schwestern nebeneinander am Fenster in der Küche und spähten hinaus auf das, was im Hof nun vor sich ging. Sie staunten mit offenen Mündern, überzeugt davon, dass ihnen endlich ein echter Geist erschienen sei. Selbst als sie die Gestalt ihres Vaters erkannten, spannen sie weiter, was er wohl dort im Regen tat.

»Vielleicht ist der Babbo gestorben, und das ist sein Geist«, schlug Desolina vor und gruselte sich vor ihren eigenen Worten. Bleich und mit aufgerissenen Augen presste sie sich an Mariuccia, jeden Augenblick bereit zur Flucht.

»Sei nicht albern, Desolina. Gerade haben wir ihn doch noch gesund und munter gesehen. So schnell kann er nicht gestorben sein!«, erklärte Fedela und klammerte sich an die Fensterbank. »Und guckt mal: Er ist ganz nass! Geister werden nicht nass. Weil sie aus Luft sind!«

Fedelas Logik überzeugte alle. Nur Lucia ließ die Neugier keine Ruhe. Irgendetwas hatte der Vater auf den Mühlstein gelegt, dessen war sie sich sicher. Und wenn die Blitze lange genug aufleuchteten, schien sich dieses Etwas manchmal zu bewegen. Ja, es bewegte sich. Oder war es nur der Wind, der so heftig blies, als ob er jeden Ziegel einzeln vom Dach zerren wollte? Bei einem solchen Unwetter würden jedenfalls weder die Käuzchen noch die Wildschweine freiwillig ihre Verstecke verlassen.

»Ich muss sehen, was der Babbo da draußen macht.«

Bei Lucias Worten fuhren ihre vier Schwestern erschrocken auf.

»Lucia, spinnst du? Und wenn du einem Geist begegnest?«, wollte Fedela wissen, die so viel Kühnheit nicht fassen konnte.

»Nein, Lucia! Dann bekommen wir alle Ärger! Bitte, tu das nicht!«, flehte Desolina, und Mariuccia wiegte dazu bedenklich den Kopf, wie um die Ängste der Schwester zu bekräftigen.

Doch Lucia band sich schon ihr Kopftuch unter dem Kinn zusammen.

»Wart ab, dir e-ergeht es wie der K-Katze!«, weissagte Pinella unter allgemeinem Nicken.

»Das werden wir nicht zulassen!«, rief Fedela und packte Lucia, die sie mit einem Schulterzucken abzuschütteln versuchte. Darauf brach eine kleine Rangelei aus, um sie zur Vernunft zu bringen. Schließlich musste Lucia nachgeben und versichern, dass sie nirgendwo hingehen werde. Doch Lucia wusste auch, dass die Schwestern sich leicht ablenken ließen und nur allzu bald wieder in ihrer Kinderwelt versinken würden.

Spät in der Nacht kam Cicita schließlich mit rotgeweinten Augen zu ihnen, um sie ins Bett zu bringen. Lampen und Kerzen wurden gelöscht, und Dunkelheit senkte sich über das Haus. Wer könnte da widerstehen, wenn alle im warmen Bett unter den Decken liegen?

In ein Wolltuch gewickelt stellte sich Lucia dem Unwetter und der schlimmsten aller Strafen, sollte sie dabei erwischt werden. Im Schein einer Öllampe öffnete sie leise die Tür zum Hof und lief dann, mit großen Sprüngen um die Pfützen herum, hinüber zum Mühlstein.

Wie angewurzelt blieb sie davor stehen.

»Oh!«, entfuhr es ihr. Dieses blasse Etwas, das nassglänzend aus dem Regen zu ihr aufblickte, sah aus wie ein merkwürdiges Tierjunges. Ohne lange nachzudenken, nahm Lucia ihr Schultertuch ab, um es in ihren Armen zu bergen. Das winzig kleine Wesen zitterte und gab einen Laut von sich, der Lucia das Blut in den Adern gefrieren ließ. Lucia überlegte fieberhaft, wo sie es hinbringen könnte, damit niemand es fand. Leise schlich sie ins Haus, an den Türen zu den Schlafkammern vorbei und durch die Küchenräume und kletterte dann die Leiter in die Kornkammer hinauf. Dort war es warm, so weich gepolstert wie in einem Nest und duftete angenehm wie Brot. Lucia stellte die Lampe in eine Ecke und beugte sich über das Bündel. Ein merkwürdiges Kind lag da vor ihr, ein Neugeborenes, jetzt, wo sie es besser sehen konnte. Es zitterte nicht mehr und sah sie mit tiefer Ernsthaftigkeit an. Es musste ihm wieder besser gehen, denn es war nun rosa wie ein Ferkel. Zufrieden und ernst schaute es sie an, als verstünde es, was vor sich ging. Lucia lächelte und sah schöne Gesichtszüge, die jeder andere wohl abstoßend gefunden hätte.

»Bist du meine kleine Schwester?«, fragte sie mit einem komplizenhaften Flüstern. »Scht! Ich verrate nichts. Das bleibt unser Geheimnis.«

Sie stupste der Kleinen gegen das winzige Kinn, worauf diese abwehrend mit den Händchen fuchtelte, doch Lucia machte die unglaubliche Entdeckung dieser Nacht riesige Freude.

»Ich bin mir sicher, dass du noch keinen Namen hast. Weißt du, wie ich dich nennen werde?«

Sie hielt inne, als könnte der Säugling wirklich einen Namen aussprechen.

»Ich werde dich Ianetta nennen. Ja, du siehst wahrhaft aus wie Ianetta.«

Lucia wiegte das Baby wie eine fürsorgliche Puppenmutter. Sie streichelte ihm das Näschen, strich mit einem Finger vorsichtig von den dichten, tiefdunklen Haaren über die Wange bis zu dem süßen Mund und merkte dort, dass die Kleine wie frisch geborene Lämmer mit Lippen und Zunge nach Milch suchte.

»Hast du Hunger, Ianetta?«

Als einzige Erwiderung biss Ianetta ihr schnell und schmerzhaft in den Finger.

»Autsch!«

Wie von einer Wespe gestochen zuckte Lucia zurück. Erstaunt betrachtete sie den dunkelroten Tropfen auf ihrer Fingerspitze. Im Licht der Lampe glänzte er karmesinrot, bis er schließlich auf Ianettas Stirn in einen Kranz aus noch kleineren Perlen zersprang. Unwillkürlich verzog Lucia die Brauen, hörte auf zu lächeln und die freudigen Gedanken verblassten vor dem eindringlichen Gefühl, dass sie gerade das falsche Tierjunge aus dem Fuchsbau gezogen hatte. Doch ihre Zärtlichkeit ließ nicht nach, und bald schon wiegte sie ihr Schwesterchen mit einem selbst erfundenen Lied in den Schlaf, während die alten Eichen rund um Baghintos ihre Klagen in den peitschenden Wind heulten.

3

Ins Joch, ins Joch,
die Coga ins Loch.
Gelocht unterjocht.
Sie summt im Tanz,
Fliegenmummenschanz,
sie summt und tanzt,
beißt und verspeist,
nichts Gutes verheißt!

Wie ein Rauchring stieg der Kindervers aus Efisio Zaras Gedächtnistiefen auf. Die Cogas seien verschwunden, hieß es in Baghintos nun schon seit bald fünfzig Jahren. Von zweien oder dreien wusste man, dass sie in den Bergen lebten, in den kargen, nur von Mufflons bewohnten Gegenden, und dort in Höhlen hausten, die tief in den Kalkfels gegraben waren, schattenumhüllte Hexen voll schrecklicher Geheimnisse, deren Anblick nur die Käuzchen und Kröten ertrugen.

Als die Morgenröte des neuen Tages aufglomm und der Hahn krähte, wartete Efisio in der Küche darauf, dass Severino draußen säuberte, was zu säubern war, während Cesarina mit Glut und Kaffeekanne zugange war, die Augen voll Angst. Das nächtliche Wolfsgeheul war verstummt, der Himmel versprach schönes Wetter und die Geräusche des allgemeinen Erwachens erfüllten Efisio mit vorsichtiger Zuversicht. Nicht dass es ihm an Willenskraft gefehlt hätte und seine Arme nicht ebenso stark gewesen wären wie sein Geist, doch der Hauch einer Vorahnung lag noch immer in der Luft. »Böse Dinge stehen ins Haus«, hätte seine Mutter Antonia, Gott hab sie selig, dazu gesagt.

Atemlos erschien Severino nun in der Tür. Seine Augen waren geweitet wie bei einem Fisch am Angelhaken und sein Gesicht bar jeder Farbe.

»Es ist weg!«, rief er.

»Was sagst du da, mein Sohn?!« Aschfahl erhob sich Efisio von seinem Stuhl mit der Sitzfläche aus geflochtenem Stroh.

»Es ist weg! Ich habe es rund um den Mühlstein gesucht, überall. Es ist verschwunden!«

»Und du hast gestern getan, was ich dir gesagt habe?«

»J-ja, ja«, stammelte Severino eilig.

Tziu Efisio kratzte sich den Kopf und kam dabei zu dem Schluss, dass die Sache sich auf willkommene Art wohl von selbst gelöst hatte.

»Dann ist es also fortgeflogen!«

Severino hätte am liebsten erleichtert gelächelt bei den Worten des Vaters. Wie gut seine Idee doch gewesen war! Kein Blut, kein Verbrechen. Einfach und sauber, wie wenn man aus einem bösen Traum erwacht. Es war für immer verschwunden, aus eigener Kraft. An der Kochstelle prasselte das Feuer, in der Kanne brodelte der Kaffee. Alles schien plötzlich leichter und die ganze Küche heller.

Aber die Geräusche, die nach und nach durch die Mauern drangen, verhießen nichts Gutes. Anfangs klangen sie wie das Jaulen eines Tieres, sodass die Küche sich erneut mit Hoffnung füllte. Ein Wolf? Doch nicht lange, und Severino, Efisio und Cesarina schauten sich an und erbleichten.

Es war das Weinen eines Säuglings, und es kam von dem unerwünschtesten Ort im Haus. Wie versteinert spitzten sie die Ohren, bis das eilige Klappern kleiner Hausschuhe auf der Türschwelle zur großen Küche angelangt war. Mit strahlendem Lächeln stürmte Lucia herein, und in den Armen präsentierte sie ihren Schatz wie das Natürlichste auf der Welt.

»Ianetta ist hungrig«, erklärte sie, und nie hatte etwas bestimmter und unumstößlicher geklungen, während Ianetta aus voller Kehle protestierte, sodass Cesarina beinah die Sinne schwanden und sie statt ihrer selbst zwei Teller und eine Tasse vom guten Geschirr fallen ließ, die sie gerade zum Tisch tragen wollte.

»Möge das Feuer dich verschlingen! Lucia, was hast du getan?!«

Efisio schreckte zurück, als hätte er einen Schlag mitten ins Gesicht bekommen, und riss sich die Berritta vom Kopf. Cesarina begann zu kreischen, Angst und Verwirrung erfüllten die Küche.

Verwirrt war auch Severino. Er sah seine Tochter Lucia an, dann seine Jüngste, und begriff einfach nicht, was geschehen war.

»Dann ist es also doch nicht weggeflogen?«, kreischte Cesarina.

Efisio fing sich als Erster.

»Halt den Mund, Eselin!«

Die Magd zuckte zusammen und verstummte.

»Du!«, wandte der Großvater sich mit zusammengekniffenen Augen und messerscharfem Blick an Severino. »Du hast nicht getan, was du tun solltest! Du hast gelogen, du hast mich angelogen! *Proccu!* Nun müssen wir sie behalten, wenn nicht noch größeres Unheil über uns kommen soll, über uns und das ganze Dorf. Bist du nun zufrieden, Schafskopf?!«

Wütend hob Efisio den Arm, als würde er den Ochsenziemer schwingen, mit dem er einst seinen Sohn und heute noch die Pferde und Ochsen züchtigte.

In der Tür erschien nun die ältere Dienstmagd, Cicita, umringt von den übrigen Kindern in Nachthemden, die die Zehen krümmten, um ihre Fußsohlen vor dem eisigen Boden zu schützen.

Alle Blicke wandten sich Lucia zu, doch ihre großen, vertrauensvoll blickenden Augen straften sofort jeden Versuch Lügen, in ihr den Grund zu sehen für das Ungemach, das Ianettas Rettung auf sie alle ziehen würde.

»Das Mädchen trifft keine Schuld! Sie ist einfach zu gutherzig. Aber die da …«, sagte Efisio mit einer Grimasse, bei der sich seine Nase hässlich verzog und die seine wenigen verbliebenen Zähne freilegte. »Die ist stark. Die hat sie gerufen, und sie«, mit einer Kopfbewegung in Lucias Richtung, »hat sich mit ihrem guten Herzen beliebig herumkommandieren lassen.«

Lucia drückte Ianettas kleinen Körper fester an sich. Das Weinen war leiser geworden, als wollte die Kleine die Entscheidung hören, die über sie gefällt wurde.

»Jetzt ist es zu spät. Wir müssen sie hierbehalten. So lautet das Urteil, und wir können nichts mehr dagegen tun, nichts.«

Severino, der die ganze Zeit den Atem angehalten hatte und rot angelaufen war, holte tief Luft und trat zu seiner

Lieblingstochter. Er wollte ihr die Kreatur keinen Moment länger überlassen.

»Gib her, Lucia.«

Widerstrebend gehorchte Lucia dem Vater und wurde gleich darauf mit allen anderen Mädchen aus der Küche gejagt. Ihre Schwestern platzten fast vor Neugier.

»Was ist los, Lucia? Was hast du getan, Lucia? Sag es uns, sag es uns! Sag schon, Lucia!«

Sie klammerten sich an sie, schubsten und bettelten von allen Seiten.

»Pscht!« Freundlich, aber bestimmt gebot Lucia ihnen Einhalt, während sie sich bemühte, durch das Schlüsselloch einen Blick auf das Geschehen in der Küche zu erhaschen.

»Kinder, auf euer Zimmer! Ein paar Stunden wird noch geschlafen. Los, Bewegung!«

»Still, Cicita, Lucia hat zu tun«, widersprach Fedela der Dienstmagd mit gewohnter Dreistigkeit. Sie akzeptierte keine Befehle außer vom Großvater, der Mamma oder dem Babbo.

»Was für ein Unfug! Das sag ich dem Padrone. Dann werden wir ja sehen, wie du vor seinem Ziemer davonrennst!«

Bevor die Drohung umgesetzt werden konnte, verschwanden alle fünf in der Kammer und sprangen wie kleine Wildkatzen auf Lucias Bett. Dicht gedrängt warteten die Schwestern, dass sie ihr Geheimnis preisgab. Doch bevor Lucia den Mund aufmachte, schliefen sie ob der Kälte und Enge eng aneinandergekuschelt ein.

Sie erwachten erst wieder, als ein schwaches Weinen wie aus weiter Ferne an ihre Ohren drang. In Wirklichkeit kam es ganz aus der Nähe, und Lucia lief schnell zwei

Türen weiter, um dort die rot verheulte Cesarina zu entdecken und Cicita, die gefasst und konzentriert neben dem Ofen saß und versuchte, Ianetta Kuhmilch einzuflößen. Zwischen den Falten der kleinen Decke fuchtelten zwei Ärmchen, als wollten sie die Mägde verjagen. Cicita hob die grauen Augen, und als sie Lucia erblickte, zischte sie nur mit zusammengebissenen Zähnen:

»Raus!«

Drei Tage später befanden sich die fünf Schwestern allein in der kleineren der beiden Küchen, ihrem bevorzugten Aufenthaltsort. Hier gab es einen Kamin mit kleiner Klappe, einen Tisch in ihrer Höhe, Körbe an den weißgekalkten Wänden und die Kaffeemühle, mit der Mariuccia so gerne spielte. Wenn etwas schieflief oder Schlimmes in der Luft lag, zogen sie sich dorthin zurück, um nicht im Weg zu sein.

Im Haus geschahen merkwürdige Dinge, Dinge, die sie nicht verstehen konnten. Alle schienen in geheimnisvollen Gedanken gefangen zu sein und weinten, niemand kümmerte sich um die Mädchen oder wollte auch nur bei ihnen sein. Seit Tagen kein Lächeln und kein freundliches Wort.

Nach der Mittagszeit, als die Geschäftigkeit des Mittagessens in einen schläfrigeren Rhythmus überging, beschlossen Lucia und ihre Schwestern, einen Erkundungsgang zu machen. Einander an den Händen haltend schlichen sie leise durchs Haus, durchstöberten jede Ecke in der Erwartung, wer weiß was zu entdecken, und blieben schließlich zögernd vor dem letzten Zimmer unter der Loggia stehen, das immer dunkel war und niemals geöffnet wurde und das sie von allen am meisten fürchteten. Doch jetzt stand die Tür offen, und jemand war drinnen. Steif, mit schweißnassen Händen und so leise wie ein Marder tappten sie, gezogen von Lucias Mut, hinein, und sahen, dass es ihre Mutter war.

Assunta hatte sich schnell von der Geburt erholt, doch ihre ganze Erscheinung ließ an den Herbst denken, der mit kalten Winden das Kommen des Winters verkündete. Sorgfältig zurechtgemacht, die Bluse aus kostbarer Spitze, die Weste mit roten und gelben Blumen bestickt, der Faltenrock meisterlich gebügelt. Niemals vergaß sie, ihre gravierten Goldknöpfe anzulegen, dazu zwei oder drei Ringe, die Halskette ihrer Mutter und die filigran gearbeitete Brosche. Sie war immer so elegant gekleidet wie zu hohen Feiertagen, auch an diesem Tag, der so ganz und gar unfestlich war.

Aufrecht saß Assunta neben einer ungeschmückten Wiege, die, massig wie ein kleines Monument, mitten im Raum aus der Dunkelheit aufragte. Ihre Mundwinkel waren nach unten gezogen. In ihren Augen, die dunkel und hart waren wie das Holz der Wiege, war keine Liebe zu entdecken, und auch nicht in ihrem Herzen, so als hätte eine Dürre sie jäh ausgetrocknet. Severino löste sich aus dem Schatten und trat neben sie. Mann und Frau waren einander nah und fern zugleich, zwischen ihnen Ianetta, die bäuchlings in der Wiege lag.

»Wir müssen sie taufen lassen.«

Assuntas Stimme klang wie das Krächzen einer Amsel. Severino kratzte sich am Kopf und wand sich erschrocken. Während seine Frau einem Monolithen aus jahrtausendealtem Stein glich, ähnelte er mehr einem einjährigen Pflänzchen, das der Wind hin und her peitschte.

»Ich weiß nicht, ob … Und wenn er mich wegschickt?«

»Wer soll dich wegschicken?«

Assunta sah ihn zum ersten Mal an.

»Don Ninnino. Du weißt doch, wie er darüber denkt. Er macht sich gewiss ins Pfaffenhemd, so viel ist sicher.«

»Und du, machst du dir etwa nicht ins Hemd?«

Assunta blickte ihren Mann so eisig und streng an, dass er sich ganz schwach und dumm fühlte. Erneut kratzte er sich am Kopf und murmelte etwas, was keiner verstand, dann ging er mit dem Blick eines Schafes, das die Fänge des Hundes schon an den Hinterläufen spürte, an seinen Töchtern vorbei schnell hinaus.

Assunta rief ihre Kinder von der Türschwelle zu sich. Die fünf liefen zu ihr, doch lange nicht so stürmisch, wie sie es gerne getan hätten. Eine kaum wahrnehmbare Geste von ihr genügte, und sie blieben stehen und erwarteten die Befehle ihrer geliebten Mamma.

»Hört mir jetzt gut zu, und zwar noch besser als sonst. Also: Wenn ich sehe, dass eine von euch dieses Zimmer betritt oder sich hier herumtreibt, schlag ich sie tot. Habt ihr das verstanden?«, knurrte sie mit zusammengebissenen Zähnen, als müsste sie eine große Wut unterdrücken.

Vollkommen verängstigt nickten die Mädchen schnell mit ihren dunklen Köpfen.

»Hast du das verstanden, Fedela?«

Fedela senkte stumm den Blick. Dann wandte sich Assunta an Lucia.

»Und du, du ziehst einen Schlussstrich unter diese Ianetta-Geschichte. Eure Schwester ist so etwas wie …«

Assunta hielt inne und legte eine Hand auf die Brust. Einen Moment lang versank sie in einem wilden Strudel und sah vor sich, wie alles Glück der Familie Zara zerstob. Die Angst, die sie dabei empfand, raubte ihr den Atem.

Alle Besitztümer, die Mägde, Feldarbeiter und Hüteknechte sah sie zusammen mit den zahlreichen Herden, ihrem Stallvieh und der Ölmühle, die von Baghintos und weiteren sieben Dörfern genutzt wurde, untergehen und in der Erinnerung verblassen, während sich das Unheil düster auf sie herabsenkte. Assunta bemühte sich, diesen Albtraum am helllichten Tag schnell zu verscheuchen.

»Eure Schwester ist nicht wie die anderen Kinder. Ihr müsst euch von ihr fernhalten. Ihr dürft niemals mit ihr sprechen, sie nicht rufen und nicht zu ihr gehen. Niemals!«, erklärte sie.

»Aber …«

Lucia wollte etwas einwenden, wollte so viele Dinge sagen, ihr sagen, dass sie sich irrte. Doch Assuntas Hand war schneller und traf kraftvoll ihre Wange. Das laute Klatschen, das durch den Raum hallte, ließ die Mädchen erstarren. Wenn die Mutter so böse dreinschaute, waren nächtliche Albträume gewiss. Mariuccia begann zu wimmern. Lucias Augen glänzten überrascht.

»Du hast schon genug Schaden angerichtet, Lucia. Du tust, was ich dir sage, und Schluss. Hast du mich verstanden?!«

Die fünf Mädchen hatten ihre Mutter noch nie so zornig gesehen. Und gleichzeitig so traurig. Die unerwartete Ohrfeige besiegelte die Warnung und machte sie zum Gesetz. Die Dinge würden nie wieder so sein wie früher, doch das konnten die fünf zu jener Zeit noch nicht wissen.

In den Wochen nach der unglückseligen Geburt war es dennoch unausweichlich, dass Lucia früher oder später von der verbotenen Wiege angezogen wurde wie die Biene vom Honig. Nachdem sie Ianetta einmal in den Armen gehalten hatte, war ihre instinktive Neugier zu groß, als dass sie sich an das von Mamma Assunta auferlegte Verbot hätte halten können.

Fast wie von selbst trugen ihre Füße sie zum Zimmer des Babys, während sie mit Ohren und Augen in alle Richtungen lauschte und spähte.

Plötzlich stand Pinella vor ihr. Nervös knetete sie ihre Rockzipfel und schaffte es kaum, der älteren Schwester in die Augen zu schauen, doch trotz ihrer stolpernden Zunge brachte sie eine Ermahnung an die Schwester heraus.

»D-Du darfst da n-nicht rein. Das ist v-verboten!«

»Kümmere dich um deinen Kram, Pinella! Geh spielen.«

Lucia versuchte, der zudringlichen Schwester auszuweichen, aber vergebens.

»Ich sage es der Mamma!«, rief Pinella nun mit erstaunlich gelöster Zunge.

»Wer petzt, kommt in die Hölle!«

Lucia drohte ihr mit erhobener Hand Schläge an, wenn sie nicht sofort verschwände, worauf Pinella erschrocken die Augen aufriss und davonrannte.

Nun wäre es natürlich gescheiter gewesen, umzukehren, doch sobald Lucia die Tür zu Ianettas Zimmer geöffnet hatte, war die Angst vor der Strafe vergessen, sie wollte nur noch über den Rand der Wiege schauen. Mit großen Augen blickte Lucia hinein, erneut so verzaubert wie in der Nacht, in der sie die Kleine gerettet hatte. Sie lächelte angesichts des dichten schwarzen Pelzes, der in kurzer Zeit auf dem Köpfchen gewachsen war. Ianetta sah wirklich wie ein wildes Tierjunges aus, so süß, schlafend mit ausgebreiteten Ärmchen und bis zum Bauchnabel zugedeckt.

Lucia stellte sich auf die Zehenspitzen und streckte vorsichtig die Hand aus, um sie zu berühren.

»Ianetta?«, wisperte sie.

Das laute Geräusch einer Tür aus der Loggia ließ sie jedoch im selben Moment erstarren. Schnell schlich sie hinaus und zog die Tür hinter sich zu. Doch es war zu spät, Assunta, hinter der sich Pinella versteckte, hatte in aller Ruhe mitangesehen, was ihre Älteste tat.

»Was machst du da?« Die strenge Stimme der Mutter war schlimmer als ein Peitschenhieb. »Was hatte ich dir gesagt, Lucia! Bleib stehen! Sofort kommst du her!«

Lucia hatte nicht die geringste Absicht, sich von der Mamma erwischen zu lassen. Mit einem Verzweiflungsschrei floh sie in den Hof, wo eine Verfolgungsjagd rund um den Feigenbaum begann, zwischen aufstiebenden Hühnern und den jüngeren Schwestern, die weinten und verängstigt kreischten.

»Entschuldigt, Mamma! Vergebt mir! Ich tue es nie wieder!«

Lucia wusste nicht, wie sie ihre Mutter, die ihr dicht auf den Fersen war und ihr fürchterliche Strafen androhte, sonst noch besänftigen konnte.

Nonno Efisio trat seiner Schwiegertochter in den Weg.

»Lass das Kind in Ruhe!«

Doch Assunta stieß ihn nur mit zornigem Ungestüm beiseite und bekam Lucia schließlich zu fassen. Sie schüttelte das Mädchen so heftig, dass ihm die Zähne klapperten. Dann beugte sie sich zu ihr hinunter, um ihr fest in die Augen zu sehen. Diesen Blick sollte Lucia ihr Lebtag nicht vergessen.

»Willst du bei den Würmern landen? Willst du sterben, Lucia? Willst du das?«, schrie sie ihrer Tochter ins Gesicht und hob den Arm zum Schlag.

Die Augen voll Furcht schüttelte Lucia heftig den Kopf.

»Nie wieder will ich dich in diesem verfluchten Zimmer sehen! Nie wieder!«, verkündete Assunta und ließ ihren Arm nach kurzem Zögern wieder sinken. »Sie ist eine Coga, vergiss das nie, Lucia!«

Mit diesen Worten ließ sie ihre Älteste los, worauf Lucia zu ihren Schwestern rannte, die sich wie junge Kätzchen um sie scharten, bis die Tränen, zumindest für diesen Tag, versiegt waren. Pinella jedoch wurde für ihren Verrat tagelang aus der Gruppe ausgeschlossen.

Don Ninnino, der Pfarrer von Baghintos, scharrte ungeduldig mit den Füßen und lief tiefrot an, als Severino, die Berritta in der Hand, im Halbschatten der Sakristei sein Anliegen vorbrachte. Efisio hatte zwar angeboten, selbst zum Pfarrer zu gehen, doch sein Sohn hatte nicht mit sich reden lassen. Er musste selbst mit dem Pfarrer sprechen, Schluss aus.

Don Ninnino wollte nichts hören von eigenartigen Geschichten, von Neugeborenen mit Schwänzchen und ähnlichen Dingen. In solchen Fällen nahm er die Bibel und umklammerte sie mit geschlossenen Augen und willenlos wie eine Marionette, während er lateinische Gebete murmelte. Danach trank er einen Liter Weihwasser und, wenn der Mut ihn gänzlich zu verlassen drohte, süßen Messwein. Er liebte die Sonne, liebte Weihnachten, Ostern und die Zeiten, wenn das Korn reif war oder im Dorf mit Rundtänzen fröhlich Karneval gefeiert wurde. Von schlimmen und nachtschwarzen Dingen wollte er nichts wissen. Und dieses Kind, über das im ganzen Dorf hinter vorgehaltener Hand geredet wurde, wollte er schon gar nicht einmal sehen.

Severino Zara musterte ihn jedoch eindringlich aus seinen himmelblauen Augen, und das störte die Ruhe des Pfarrers gewaltig. Er wollte mit den Angelegenheiten dieser Unglücksfamilie doch wirklich nichts zu schaffen haben!

»Nicht einmal im Traum!«, rief er aus, und sein Doppelkinn bebte, während er mit der rechten Hand flink einige Kreuzzeichen schlug und dabei schnaufte und grunzte wie ein in die Falle gegangenes Wildschwein.

»Aber Don Ninnino, Ihr müsst zu uns kommen! Meine Frau isst und schläft nicht mehr. Ich darf sie nicht einmal mehr anfassen. Sie sagt, es wäre alles meine Schuld!«

»Was kann ich da schon ausrichten, Severino! In solchen Fällen vermag ich herzlich wenig zu tun.«

Weitere Kreuzzeichen in der Luft, über sich und Severino.

»Ihr müsst sie taufen, meine … meine Tochter. Sie darf nicht ungetauft bleiben. Das Unheil ist über uns gekommen, tut doch etwas, bitte, tut etwas!«, flehte Severino und knetete seine Berritta.

Fest kniff Don Ninnino die Augen zusammen, in der Hoffnung, so die Welt ausblenden zu können. Doch es ging nicht, und so öffnete er sie wieder und starrte in stummem Flehen auf die Statue der Madonna, die die teuflische Schlange zertrat.

»Ich habe zu tun«, erklärte er mit immer größerer Not, »wichtige Kirchendinge, heilige Dinge. Quält mich nicht mit diesen Sachen, lasst mich meine Arbeit tun.«

Doch bevor er sich wieder in seine Psalmen und Gebete vertiefen konnte, umklammerte Severino seinen Ärmel und näherte sich seinem Gesicht bis auf eine Spanne.

»*Sie* ist das Unheil. Ihr müsst mir helfen!«, zischte er leise durch die Zähne.

»Nein!«

Don Ninnino hatte energischer gesprochen als beabsichtigt und schüttelte Severinos Hand ab. Tief atmete er durch, im Versuch, sich zu beruhigen.

»Hört zu, Severino, das Beste, was man in solchen Fällen tun kann, ist beten. Betet. Betet den Rosenkranz und bittet unseren Herrgott, Euch von diesem Fluch zu befreien und Euch zu segnen. Und nun geht in Frieden.«

Und mit wild rollenden Augen, schroffen Gesten und flatternden Händen verabschiedete er Severino und scheuchte ihn aus der Sakristei wie eine lästige Fliege.

Regennass glänzten die Johannisbrotbäume in der späten Vormittagssonne. Es war Sonntag, und die Gerüche von Kaminfeuern und Gebratenem erfüllten die Luft des Dorfes. Mit kleinen Schritten ließ Severino das Kirchlein hinter sich. Die Häuser aus Stein und Lehmziegeln mit ihren von Flechten gesprenkelten Dächern schmiegten sich fest an die Flanke des Berges, den die verwinkelten, steilen Gassen wie ein überirdisches Wurzelsystem durchzogen. Eine Frau, die ihn vorübergehen sah, packte ihren Sohn am Arm und zog ihn schnell ins Innere ihres Hauses. Auch die Alten auf den Bänken des kleinen Dorfplatzes verstummten prompt bei seinem Anblick. Severino spürte die heimlichen Blicke der Leute, aus denen Furcht und Mitleid sprachen. Eine so tüchtige Familie, dem heiligen Sisinnius demütig ergeben, mit fünf hübschen Töchtern und Tziu Efisio, der überall respektiert war. Ein solches Unglück durfte es eigentlich nicht geben.

Während des ganzen Heimwegs, der länger als gewöhnlich und mehr als mühsam war, kaute Severino auf seinem unauflösbaren Gedankenknäuel. Am liebsten hätte er sich nur um seine Arbeit gekümmert, wie zum Beispiel um den Korkeichenwald, den er kaufen wollte, stattdessen musste er sich mit solch unangenehmen Dingen beschäftigen, die ihm den Schlaf raubten.

Wortlos schnitt Efisio ein Stück *Casu martzu* ab und strich es, bevor die Maden herausspringen konnten, mitsamt seinen Bewohnern aufs Brot. Noch während er abbiss und der kräftige Käsegeschmack sein Zahnfleisch kitzelte, warf er seinem Sohn einen alles andere als wohlwollenden Blick zu.

»Dann müssen wir jetzt wohl eine Amme suchen.«

Am anderen Ende des Tisches saß mit abwesendem Blick Severino und schubste die flüchtenden Würmer mit dem Zeigefinger an.

»Ach, Babbo, wer will denn schon zu uns kommen, was glaubt Ihr? Nicht einmal … nicht einmal …«

Wutentbrannt hieb er die Faust auf den Tisch.

»Wir holen sie von außerhalb, aus einem anderen Dorf. Wer sagt denn, dass sie es wissen muss? Wir sagen einfach nichts, und im Dorf reden sie sicher auch nicht darüber, dazu haben sie viel zu viel Angst.«

Der Großvater kniff ein Auge zusammen und begutachtete mit dem anderen das milchige Herz des Käses, in dem sich die weißlichen Maden tummelten, dass es eine wahre Freude war.

»Hör zu, mein Sohn, eins ist allerdings wichtig: Wir müssen darauf achten, dass sie die Kleine niemals nackt zu sehen bekommt. Niemals. Wenn die Amme sieht, was sie da hinten hat, ist es aus. Dann rennt sie weg, so viel ist sicher, und zwar auf Nimmerwiedersehen.«

»Und wie soll das gehen?«

»Wir müssen eben aufpassen. Sie soll sie lediglich stillen. Alles andere machen wir.«

In diesem Moment sprang Severino auf, als hätte er sich die Füße verbrannt, und schoss auf der Suche nach frischer Luft ins Freie.

Nun erst bemerkte Efisio seine zweitjüngste Enkelin, die sie vom Türrahmen aus schon seit über einer Viertelstunde beobachtete. Mariuccia war von allen Schwestern die geduldigste. Sie konnte stumm dastehen und warten und warten, bis jemand auf sie aufmerksam wurde. Sie war wie ein zartes Grashälmchen.

Auf einen Wink des Großvaters hin kam sie näher und gab so den Türrahmen für die Älteren frei. In Zeiten wie diesen war Vorsicht geboten, wollte man nicht in ernste Schwierigkeiten geraten. Also schickte man lieber die Schwächsten vor und wartete ab, was passierte.

Efisio wandte sich seinen Enkelinnen zu, während er Mariuccia auf seinen Schoß hob.

»Dann mal raus mit der Sprache.«

»Nonno, sagt: Was sind eigentlich Cogas?«

Fedela stellte sich vor die anderen, weil nun endlich ihre Neugierde befriedigt werden würde. Seit Tagen hörten sie, dass dieses Wort im Haus gemurmelt wurde wie etwas Verbotenes und Böses. Efisio schlug sich mit der Hand aufs Bein und verdrehte die Augen.

»Oho! Schlimm, schlimm! Die Kinder haben keine Angst mehr vor den Cogas, weil sie nicht mehr wissen, wer sie sind. Schlimm, schlimm!«

»Also, wer sind sie?«, wollte Lucia wissen.

»Tja … wer sind die Cogas … sie sind … Cogas sind Cogas! Die Cogas, das sind ganz schreckliche Weiber!«

»Und was tun sie?«, wisperte Desolina aschfahl.

»Was sie tun? Sie tun den Menschen böse Dinge an, und auch den Tieren. Den Schweinen, zum Beispiel, oder den Schafen. Aber auch den Feldern und ihren Besitzern.«

»Und was essen sie?«

Nur diese eine Frage von Pinella, und Efisio erschauerte bis in alle Glieder.

»Ihr wollt wissen, was sie essen? Seid ihr sicher, dass ihr das wissen wollt?«

Alle nickten, ohne zu zögern. Da beugte sich Efisio zu ihnen hinab und flüsterte mit ganz leiser Stimme:

»Sie essen Kinder!«

Die Mädchen zuckten erschrocken zusammen.

»Sie verwandeln sich in riesige Schmeißfliegen, und wenn es in einem Haus ein Baby gibt, schlüpfen sie des Nachts durch das Schlüsselloch und hängen sich an seine Fontanelle, um alles Blut herauszusaugen. Bis kein Tropfen mehr übrig ist! Man muss alle Löcher im Haus verstopfen und einen umgedrehten Dreifuß unter das Bett schieben, um sie fernzuhalten, oder ein auf links gedrehtes Hemd: Sie werden wahnsinnig, wenn Sachen verkehrt herum liegen und nicht so, wie sie sein sollten. Deshalb müssen Kinder auch sofort getauft werden, denn ungetaufte Kinder sind in großer Gefahr. Fliegen und Schmeißfliegen: Schlagt sie alle tot, wenn ihr welche seht!«, sagte Efisio und wackelte mit seinem knotigen Zeigefinger. Dann wies er plötzlich auf einen Punkt hinter ihnen und schrie: »Vorsicht, ein dicker, fetter Brummer direkt hinter euch!«

Alle schrien laut auf, und die Jüngsten stürzten aus der Küche, als wäre der Leibhaftige hinter ihnen her, gefolgt von Cesarina, wenngleich sie den Grund für die Aufregung nicht kannte.

Efisio schüttelte resigniert den Kopf. Einzig Lucia und

Pinella waren nicht geflohen. Die großen Augen der Ältesten, normalerweise klar wie ein spiegelglatter See, waren jedoch getrübt von einem beunruhigenden Gedanken.

»Nonno?«, fragte Lucia mit leiser Stimme.

Efisio beugte den Kopf, um sie besser zu hören.

»Was denn?«

»Nonno, ist Ianetta auch eine Coga?«

Efisio sah die beiden eine Weile an, dann lächelte er und strich ihnen über die Köpfe. »Du bist klug, Lucia, aber viel zu gutherzig.«

»Aber, wenn Ianetta eine Coga ist, dann muss man sie töten! Richtig, Nonno?«, meinte Pinella. Lucia schauderte bei ihren Worten.

»Was redest du denn da, Pinella?!«

Nonno Efisio erwiderte nichts. Er stand auf und ging in der Küche auf und ab. Hin und wieder warf er Lucia, die der Schwester nun erbost auf die Finger schlug, einen Blick zu. Ein bitterer Geschmack im Mund verdarb ihm jäh die Laune, und plötzlich war sein umgänglicher Tonfall, mit dem er gerade noch gesprochen hatte, weggerissen im Strudel neuer Sorgen.

»Ja, dieses Kind hier ist viel zu gutherzig, *troppu coru bonu!*«

Als Assunta an der Decke für ihre Truhe die letzte Schlaufe festgezogen hatte, glättete sie den groben Stoff mit einer Hand, während sie mit der anderen die Garnspule aus Hammelknochen hielt. Die Hirsche und Pfaue auf dem weißen Wolluntergrund hatten die schwarze Farbe des Herbstseidelbasts, die vier stilisierten Blüten in der Mitte waren rot vom Färberkrapp. Die Decke lag auf dem Webrahmen aus hartem Olivenholz, den die Mutter ihr zusammen mit der Aussteuer vor der Hochzeit geschenkt hatte.

Vier Nachbarinnen hatten sich zum Sticken bei ihr versammelt, und dieser Versuch, an den Alltag von früher anzuknüpfen, verschaffte Assunta ein vages Gefühl der Erleichterung. Die Frauen, ernst und gefasst, waren mutig genug, so zu tun, als wäre im Hause Zara nichts vorgefallen. Dennoch herrschte eine merkwürdige Stimmung, und die Furcht vor dem Dunklen, das nicht genannt wurde, zerrte an ihren Nerven.

Assunta war stolz auf ihre gestickten Pfauen, die aus dem Kettgeflecht hervorstachen. Eine Nachbarin zündete eine dicke Kerze an, damit alle das »De Profundis« beten konnten, mit dem sie die vollendete Arbeit den Seelen des Fegefeuers widmeten; vielleicht würden ihnen ja zum Dank einige das irdische Leben ein wenig leichter machen. Assunta sehnte sich nach Normalität. Die Banalität eines ganz normalen Tages wäre für sie das schönste Geschenk, und darum flehte sie in all ihren Gebeten. Fast hätte sie in den letzten drei Monaten manchmal selbst daran geglaubt. Doch als ein Schrei durch die erste Strophe des Gebets gellte und alle hochfahren ließ, war es mit diesem Glauben vorbei. Steif stand Assunta auf, die Garnspule fest in der Hand, als wäre sie ihr einziger Rettungsanker. Geleitet von einer Vorahnung, als wüsste sie bereits alles, schritt sie mit starrem Blick und einen Fuß vor den andern setzend zielstrebig durch das Haus, während die übrigen Frauen aufgescheucht umherrannten.

In der großen Küche schrie Cesarina am Rande der Besinnungslosigkeit, raffte sich kurz auf, als sie ihre Herrin hereinkommen sah, und fiel erneut mit wild rollenden Augen in sich zusammen. Auf dem Stuhl neben dem

Geschirrschrank saß Gesuina Arbe. Sie war bereits die dritte Amme der Familie, die einzige, die ausharrte trotz ständiger Übelkeit und safrangelber Flecken, die sich auf ihrer Haut bildeten. Die Familie Zara bezahlte gut, und sie brauchte für ihre fünf Kinder das Geld nötiger als die Luft zum Atmen.

Doch die Luft brauchte Gesuina nun auch nicht mehr.

Denn sie war tot.

Vertrocknet sah sie aus, innerhalb weniger Wochen war sie ausgedörrt wie Baumrinde. Mit leicht geöffnetem Mund und halb gesenkten Augenlidern saß sie da, die Arme mit dem Bündel darin steif wie Holzscheite. Eng in die Windeln gewickelt, hing Ianetta noch fest an Gesuinas Brust, und niemand konnte glücklicher aussehen als sie. Weder Cesarinas Schreie noch Klagen schienen sie zu stören. Sie hatte erst etwas einzuwenden, als Severino und Cicita aus dem Stall und der Waschküche herbeigerannt kamen und sie der Umarmung der toten Frau entrissen.

Assunta hatte das alles beobachtet, ohne sich von der Türschwelle zu rühren. In dem Moment, als sie ihre Siebtgeborene sah, die das Leben aus dem Tod saugte, war ihre Zunge erstarrt und Eiseskälte in alle Glieder gefahren. Mechanisch löste sie sich aus dem Tumult, verschwand in ihrer Kammer und sperrte diese makabren Dinge aus ihrem Leben aus.

Zweimal den Schlüssel gedreht, und Assunta sprach für sehr lange Zeit nicht mehr. Die Worte verließen sie und auch die Herzenswärme. Stattdessen wurde die Garnspule ein untrennbarer Teil von ihr. Wenn sie sie fest in den Händen hielt, wurde ihre Welt einen Moment lang wieder schön. Sie war wieder jung und nicht verheiratet, es gab weder Severino noch die Kinder und auch nicht

Baghintos. Doch leider währte diese Illusion immer nur einen Atemzug lang.

Zum ersten Mal wurde in diesem Jahr in Baghintos kein Karneval gefeiert, gab es keinen Speck mit Saubohnen, keinen Tanz noch Gesang, noch Masken oder Mora-Turniere. Und niemand, nicht einmal Don Ninnino, wagte den Namen Ianetta auszusprechen. Als hätten diese paar Silben die Macht, die Coga in ihr heraufzubeschwören.

4

Juni 1884

Es war der Monat in Baghintos, in dem die Schafe geschoren wurden. Ihre Wolle wurde mit Soda von Unreinheiten befreit, in der Sonne getrocknet, ausgeschlagen und dann säuberlich mit einem Metallkamm gekämmt. In dieser Zeit, einhergehend mit einer frühsommerlichen Hitzewelle, spitzte sich die Lage im Hause Zara zu und schien immer unberechenbarer zu werden.

Efisio stand schon geraume Weile vor der Haustür und blickte hinauf zur Krone des Feigenbaums, der den Hof überspannte. Die Sonne brannte auf ihn herab, und mit erhobener Hand schützte er sich vor ihrem blendenden Licht. In der Stille des frühen Nachmittags waren nur das Summen der Fliegen und ein paar ferne Zikaden zu hören. Alles schien in der großen Hitze zu knistern, doch Efisio kümmerte es nicht. Er sah nach oben, wo einige Meter über seinem Kopf Ianetta zwischen den Zweigen kauerte. Severino, der das Ganze noch nicht ganz begriffen hatte, suchte mit zusammengekniffenen Augen das grüne Laub des Baumes ab. Dann erschrak er und hielt den Atem an. Er sah zu seinem Vater hinüber, der durch nichts abzulenken war, und atmete langsam weiter. Efisio hatte die Hände zu Fäusten geballt, wie unter einem geheimnisvollen Bann murmelte er unverständliche Worte. Severino trat ein wenig näher und fing ein einzelnes Wort auf, das der Vater mit beeindruckender Kraft wiederholte.

»Fall runter! Falle! Falle!«

Sein Atem beruhigte sich, während eine eigenartige Hoffnung in seiner Brust aufkeimte. Das starke Gift griff auf ihn über, die Unausweichlichkeit des Geschehens schien ihm so klar und erlösend, dass er schon einen Moment später von ganzem Herzen wünschte, seine Tochter Ianetta, die wie auch immer bis in die Spitzen des Feigenbaums vorgedrungen war, möge in tödlichem Fall herabstürzen. Severino und sein Vater Efisio erhofften sich die Befreiung vom Unglück durch ein weiteres Unglück. Es war eine einmalige Gelegenheit, ein Wink der Vorsehung, für den sie zutiefst dankbar waren. Sie hatten genug von diesem Kind, das mit unverschämter Miene alle Male des Teufels zur Schau trug, dieser Kreatur, die so unsäglich hässlich war, dass sich ihnen die Haare sträubten. Ianetta schien nur aus Augen zu bestehen und aus schwarzen Haaren, dick wie Schweinsborsten und rebellisch wie verzweigtes Wurzelwerk. Sie war knochig und dabei so zäh und ihrem Alter weit voraus, dass sie jederzeit die nötige Kraft zum Laufen und Wegrennen fand.

Als Cicita bemerkte, was vor sich ging, zog sie sich nach ihrer ersten Bestürzung ins Haus zurück und zerrte die arme Cesarina, die beim Anblick solcher Szenen immer ganz unglücklich wurde, hinter sich her. Sollten sich doch die anderen darum kümmern, sie musste Kaffee kochen und Körbe mit schmutziger Wäsche zum Fluss tragen. Und dafür sorgen, dass die Mädchen nichts mitbekamen, falls das Debakel tatsächlich eintreten sollte. Sie war schließlich erwachsen und hatte schon einiges gesehen im Leben. Dabei war sie sich nicht so sicher wie die Übrigen, dass Ianetta hinunterfallen würde. Die kleine Dämonin hatte eine besondere Gabe, sich mit den Fingernägeln am Leben festzukrallen, und angesichts der Kraft des Wacholders, die in ihren knochigen Armen steckte, konnte man darauf wetten, dass sie alle Leute unter dem Baum an der Nase herumführen würde. Und wirklich kletterte sie, flink und behände wie ein kleines Waldtier, vom Baum und verschwand in der schattigen Kühle des Hauses.

»Die Sonne hat uns den Blick versengt! Ist sie hinuntergestiegen?« Erst geraume Zeit später erwachte Severino aus einer Art Lethargie und stellte jäh fest, dass die Sonne schon fast das unebene Profil der Dachziegel küsste.

»Wie lange waren wir hier draußen, Babbo?«

Efisio kniff immer noch die Augen zusammen, während er mit den Händen nach den tausend schwarzen Flecken zu greifen versuchte, die vor seinem Gesicht tanzten. »Teufel! Wir stehen hier und vertrocknen fast in der Sonne, während die schon längst nach drinnen geflohen ist! Abgehauen ist sie, kannst du dir das vorstellen?«

»Aua, mir platzt gleich der Kopf!«

Efisio spuckte auf den Boden. »Es muss etwas passieren. Hörst du? Irgendwie muss sie von hier verschwinden, irgendwie!«

Keine Stunde später brach plötzlich ein Gewitter los. Wie aus dem Nichts türmten sich regenschwere Wolken auf, und kurz darauf ergossen sich Wassermassen über dem Dorf, dass ganz Baghintos unterzugehen drohte. Das rhythmische Schlagen einiger Fensterläden begleitete das wilde Prasseln des Regens auf dem Dach, und die reifen und unreifen Feigen wurden von den Zweigen gepeitscht und fielen in den Schlamm. Kein Gebet schien den Zorn des Unwetters besänftigen zu können, und das Wasser bahnte sich langsam seinen Weg durch das Dachgeflecht aus Schilfrohr und rann in kleinen Schlammbächen die Wände herab. Im Hause Zara herrschte ein allgemeines, stilles Abwarten, Hoffnungen wurden beschworen, bis ein dumpfes Krachen alle aus den Küchenräumen in den Hausflur zog. Neben Cicitas und Cesarinas Kammer war das Dach eingebrochen. In der von ungeheuerlichen Blitzen durchzogenen Dunkelheit hatten sie es zunächst nicht bemerkt. Doch bald schon bekamen alle, auch die eng an Lucia geschmiegten Mädchen und sogar Assunta, die eigenartigerweise die Sicherheit ihres Zimmer verlassen hatte, das untrügliche Gefühl, dass der Boden sich bewegte. Cesarina wimmerte schon und schrie schließlich schnatternd los beim Anblick der fetten Kröten, die durch den ganzen Hausflur, in die Loggia zum Hof und in alle Zimmer des Hauses sprangen. Sie waren überall, glänzend und warzig im Licht der Lampen und Kerzen, eine Katastrophe, eine biblische Heimsuchung, derer sie nun Herr werden mussten.

»Was ist denn hier los?« Efisio schüttelte seine Berritta und versuchte, sich einen Weg durch das Krötenmeer zu bahnen. Dann erinnerte er sich, dass schon einmal, als er noch jung war, eine Unzahl von Kröten über Baghintos hereingebrochen war nach einem Unwetter, das sie wie eine vom Himmel geschickte Strafe getroffen hatte.

»Cicita, lauf, hol die Kohleeimer und bring den Besen mit!« Severino riss die Tür zum Hof auf und schoss, während er seine Anordnungen verkündete, die Kröten mit den Füßen wie Teigbälle in den überfluteten Hof hinaus.

»Und du sei endlich still, Herrgott noch mal!« Auf Tziu Efisios Befehl hin klappte Cesarina schnell den Mund zu. Unter dicken Tränen und ununterbrochen vor sich hin murmelnd schüttelte sie sich die Kröten vom Rock. Es war nicht leicht, der unerwünschten Dinger habhaft zu werden, und es brauchte Zeit und Mühe, bis sie das Haus von ihnen befreit hatten.

Cicita lehnte sich mit dem Rücken an die Wand, unter dem wachen Blick Lucias, die die Altmagd noch nie so sorgenvoll gesehen hatte. Auch die Mienen von Großvater und Vater waren finster wie die Nacht. Mit zitternden Fingern schob sich die Magd eine gewellte Haarsträhne zurecht. Dann murmelte sie dem Mädchen zu: »Eine böse Geschichte ist das, Herrschaften! Lucia, bekreuzige dich.«

Lucia gehorchte brav. In dieser Nacht blieb Cicita länger als sonst bei den Mädchen und betete mit ihnen zur Heiligen Jungfrau Maria, zu allen Heiligen und den Schutzengeln.

Lucia wurde im Hause Zara zu einer aufmerksamen Zeugin. Die ganze Familie beklagte sich über Ianetta und über ihre unerwünschte Anwesenheit, häufig verfluchten sie sie, und es fehlte nicht viel, und sie hätten sich bei ihrem Anblick jedes Mal bekreuzigt. Auf der anderen Seite schien Ianetta es nur mit Ianetta auszuhalten, wie eines dieser wilden Tiere, die von Natur aus Nestflüchter sind und weder Herrn noch Hüter brauchen. Sie liebte es, durch alle Räume zu streifen, manchmal auch ohne Kleider, sodass man ihren grausigen kleinen Schwanz sah. Manchmal trippelte sie aufrecht oder auf allen vieren umher, in einem weißen Kleidchen mit rosa Schleife, das Cicita ihr aufgezwungen hatte und das einen bizarren Kontrast zu ihrer kleinen, unschönen Gestalt bildete. Alle hatten gesehen, dass sie sommers wie winters nass werden konnte, ohne jemals Fieber zu bekommen, und ganz sicher war es unmöglich, sie in ein Zimmer zu sperren. Schon als ganz kleines Kind hatte sie gelernt, aus der Wiege zu klettern, und besaß, als wäre das nicht genug, die rare und schreckliche Gabe, Schlösser und Ketten jeder Art öffnen zu können. Gerade war sie noch im Haus und dann schon wieder woanders, und niemals ließ sie sich bei den Leuten im Dorf blicken. Wie ihr das gelang, wusste niemand.

Wenn Ianetta vorüberging, wurde die Milch nicht dick und das Essen auf der Feuerstelle verdarb, zumindest nach der festen Überzeugung der beiden Hausmägde, denen niemand zu widersprechen wagte. Zum Mittag- und Abendessen wurde ihr ein Teller auf das Tischchen in der kleinen Küche gestellt, fernab der Familie, und obwohl Ianetta sich sonst nicht um die Abläufe im Hause kümmerte, wusste sie doch immer, wann es Essen gab. Manchmal, wenn sie vergessen wurde oder man ihr aus Ärger nur einen leeren Teller hinstellte, verfügte Ianetta über einen besonderen Instinkt, dank dem sie in der Natur stets etwas zu essen fand, je nach Jahreszeit: Früchte vom Erdbeerbaum, schwarze Wacholderbeeren, Wiesenchampignons, später Trauben in allen Farben und Größen, Oliven und Kastanien. Wenn der Schäfer wegnickte, suchte sie das sanfteste Schaf und hängte sich an seine Zitzen, während das Tier steif dastand, wie vom Blick eines Basilisken getroffen.

Das alles beobachtete Lucia aus der Ferne, denn ihr und ihren Schwestern war strikt verboten, sich der Letztgeborenen zu nähern. In dem Falle, dass sie ihnen gegenüber Interesse bekundete – was allerdings in fast vier Jahren niemals vorgekommen war –, sollten alle fünf schnell weglaufen, auch wenn sie nicht wussten, wohin. Weglaufen lautete die Losung. Tatsächlich schien aber auch Ianetta zu begreifen, dass sie eine bestimmte Grenze nicht überschreiten durfte, und deshalb beobachtete sie die Schwestern in aller Heimlichkeit, vor allem dann, wenn Mamma Assunta ihnen Lesen und Schreiben beibrachte.

Immer häufiger spielten die fünf Mädchen lieber im Freien auf den Feldern, in der sonnenverbrannten Natur und unten am Bach, der nur mehr ein schwaches Rinnsal war, weit weg von Mamma Assunta und ihren schweigenden Schatten. Sie war ihnen zu still, in düstere Gedanken versunken, das Herz verdorrt.

Wie Füchse trabten sie über goldgelbe, gemähte und säuberlich geharkte Weiden, bewarfen in den Ställen vergnügt das Hausschwein Mustazzo mit den Früchten des Karubbaums und piksten es, damit es grunzte. Wenn seine Zeit abgelaufen war, würde es seinen Platz einem neuen Ferkel überlassen müssen, das genauso hieß. Es waren einfache Spiele, wie auch das Vergnügen, Grillen zu fangen, sie mit einem Bindfaden anzuleinen und sie zwischen Hüpfern und Flugversuchen spazieren zu führen. In ihren Augen war das, als zähmten sie die geheimnisvollen Feen der Nuraghe Marxani.

Eines Nachmittags Ende August waren sie gerade damit beschäftigt, Insekten zu haschen, als sie von fernen, undeutlichen Stimmen aus ihrem Spiel gerissen wurden. Von dort aus, wo sie sich befanden, konnten sie sehen, was hundert Schritte weiter unten vor sich ging, und schnell entdeckten sie ein Grüppchen von sieben Jungs. Sie waren allesamt aus Baghintos, um die vierzehn Jahre alt, und der Anführer war, wie alle wussten, Gonario, der sich beim

Sturz vom Pferd alle Vorderzähne ausgeschlagen hatte. Lucia und die anderen versteckten sich hinter einem Mastixstrauch, denn von dieser Bande hielt man sich besser fern. Die Streuner waren barfuß und schienen sehr aufgeregt und völlig eingenommen von etwas, was in ihrer Mitte lag. Wichtig musste es jedenfalls sein, wenn man ihrem Grölen und den wilden Gebärden glauben konnte.

»Was machen die da?« Fedela wirkte alarmiert, während sie versuchte, das Ding auf dem Erdboden zu erkennen.

»Sieht nach einem Hund aus. Vielleicht haben sie ja einen Hundewelpen gefunden?« Beim Gedanken daran, was sie dem armen Wesen antun würden, umklammerte Desolina fest Mariuccias Hand.

»Nein, ich weiß nicht, was es ist, aber auf keinen Fall ein Hund.« Lucia war ganz in den Anblick der Szene versunken, und ihre Neugierde wuchs.

»Lasst uns nach Hause gehen, ich mag die da unten nicht!« Pinellas Besorgnis hatte die anderen schon fast überzeugt, als die Jungen ihren Kreis plötzlich auflösten und das, was sie dort hinter sich herziehen wollten, zu erkennen war. Die fünf Schwestern hätten beinahe vor Schreck geschrien.

»Gesusu!«, riefen sie im Chor.

Die Zielscheibe, die die Bande mit Spucke, Beleidigungen und Tierkötteln aus der Steinschleuder bombardierte, war Ianetta. Von ihr war kein Klagelaut zu hören, nicht das mindeste Weinen. Wie ein in die Falle gegangenes Tier kauerte sie auf der Erde und starrte in ihrem schmutzigen Kleidchen mit großen Augen zu den Dorfjungen auf.

»Diese verdammten Schweine!« Lucias Herz schlug heftig, und sie keuchte. »Wir müssen sie aufhalten.«

Sie konnte den Blick kaum abwenden, und ihre Knie zitterten. Hinter ihr herrschte plötzlich tiefe Stille. Sie drehte sich um und sah den Argwohn und die Missbilligung in den Augen der Schwestern.

»Was ist los?«

»Wir überlassen sie ihnen, das ist los.« Fedela schien von allen die geringsten Zweifel zu haben.

»Ich habe Angst! Ich gehe mit Mariuccia nach Hause, jawohl!«, jammerte Desolina, während sie die jüngere Schwester an sich presste, um sich vor Lucia Mut zu machen.

»Und dass ihr bloß keinem davon erzählt!«, warnte Fedela.

»Krepieren soll sie, die Coga! Wir lassen sie einfach hier, Fedela hat recht. Aber wenn du zu ihr willst, Lucia, dann geh nur. Komm mit, Fedela, sollen die ihr doch eine Abreibung verpassen, dann lernt sie, was es heißt, eine Coga zu schützen!«, erklärte Pinella und mied Lucias Blick, während sie Fedela am Arm wegzog. Sie verhaspelte sich nicht mehr wie früher, und es war erstaunlich, wie ihr sonst so nachgiebiger Charakter manchmal kühn und stark werden konnte, wenn es gegen Ianetta ging und gegen die, die sie zu verteidigen wagte, also Lucia.

»Lucia, komm mit nach Hause. Überlass das Monster einfach denen. Das kommt uns gerade recht, findest du nicht?« Fedela machte einen letzten Überzeugungsversuch, doch Lucia entzog sich mit einem Ruck ihrem Griff.

»Sie ist doch unsere Schwester!«

»Nein! Sie ist eine Coga. Das sagt der Nonno, und das sagt auch der Babbo. Wenn sie so endet wie Tzia Antonias Hund, werden zu Hause alle sehr zufrieden sein! Sehr zufrieden, ja, ja.«

Lucia wich zurück, bis sie an den Mastixstrauch stieß.

Sie erinnerte sich noch gut, wie diese herzlose Bande den armen Nerone an einem Baum erhängt hatte, und an den Kummer seines alten Frauchens, das keine Kinder hatte und an ihrem Hund hing wie an seinem eigen Fleisch und Blut. Jeder im Dorf wusste, wer es gewesen war, doch niemand hatte ihnen je die verdiente Strafe zukommen lassen.

»Wenn du nicht mitgehst, sag ich es dem Nonno!« Die Drohung zeigte keinerlei Wirkung. Fedela kniff die Lippen zusammen, bis sie weiß wurden, und ging mit finsterer Miene zu den anderen. Schnell entfernten sich die vier Schwestern, ohne sich noch einmal nach Lucia umzudrehen. Nur Pinella schnitt ihr noch Grimassen, bevor sie sich bei den anderen unterhakte und davonging.

Die Jungen bewegten sich im Pulk voran und schleiften die Gefangene an ihrem Kittel hinter sich her. Ohne zu wissen, wohin sie wollten, folgte Lucia ihnen heimlich. Sie nahmen einen wenig ausgetretenen Pfad durch den dichten Steineichenwald nördlich von Baghintos, auf der höher gelegenen Seite. Da ging Lucia ein Licht auf: Von da gelangte man zu der kleinen ehemaligen Kirche San Borginno. In der Krypta gab es einen alten, tiefen Brunnen. Dort kam nie jemand vorbei, weil der Ort angeblich verflucht war. Nun wusste Lucia, was sie mit Ianetta vorhatten.

Zwischen den verschlungenen Zweigen tauchten die Überreste der Kirche auf: vier Mauern aus Stein und ein halb eingebrochenes Dach. Alles Übrige hatte vor der Vegetation kapituliert, die auf ihrem natürlichen Vormarsch alles umschloss und überwucherte.

Die Jungs blieben stehen und betrachteten die Kirchenfassade und den offenen Durchgang, der ins Dunkel führte.

In diesem Moment spürte Lucia die dringende Notwendigkeit, einzugreifen, auch wenn die zahlenmäßige Ungleichheit einen weisen Rückzug nahegelegt hätte. Doch Lucia packte einen Stein, der die ganze Länge ihrer Hand ausfüllte, und fand den Mut, durch ein Schlupfloch im dichten Gebüsch waghalsig ins Freie zu springen.

»Ihr da, *Proccusu*, ihr Schweine!«, schrie sie mit einer Stimme, die weniger laut und bedrohlich klang, als sie sich gewünscht hätte. Die Jungen wurden blass. Zuerst glaubten sie, einen heidnischen Waldgeist vor sich zu haben, doch als sie Lucia erkannten, verzogen sie den Mund zu einem schiefen Grinsen und kniffen die Augen zusammen.

»Lasst sie laufen!«, sagte Lucia drohend und stellte sich allen sieben entgegen. Einen Moment lang vergaßen die Peiniger Ianetta. Mit geblähter Brust und hochrotem Kopf trat Gonario vor.

»Wenn du nicht sofort abhaust, schmeißen wir dich in den Brunnen«, sagte er, und seine Zunge hüpfte durch das Fenster, das seine fehlenden Schneidezähne bildeten.

Ein anderer Junge, ein schmächtiger Typ mit langem Gesicht, packte einen Stein und warf ihn Lucia an den Kopf. Das Mädchen konnte nicht einmal aufschreien. Als der Stein sie traf, zuckte sie zurück, fasste sich an die Stirn und betrachtete ihre blutbenetzten Finger.

»Hast du verstanden?«, schoss ihr der Anführer entgegen. Seine Wangen bebten wie bei einem tollwütigen Hund an der Leine. Lucia wusste, dass es ihnen ernst war. Doch sie konnte einfach nicht fliehen, und auch die Tränen blieben aus, obwohl ihr die Brust brannte und es in ihrem Kopf vor Schmerzen hämmerte. Fest umklammerte sie den Stein in ihrer Faust.

Doch da bemerkten die jungen Wölfe, dass sie ihre

Beute verloren hatten. Ianetta war verschwunden, und sofort machten sie sich zwischen Gebüsch, weichen Moosflächen und trockenen Blätterschichten auf die Suche. Schließlich beschlossen sie, wenn auch etwas widerstrebend, sie im Innern der alten Kirche zu suchen. Sie gingen hinein, und nicht einer blieb draußen vor der Tür. Merkwürdige Laute wie von einem Tumult oder Kampf drangen heraus. Dann verstummten sie, begannen erneut, verstummten. Stille trat ein.

Im Rückwärtsgang kamen sie schließlich einer nach dem anderen wieder heraus, ein seltsamer Anblick für Lucia, die überhaupt nicht verstand, was vor sich ging. Als sie schon fast überzeugt war, dass die Jungen Ianetta kopfüber in den Brunnen geworfen hatten, sah sie die Schwester heraustreten mit zwei für ihre Hände viel zu großen Steinen. Die Steine waren ganz flach, und sie rieb sie aneinander mit einem kratzenden Schabegeräusch, das das Blut in den Adern gefrieren ließ. Das mysteriöse Gebaren hatte einen so unheimlichen Effekt, dass alle aschfahl wurden.

»Was tut sie? Was macht sie da?« Gonario sah Lucia an, doch von ihr kamen keine tröstlichen Worte. Dann belebte sich als Antwort auf den Ruf der Steine plötzlich der Wald, und ein noch lauteres, brausendes Geräusch erhob sich. Etwas Fürchterliches raste mit hoher Geschwindigkeit heran und schien geradewegs auf sie zuzuhalten. Lucia rührte sich immer noch nicht; sie beobachtete die Schwester, die wie gebannt innehielt, sah ihre dunklen Augen und die Lippen, zu einem leisen Lächeln verzogen, so fein, dass es auch Einbildung sein konnte. Als der dunkle Schatten sie erreichte, wurde blitzartig klar, was da geschah. Der summende Bienenschwarm kam aus den

Tiefen der Wälder hinter dem Kirchlein San Borginno und schien sein Ziel genau zu kennen. Lucia erstarrte vor Angst, denn der Schwarm zog in immer neuen Formationen über ihren Kopf hinweg. Doch die Bienen schienen nicht an ihr interessiert zu sein. Über den Jungen aus Baghintos hielt der dichte Schwarm pulsierend inne, um sich dann wie ein einziger, fester Leib auf sie zu stürzen. Weglaufen war das Einzige, was blieb, doch Rettung brachte es nicht.

Lucia nahm die Beine in die Hand und blieb nicht mehr stehen, bis sie zu Hause in der Sicherheit ihres Zimmers war, in einer Ecke zwischen Wand und robustem Nussbaumschrank. Was sie dort zurückließ, waren Verzweiflung, Atemnot und Flehen. Es war Ianetta mit all dem Merkwürdigen, Geheimnisvollen, das sie tat, und es waren sieben Peiniger, die sich plötzlich in umgekehrter Lage wiedergefunden hatten.

Lucia blieb sehr lange in ihrem Winkel. Langsam beruhigte sich ihr Atem, das kleine Herz schlug wieder gleichmäßig und ihr Mund war versiegelt, während vor ihrem inneren Auge die eben erlebten Szenen immer wieder abliefen und die Schwestern sie umkreisten und auf Neuigkeiten hofften. Lucia gab dem Drängen nicht nach. Zum ersten Mal jagte sie sie weg, als hätte ein Tropfen des ganzen Bienengifts auch sie infiziert.

Sie hatte keine Lust zu reden, mit niemandem, und wartete darauf, Ianetta wiederzusehen. Diese kehrte um die Abendessenszeit zurück, und die beiden tauschten einen unwägbaren Blick, einen kurzen Moment stillen Einverständnisses.

Drei Tage später bekam Lucia zufällig mit, wie Efisio und sein Sohn Severino nach dem Essen bei Tisch saßen und Neuigkeiten aus Baghintos austauschten. Die Rede war von dem Jungen ohne Zähne, Gonario. Die Rede war von drei Tagen und drei Nächten langsamen Siechtums nach der Verunstaltung durch die Bienen, als er mit seinen Freunden eine Honigwabe plündern wollte. Die Rede war von Gonarios unseligem Tod, vom Kummer der Mutter und dem großen Gram im Dorf. Lang würde die Trauer sein; eine weitere Frau trug nun schwarz, innerlich und äußerlich. Lucia war erschrocken, doch sie verspürte kein Mitleid. Schließlich hatte Gonario es selbst so gewollt.

5

März 1889

Fedela, Desolina, Pinella und Mariuccia waren groß geworden, und doch hatten sie immer noch besondere Freude daran, draußen in der Natur nach essbaren Blüten und Wildkräutern zu suchen. Die Geschwister Zara mochten es, wenn der Winter mit seinen kalten Winden sich langsam verabschiedete, die Bäume um Baghintos Blüten ansetzten und die Luft ein einziges Summen und Flügelschlagen war.

In dieser Übergangszeit, bevor die Hitze die Stiele austrocknete, konnte man die blassblauen Blüten des Borretsch essen. Frisch gepflückt waren sie knackig und würzig, doch noch besser schmeckten sie, wenn Cicita sie dünstete, mit Ricotta und klein geschnittenen Zitronenschalen mischte und Omelette damit briet.

Das herbe Aroma des Waldsauerklees hingegen prickelte im Mund, und auch wenn ihre Schwestern ganze Sträuße der gelben Blumen pflückten und alle zufrieden die saftigen Stiele kauten, mochte die kleine Mariuccia den säuerlichen Geschmack überhaupt nicht leiden. Sie beschäftigte sich lieber mit einfachen und leichten Dingen, während die anderen plauderten und sich amüsierten. Wenn ihre kleinen Finger sich nicht an Desolina festklammerten, spielte sie ständig mit einem Kiesel, einem Zweig oder kleinen Tieren wie Marienkäfern, untersuchte Ameisenhaufen oder schaute nach, was sich unter den Steinen verbarg.

An jenem Tag saßen sie und ihre Schwestern auf einer Wiese mit frischem Klee, die Röcke breiteten sich weit um ihre Beine, die bestickten Kopftüchlein flatterten im Wind. Eine ungewohnte Heiterkeit lag in der Luft; in der Muße des frühen Nachmittags warfen sie einander kleine Sticheleien zu, um den Unmut dann mit albernem Gekicher wieder beizulegen. Keine Rede war von der Coga in ihrem Haus, jede Unruhe zerstob in der Sonne und der anmaßenden Sorglosigkeit der Jugend. Mit ihren acht Jahren lebte Ianetta im Hause Zara wie ein wildes Tier, das gezwungen wurde, mit der Familie unter einem Dach zu wohnen. Sie redete mit niemandem, ja, man glaubte nicht einmal, dass sie etwas Sinnreiches hervorbrächte; sie aß die gleichen Mahlzeiten wie sie, aber in völliger Einsamkeit, und hatte lediglich hin und wieder mit Cicita zu tun, wenn die Hausmagd sie zwang, ihre schmutzigen Kleider zu wechseln oder etwas aufzuwischen, das sie verschüttet hatte.

Manchmal sprachen die Schwestern über Lucia, wie ernst und langweilig sie geworden war; dass sie immer nur zu Hause war, um bei der Arbeit zu helfen, und sich nur wenig Zerstreuung gönnte. Wenn die anderen so redeten, hatte Mariuccia keine Lust mehr, zu lächeln wie sonst, denn sie wollte, dass über ihre liebe Schwester nur wunderschöne Dinge gesagt wurden. Doch dann flatterte eine Drossel oder ein Distelfink vorbei, und der Wunsch, Lucia zu verteidigen, verging in einem Flügelschlag. Nicht selten versank Mariuccia ganz in ihrer eigenen Fantasiewelt. Das Schnäuzchen eines Kaninchens oder ein paar Pilze genügten, und ihre Gedanken flogen davon.

Wie an jenem Tag, als sie eine Wachtel in einem Mastixstrauch sah. Das Tier zeigte zwei oder drei Mal sein hübsch geflecktes Federkleid, streckte sein Köpfchen durch das Blätterwerk und blinzelte ihr schließlich zu. Das war eine Einladung, die Mariuccia sich nicht entgehen ließ, die Gespräche von Fedela und Pinella noch im Ohr.

»Hört zu, meine Schwestern, ich habe beschlossen, dass wir kommendes Ostern bei der Karfreitagsprozession mitmachen, und wenn die Welt untergeht!« Zu Bekräftigung ihrer Worte hob Fedela die Nase und schloss die Augen. Sie war sich sicher, dass niemand ihr widersprechen würde. Und es machte auch nichts, dass man im Hause Zara ganz andere Pläne hatte. Sie war es leid, immer abseits zu stehen, wenn in Baghintos gefeiert und gelacht wurde. Um einmal unter Menschen zu kommen, würde sie sogar an der heiligen Prozession teilnehmen. Pinellas Miene aber, die den Vorschlag nicht sonderlich guthieß, verdüsterte sich.

»Da lassen sie uns niemals mitgehen. Der Babbo wird uns verhauen, und die Mamma auch!«, wandte sie voller Überzeugung ein, auch wenn Fedela über die Meuterei ihrer treuesten Verbündeten höchst empört war.

»Außerdem will ich nicht, dass mich alle anstarren!« Einen Moment lang hatte Desolina sich in albernen Träumereien verloren: Eine ganze Prozession war sie noch nie mitgegangen, soweit sie sich erinnern konnte. Doch dann kam die schlechte Laune zurück, weil sie an die neugierig äugenden Dorfbewohner dachte und an all die bösen Dinge, die sie hinter ihrem Rücken tuscheln würden. Das ganze Dorf würde ihre Unverfrorenheit verdammen, davon war sie überzeugt.

»Dummköpfe seid ihr alle miteinander! Versteht ihr denn nicht? Je mehr wir uns verstecken, desto mehr werden sie uns verurteilen und bemitleiden. Einen Tag lachen sie über uns, einen Tag weinen sie, und dann wieder haben sie Mitleid mit unserem Unglück!«

»Du sagst es, Fedela, letzte Woche hast du dich ja nicht einmal getraut, ohne den Nonno den Dorfplatz zu überqueren!« Pinella fand immer den Punkt, an dem sie die Argumente der anderen empfindlich treffen konnte. Fedelas Sicherheit geriet ein wenig ins Wanken.

»Na und, was heißt das schon? Wenn wir alle zusammen sind, ist das etwas anderes.«

Doch sosehr sie sich auch bemühte, sie konnte bei den Schwestern die harte Schale des Misstrauens nicht aufbrechen. Alle versanken in tiefe Nachdenklichkeit, bis sie schließlich aufseufzten. Vielleicht war es besser, ihren Plan auf nächstes Jahr zu verschieben.

Fedela blickte in den Himmel und bemerkte, dass das Licht sich verändert hatte. Um sicher zu sein, musterte sie den Klee und sah, dass seine Blättchen sich nach oben reckten.

Regen kündigte sich an.

»Lasst uns gehen, ein Gewitter zieht auf«, sagte sie, und alle erhoben sich und klopften ihre Röcke ab.

»Wo ist Mariuccia?« Fedela drehte sich suchend um sich selbst, konnte sie aber nicht entdecken.

»Eben war sie doch noch hier!« Desolina machte große, erschrockene Augen. Sie wusste, dass die Schwester sich allein nicht gut zurechtfand und zudem die fragile Gesundheit eines jungen Kükens hatte.

»Schaut mal da, die Wolken rasen ja!«

Auf Fedelas Warnung hin begann Desolina zu rufen: »Mariuccia! Mariuccia! Mariuccia!«

Die beiden anderen taten es ihr gleich. Doch Mariuccia war nicht zu finden. Nicht im Gebüsch, nicht hinter den Steinen einer Trockenmauer und auch nicht weiter weg, wo der Bewuchs dichter wurde und viele Tiere ihre Höhlen und Nester hatten. In den nächsten grauenvollen Momenten nahm die Angst der Schwestern um Mariuccia konkrete Gestalt an.

»Sie kann doch nicht einfach verschwunden sein!«

»Eben war sie noch hier!«, wimmerte Desolina, sie konnte gar nicht mehr aufhören. »Eben war sie noch hier!«

Nachdem sie eine halbe Stunde, in der sich der Himmel mit Wasser aufblähte, vergeblich alles abgesucht hatten, beschlossen sie, nach Hause zu laufen und Hilfe zu holen.

»Aber wir können sie doch nicht alleine zurücklassen!«

Fedela packte Desolina am Arm und schüttelte sie heftig, um sie zu beruhigen. »Sie ist nicht hier, wir müssen jemanden holen, um nicht noch mehr Zeit zu verlieren. Gleich fängt es an zu schütten! Jetzt lauf, so schnell du kannst!«

Die drei Schwestern stürzten nach Hause, als wäre der Teufel hinter ihnen her, und die Röcke umflatterten ihre Knöchel. Sie stürmten auf den Hof und schrien wie besessen, keuchend und mit hochroten Köpfen vor Anstrengung und Aufregung.

»Hilfe! Hilfe! Wir haben Mariuccia verloren! Wir haben Mariuccia verloren!«

Im Nu füllte sich das Haus mit Geheul und Geschrei, bis Severino sich vordrängte und mit mächtiger Stimme nach Aufklärung verlangte.

»Babbo, wir haben Mariuccia verloren!«, stieß Fedela aus.

»Was sagst du da? Wo?«

»Eben war sie noch da! Eben war sie noch da!«

Cicita umarmte Desolina aus Sorge, sie könnte vor Angst ohnmächtig werden. Sie war es, die sonst immer auf die Schwester aufpasste, und nun war durch ihre Schuld ein Unglück passiert. Die Angst sprang allen an die Gurgel, als es nun heftig zu regnen begann.

»Wir waren in der Nähe der Quelle San Girolamo. *Gesusu*, Babbo, wir können sie nicht finden!«

Sie stellten sich unter den Laubengang im Hof, und als Mamma Assunta mit Lucia zu ihnen stieß, verstummten alle, als erwarteten sie eine Tragödie.

Noch bevor sie überhaupt gehört hatte, was passiert war, hielt Assunta sich instinktiv an der ältesten Tochter fest. Ihr Gesicht sah aus wie in Stein gemeißelt.

»Mariuccia?«, fragte sie mit ihrer rauen Stimme und schien mit dem Schlimmsten zu rechnen.

»Sie haben sie irgendwo an der Quelle verloren!« Severino hielt sich mit den Händen den Kopf, weil er den Gedanken an seine Mariuccia dort draußen im Gewitter nicht ertrug.

»Das war Ianetta!«, verkündete Pinella mit einem Blick in die Runde. Lucia runzelte gedankenverloren die Stirn, und Pinella sah sie herausfordernd an, ob sie widersprechen wollte.

»Diese verfluchte Coga! Sie war es, so viel ist sicher. Sie muss sie irgendwo hingeschleppt haben. Los, mein Sohn, wir gehen Leute holen!« Tziu Efisio hatte seine Entscheidung gefällt.

Assunta ließ Lucia los und trat auf Severino zu, als hätte sie den grausigen Wunsch, ihrem Mann Severino an die Kehle zu gehen. Als trüge allein er die Schuld an dieser schlimmen Lage.

»Nehmt mich mit.« Es klang eher nach einem Befehl als nach einer Bitte.

»Du hast da nichts zu suchen. Du bleibst zu Hause.«

Da stürzte Assunta sich auf Severino und trommelte mit den Fäusten auf seine Brust. »Ich will mitkommen! Ich will meine Tochter suchen!« Es war ein Ausruf des Schmerzes. Der Regen strömte unaufhörlich, keine Atempause schien sich der Himmel zu gönnen, als wollte er alles Wasser herabschicken, um die Erde zu ersäufen.

»Assunta! Assunta! Hör mir zu: Wenn du krank wirst, was wird dann aus Haus und Familie?«

Bei den Worten ihres Mannes erstarrte Assuntas Miene, und sie sah ihm direkt in die Augen.

»Wenn du krank wirst und stirbst, was sollen dann deine Töchter tun?«

Assunta blickte ihn noch einige Sekunden reglos an, dann gab sie nach und verkündete laut: »Bringt sie mir nach Hause!« Sie brach in Tränen aus und lief, gefolgt von Cicita und Cesarina, davon. Dabei murmelte sie Worte über ihre Tochter Mariuccia und über das Unheil, das sie mitten ins Herz traf. Bei Mariuccias Geburt hatten die Ärzte gesagt, dass schon das kleinste Unwohlsein der Kleinen den Tod bringen könnte. Dann hatte ihr Kind die Jahre überstanden, und alle hatten gedacht, dass die Ärzte eben keine Ahnung hatten. Nun aber ließ eine schreckliche Todesahnung die alten Ängste wieder aufleben.

»Babbo, ich will mitgehen.«

Ein Blick von Severino genügte, damit Desolina und die anderen Schwestern von ihrem Vorhaben abließen. »Ihr geht zu eurer Mutter und betet zur Madonna, dass wir Mariuccia schnell wiederfinden.«

Also zogen Efisio und Severino sich dick an und verschwanden hinter der Wand aus Regen und Nebel.

Und während sie zu den Schäfern in ihren Unterständen am Dorfrand liefen, um Hilfe zu erbitten, und diese sich ihnen mit Hunden anschlossen, nahm Lucia den Überwurf des Großvaters aus sardischem Orbace-Garn und streifte ihn sich über Kopf und Schultern.

»Wo willst du hin? Lucia!« Die Schwestern sahen sie erschrocken an.

»Ich kann hier nicht untätig herumsitzen und die Hände in den Schoß legen.«

Die Mädchen drängten sich sorgenvoll aneinander.

»Aber du hast doch Babbo und Nonno gehört, wir sollen zu Hause bleiben und zur Heiligen Jungfrau beten.«

Lucia musste lächeln über Desolinas Naivität. »Betet ihr ruhig zur Madonna, ich finde in der Zwischenzeit Mariuccia.« Sie gab allen dreien einen Klaps auf die Wange, wobei Pinella die Einzige war, die verärgert den Kopf wegzog. Dann setzte sie beruhigend hinzu: »Ich kenne die Gegend um die Quelle gut. Mariuccia kann nicht weit sein, selbst wenn sie hinter irgendeinem Tier her ist; ihr wisst ja, wie schnell sie müde wird. Ihr werdet sehen, unserer Mariuccia geht es gut.«

Bevor sie ging, drückte Fedela ihr das Medaillon des heiligen Antonius von Padua in die Hand, der beim Auffinden verlorener Sachen half, und lächelte ihr vertrauensvoll zu.

Beherzt trat Lucia dem Sturzregen entgegen, der Mantel schützte sie vor den Wassermassen. Sie hatte ihren kürzesten Rock angezogen, damit die Säume sich nicht in den Pfützen mit Wasser vollsogen. Am Dorfrand angelangt, schlug sie eine Abkürzung ein. Es war der schnellste Weg zur Quelle San Girolamo, den normalerweise niemand benutzte, weil die mit Wasser gefüllten Krüge, die die Frauen auf ihren Köpfen trugen, zu schwer waren für den unwegsamen Pfad. Lucia kümmerte es nicht, dass der Weg steinig und eigentlich nur für Ziegen geeignet war. Trotz ihres festen Willens, sich hoffnungsvoll dem Schutz des heiligen Antonius anzuvertrauen, füllte sich ihr Kopf auf halber Strecke plötzlich mit den schrecklichsten Bildern. Mariuccia, die in eine Schlucht gefallen war. Mariuccia, die im Fluss ertrunken war. Mariuccia, die erfroren war. Ihre Augen brannten so sehr, dass sie nicht unterscheiden konnte, ob es Tränen oder Regentropfen waren.

Das Gewitter hatte die Schnecken hervorgelockt, und ein oder zwei Mal glaubte sie, in der Ferne Mariuccias Namen rufen zu hören. Es war nun nicht mehr weit bis zu der kleinen Lichtung, wo ihre Schwestern den Nachmittag verbracht hatten. Sie bemerkte die zwei Gestalten, die aus dem inzwischen feinen und beständigen Regenschleier auftauchten, nicht sofort, so sehr musste sie auf den Weg achten und darauf, wohin sie ihre Füße setzte.

Als sie dann begriff, riss sie die Augen auf und schlug sich die Hand vor den Mund.

Wenige Schritte von ihr entfernt lief Mariuccia, gezogen von Ianettas Hand. Ausgerechnet die Letztgeborene im Hause Zara war es, die Mariuccia in Richtung Rettung führte. Beide waren bis auf die Haut durchnässt, doch während Ianetta kräftig und sicher ausschritt und auf die festesten Trittstellen für die Füße hinwies, wirkte Mariuccia ganz wie ein vom Wind zerzaustes Blümchen. Sie torkelte und schien sich nur durch göttlichen Willen auf den Beinen zu halten.

Dann sahen sie Lucia. Ianetta wurde unruhig und ließ sofort die Hand der Schwester los. Mariuccia aber schien bei Lucias Anblick, die ihr die Arme entgegenstreckte, augenblicklich ihre gute Laune wiederzufinden.

»Mariuccia!«, rief Lucia atemlos und war mit einem Sprung bei ihr, als die Kleine nach vorne fiel.

»Lucia, ich fühle mich so komisch.« Es klang wahrhaft wie das schwache Piepsen eines Küken. Lucia wickelte sie in ihren Mantel und tat alles, um das Frösteln zu lindern, das den zarten Körper schüttelte. Sie holte tief Luft und lud sich das Mädchen auf den Rücken. So leicht es auch war, würde es doch schon bald eine Last werden, zu schwer, um sie bis nach Hause zu tragen. Dennoch war Lucia dickköpfig entschlossen, es für Mariuccias Wohl schaffen zu wollen. Suchend sah sie sich nach Ianetta um. »Ianetta!«, rief sie in das dicht verzweigte Buschwerk hinein. Doch Ianetta war verschwunden, vom Wald verschluckt wie ein Schatten. Aber sie durfte keine Zeit verlieren. Sie verschob den Gedanken an Ianetta und an das, was sie gesehen hatte, auf später, wenn alles gelöst wäre. Dennoch hatte sie das deutliche Gefühl, dass Ianetta ihr, verborgen zwischen den Büschen am Wegesrand, die ganze Wegstrecke über folgte.

Lucia sammelte alle Luft in ihren Lungen und rief in regelmäßigen Abständen um Hilfe, in der Hoffnung auf Unterstützung.

»Ich habe sie gefunden! Ich habe Mariuccia gefunden!« Doch ihre Stimme war zu schwach, um jenseits des Pfades gehört zu werden, und das Rauschen des Regens schien alles zu überdecken.

Irgendwann konnte Lucia nicht mehr und sank kraftlos auf die Knie, mitten auf dem steinigen Boden. Doch kurz bevor bei der Eiseskälte, die ihr in die Knochen drang, die Verzweiflung sie überwältigte, tauchte auf einer niedrigen Trockenmauer ein Hüteknecht der Familie auf und blickte sie an aus seinen kleinen schwarzen Augen wie zwei dunkle Kiesel.

»Das Kind ist hier!«, brüllte er mit erstaunlich mächtiger Stimme. Dann machte er einen Satz von der Mauer herab und nahm Lucia die kleine Mariuccia aus den Armen, während der Schäferhund bellend um sie herumsprang.

Über das Haus Zara brach der Weltuntergang herein. Die Frauen taten alles, um die Wärme in Mariuccias kleinen Körper zurückzubringen. Sie zogen sie aus, rieben sie trocken und wickelten sie in dicke Wolldecken. Dann wurde das Kind, wie alle von Anfang an befürchtet hatten, von einem bösartigen Fieber überfallen. Zu den Heilmitteln des Arztes und der Hausfrauen kamen Gebete in Hülle und Fülle, doch nichts war wirksam genug. Alles die Schuld der Coga!, hieß es im Haus. »Ianetta ist der Grund für das Unheil!«, murmelte Cicita, und Pinella verfluchte sie immer und immer wieder und wünschte, dass der Blitz der himmlischen Gerechtigkeit sie treffen möge. Mit gerunzelter Stirn und aufgewühlter Brust lauschte Lucia schweigend ihren hasssprühenden Worten. Ihr Herz war klamm, und immer wieder tauchte vor ihrem inneren Auge Ianetta auf, wie sie Mariuccia an der Hand führt.

An jenem Abend kam Ianetta nicht nach Hause, und die Familie Zara fühlte sich gestärkt und, wenn auch nur kurz, fast befreit von einer viel zu schweren Last. Wenn sie in irgendeinem Graben gestorben war, hatte der Himmel es so gewollt, besser für alle. Denn das brauchten sie in diesem Haus: die göttliche Säuberung von einer schändlichen Präsenz. Darum flehten sie mit lauter Stimme, und es kümmerte sie schon nicht mehr, ob andere sie dabei hörten.

Als die Nacht hereinbrach, kamen die von Müdigkeit und Sorge geplagten Seelen zur Ruhe, und es wurde still im Haus. Nun endlich fand Lucia den Mut, zu Cicita in die Küche zu gehen.

»Cicita? Ich muss dir etwas sagen.« Lucias Stimme war nicht mehr als ein Flüstern. Cicita lächelte ihr Lieblingskind warm an.

»Was ist denn, meine Kleine?«

»Cicita, es war Ianetta, die Mariuccia gerettet hat«, beichtete Lucia offenherzig, bereute es aber im selben Moment. Cicitas Lächeln erstarb, jäh wurde sie ernst.

»Was redest du da, Lucia?«

Lucia raffte alle Kraft zusammen und sagte entschlossen: »Ianetta war mit ihr auf dem Heimweg, als ich sie getroffen habe. Sie hielt Mariuccia an der Hand …« Die Worte erstarben ihr im Munde, als sie Cicitas bitterböse Miene sah. So hatte sie die Magd noch nie gesehen.

»Was redest du da für einen Unsinn? Still musst du sein, solche Sachen dürfen die anderen nicht hören. Deine Mutter darf das nicht hören. Hast du gesehen, wie es ihr geht? Nicht mehr lange, dann zerreißt ihr der Kummer das Herz in der Brust! Die kleine Dämonin kennt keine Gnade, merk dir das ein für alle Mal. Und dann kommst du mir mit so schlimmen Sachen!«, sagte sie und ließ einen noch böseren Blick auf sie niedergehen. Lucia wich einen Schritt zurück und musterte sie ebenso ernst und herausfordernd.

»Es ist aber die Wahrheit! Ich habe es mit eigenen Augen gesehen. Sie wollte ihr nichts tun.«

»Geh schlafen, Lucia. Ich will nichts mehr hören von diesem Verrat.«

Lucia hätte gern noch mehr gesagt und erklärt, doch dann drehte sie sich auf dem Absatz um und verließ zornig die Küche.

Viele Nächte lang plagten sie schreckliche Albträume. Sie träumte, dass das Fieber Mariuccia umbrachte. Sie träumte auch, dass Ianetta sich in den Bergen verirrte. Nicht zu wissen, wo sie war, quälte sie, und das Wissen, dass Ianetta versucht hatte, Mariuccia zu retten, vergrößerte ihren Kummer noch. Sie empfand so etwas wie Zärtlichkeit ihr gegenüber und Dankbarkeit für das, was sie für die Schwester getan hatte. Doch Lucia fühlte sich auch schuldig, eine wahre Verräterin, wie Cicita gesagt hatte. Sie wusste, dass eigentlich Ianetta Mariuccia gerettet hatte, und es war eine echte Tortur, es niemandem erzählen zu dürfen. Doch wie sollte ihr Herz nicht gespalten sein, wenn sie diejenige zu verteidigen suchte, die in der Familie als leibhaftiger Fluch angesehen wurde? Wie sollte sie fühlen, dass in Ianetta auch etwas Gutes existierte, wenn ihrer Mutter vor Verzweiflung das Herz brach? Wie konnte sie Ianetta eine gute Schwester und gleichzeitig der Mutter eine treue Tochter sein?

Lucia brütete lange darüber und begab sich schließlich trotz allem auf die mühsame Suche nach Ianetta. Bis sie schließlich herausfand, in welchem Winkel sie sich verkrochen hatte. Um nichts unversucht zu lassen, hatte sie in der Kornkammer nachgesehen. Dass sie nicht tot sein konnte, war klar, seitdem weiter Hühnereier verschwanden und auch eingelegte Oliven, und alle wussten, dass die

Coga ganz verrückt danach war. Als Lucia heimlich, still und leise in die Kammer schlich, entdeckte sie Ianetta, zusammengerollt wie das Schweinchen des heiligen Antonius in einer Art Nest, das sie sich ins Korn gegraben hatte.

Lange stand sie da und betrachtete die Schwester, um sie dann ihrem Schlaf zu überlassen. Den ganzen restlichen Tag musste sie an sie denken. Schließlich hielt sie es nicht mehr aus, schlüpfte in ihr eigenes Zimmer und begann in der großen Truhe zwischen ihren alten, halb vergessenen Sachen zu wühlen. Als sie gefunden hatte, was sie suchte, spürte sie einen Funken Triumph. Mit größter Vorsicht zog sie unter einem Stapel Decken das hervor, was in ihrer Kindheit ihr kostbarster Schatz gewesen war, eine Puppe, die Babbo und Mamma ihr einst aus Cagliari mitgebracht hatten. Das hellblaue Kleid war noch sehr schön, doch was Lucia immer am meisten geliebt hatte, waren der Porzellankopf mit den blonden Korkenzieherlocken und die glänzend blauen Augen aus Glas. Ohne weiter darüber nachzudenken, brachte sie die Puppe in die Kornkammer und ließ sie dort mit einem Anflug von Bedauern zurück.

Lucia wollte, dass Ianetta sie fand. Sie wollte ihr für ihre Tat danken und hoffte, dass die Puppe ihr ein bisschen Gesellschaft leistete wie ihr selbst als Kind. Sie hatte sich in den Kopf gesetzt, dass es nicht viel brauchte, um bei Ianetta eine Veränderung zu erkennen, als könnte sie von jetzt auf gleich zu dem Kind werden, das Lucia sich so sehnlich wünschte: ein liebenswertes Mädchen, das all die hässlichen Vorurteile, die man im Hause und im Dorf über sie hegte, Lügen strafte. Nachdem Lucia gesehen hatte, wie sie Mariuccia rettete, hatte sie geglaubt, sie könnten zu Komplizinnen werden, und alles würde sich ändern.

Als sie am nächsten Tag hineinlugte, sah sie die Puppe nicht mehr. Sie war weg.

Langsam kehrten sie zur Normalität zurück, und Ianetta tauchte wieder im Haus auf. Doch Lucias Hoffnungen erfüllten sich nicht. Die Puppe machte Ianetta nicht freundlicher, ihr Blick wurde nicht wärmer, und sie schien Lucias Nähe auch nicht mehr als früher zu suchen. Und wieder einmal, wie in der Nacht viele Jahre zuvor, war es Lucia, als hätte sie den Irrtum begangen, einen wilden Fuchs zähmen zu wollen.

Ein gezähmter Fuchs bleibt doch immer ein Fuchs.

Nach der Enttäuschung dieser Tage widmete sich Lucia ganz der Sorge um Mariuccia, und der Gedanke an Ianetta verblasste unausweichlich.

6

Karwoche 1889

Das Haus war eine Brutstätte von Fliegen: Zu diesem Schluss kam Cesarina, während sie das Osterbrot buk. Sie nahm den Teig, verzierte ihn festlich mit Punkten, Blümchen und Kringeln, dann drückte sie ein Hühnerei hinein, um es anschließend in den Ofen zu schieben, während sie gleichzeitig mit dem Geschirrtuch lästige Fliegen zu erschlagen suchte. Cicita fuchtelte mit den Händen durch die Luft, denn sie fürchtete, dass sich bei diesem Durcheinander die mit Ricotta gefüllten Ravioli im Kochwasser auflösten. Draußen hatte sich der Himmel bezogen, durch das Fenster fiel graues Licht und die Küchenräume lagen da wie in der Stunde zwischen Tag und Nacht. Nichtsdestotrotz rannten draußen die Kinder durch die Gassen und kündigten mit ihren *Taulittas*, kleinen Holzplatten, die sie aneinanderschlugen, den Durchzug der Prozession an. Nur Familie Zara würde nicht teilnehmen. In die Stille des Hofes drang das Gemurmel von Gebeten.

»Fliegen, Fliegen und noch mehr Fliegen. Cicita, das ist doch nicht normal! Das ist ein Fliegenmummenschanz, genau wie in dem Kindervers des Padrone. Möge der Blitz der Gerechtigkeit sie alle erschlagen!«, sagte sie, während sie drei auf einmal erlegte. Cicita stellte den Krug ab, sah die jüngere Magd an und schüttelte den Kopf.

»Nein, das ist nicht das Haus. Nicht einmal im Schweinestall gibt es so viele. Nein, meine Liebe, das ist etwas anderes!«

Cesarina blickte gequält auf. Sie raffte ein Quäntchen Mut zusammen und blickte Cicita von der Seite an, während sie sich die Hände an der Schürze abwischte. »Und … was ist es dann?« Ihre Stimme zitterte merkwürdig auf die ihr eigene Art.

»Fäulnis.«

»Was?«

»Schlicht und einfach Fäulnis, sage ich! Verschimmeltes Fleisch, vergammeltes Zeug. Ich beobachte das seit Tagen.« Mit einem Schritt näherte sie sich Cesarinas Ohr. »Und ich glaube, die Fliegen kommen von dort«, flüsterte sie und streckte den Zeigefinger aus.

»Wo, von dort?«

»Hast du gesehen, wie viele Fliegen tot vor der Kammer der kleinen Dämonin liegen?«

Cesarina zog die Nase hoch und nickte ergeben, sie wusste, dass sie bald wieder etwas zu sehen bekommen würde, was sie zu Tode erschreckte.

»Ich bin schon heimlich in ihre Höhle gegangen, aber … nichts.« Dann zog Cicita resolut an Cesarinas Ärmel. »Komm mit, meine Liebe. Meine Nase ist doch nicht umsonst so groß! Dunkle Dinge gehen da vor sich, das kann ich dir sagen.«

Sie breiteten ein paar Leinentücher über die kochfertigen Ravioli und gingen hinüber zum anderen Ende des Hauses. Dabei stoben ganze Schwärme von Fliegen vor ihnen auf. Wo die toten Tierchen gehäuft lagen, blieben sie stehen, nämlich zwischen Ianettas Tür und der etwas kleineren, durch die man in die Kammer unter der Treppe gelangte.

»Hier müssen wir rein.« Cicitas Entschlossenheit beunruhigte Cesarina. Sie beobachtete, wie die Ältere sich der Wand näherte und schnüffelte.

»Irgendwie riecht es hier komisch. Nur ein bisschen, aber es riecht.« Mit diesen Worten zog sie den Schlüsselbund aus der Schürzentasche.

»Gesusu, Giuseppi e Maria!« Drei Kreuze. Nur so konnte Cesarina ihr pochendes Herz beruhigen. Anders als Cicita hatte sie sich noch nie gerne freiwillig in Schwierigkeiten begeben, ihre Nerven waren nicht gemacht für so viel Aufregung.

Einmal den Schlüssel gedreht, und quietschend ging die Tür auf.

»Geh und hol eine Kerze. Und einen Besen. Schau dir das an!«

Überall krabbelten Fliegen herum, lagen summend im Todeskampf auf dem Rücken oder flogen ihr auf dem Weg nach draußen ins Gesicht.

»Kann das von einer toten Maus stammen?«

Um Gewissheit zu haben, begann Cicita eine Reihe von leeren, bauchigen Ölflaschen wegzuschieben. Plötzlich wurde der stechende und süßliche Geruch stärker, sodass selbst Cesarina ihn bemerkte, als sie mit der Kerze zurückkam.

»*Mamma mia*, das ist ja grauenvoll!«

Cicita hob die Kerze, um die Dunkelheit im hinteren Teil der engen Besenkammer auszuleuchten.

»Da, noch eine Tür! Die hatte ich ganz vergessen.«

Cicita sah Cesarina bedeutungsvoll an. »Gib mir die Kerze.«

Cesarina sagte keinen Ton, obwohl ihr Beine und Hände zitterten wie Espenlaub. Doch sie beschloss, der couragierteren Altmagd zu folgen, eine Hand am Rosenkranz und die andere am Besen, mit dem sie hinter sich eine Spur über den Boden zog. Mit gebeugten Schultern und geducktem Kopf bahnten sie sich den Weg durch den engen, niedrigen Durchgang bis zu einer Tür, die noch kleiner war als die vorige.

»Schau, da drunter kommen die Fliegen raus!« Cicita zeigte auf die Insekten, die im Licht der Kerze zum Ausgang flogen.

Das Schlucken fiel ihnen allmählich schwer. Cicita drückte die Holztür auf, bevor ihre Fantasie sie überwältigen konnte mit Vorstellungen von unnennbaren, missgestalteten Dämonen, die diesen düsteren Ort bevölkerten.

»Es ist offen.«

Das Kerzenlicht fiel zuerst auf einen unerwartet weitläufigen Raum, der gut vier Stufen tiefer lag als der Rest des Hauses. Die beiden Frauen schlüpften hinein und klammerten sich eng aneinander.

Der größte Teil des Raumes war vollgestellt mit Materialien, die vom Bau des Hauses übrig waren: unordentlich aufeinandergestapelte Fliesen, Schilfrohrbündel, in denen der Holzwurm wütete, ein paar Strünke von Wacholderbüschen, die nun, nachdem die Wände hochgezogen waren, ganz sicher niemals mehr von dort weggebracht wurden. Ansonsten leere Ballonflaschen, Spinnweben und Staub. Cesarina atmete wieder normal, trotz des widerwärtigen Gestanks.

»Wie es hier riecht!«

Cicita ging die Stufen hinunter und suchte den gestampftem Lehmboden ab. Das bescheidene Flämmchen der Kerze fiel auf Insekten, die krabbelten statt flogen, andere wiederum wurden vom Licht angezogen. Die Frau, ganz gebannt von der Szenerie, folgte mit dem Blick den Insektenschwärmen und erst zuletzt, als sie ganz hinten angekommen war, merkte sie an einem Gewühl von Larven, was sie hier vor sich hatte.

»O Jesus Maria! Cesarina, komm schnell her!«

»Nein!« Cesarina gehorchte, obwohl sie lieber auf den höchsten Berggipfel geflüchtet wäre; sie machte sich ganz klein und trat langsam näher, zwei Schrittchen vor und einen zurück, den Besen wie eine Waffe gezückt. Was Cicita dort betrachtete, mit runden Augen und käsebleichem Gesicht, war eine Art Gruselkabinett, eingerahmt von Kerzenstummeln, die zahlreiche Besuche von Ianetta in der Abstellkammer bezeugten. Auf den ersten Blick mochte die Anordnung vielleicht frei von System und Logik sein. Doch als die Kerze nahe war und keine trügerischen Schattenspiele mehr veranstaltete, wurde klar, dass hier nichts dem Zufall geschuldet war. Die Schädel von Ratten, Kaninchen, Katzen, Füchsen, gehörnten oder ungehörnten Schafen, von der Sonne verblichen oder mit anhängenden Resten von Fleisch und Fell, waren zusammen mit Knochen aller Art und Größe zu prächtigen Hügeln aufgeschichtet. Daneben bildeten die Köpfe von Vögeln einen Kreis, die Schnäbel nach außen und nach innen gerichtet, und schillernde Panzer von Mistkäfern glänzten im Licht wie lebendige Pupillen. Um sie herum lagen verstreut schwarze, weiße und gescheckte Federn und durchsichtige Schlangenhäute. Die toten Körper des Kleingetiers hatten die Fliegen angezogen, man sah dickes oder dünnes Fell jeder Färbung, Schwänze, Ohren, Schnauzen, Krallen, Klauen und leere Augenhöhlen. Von jedem ihrer Streifzüge durch die Felder und Wälder von Baghintos brachte Ianetta offenbar etwas mit nach Hause, was niemand sonst angefasst hätte, in ihren Augen aber einen kostbaren Schatz darstellte.

»Vater unser, der du bist im Himmel … *Mamma mia*, ich werde ohnmächtig! Hilfe!«

»Oje, hör bloß auf, Eselin!«

Cesarina klammerte sich an Cicita, doch die konnte sich nicht auch noch um sie kümmern. Dort vor ihnen gingen makabre und düstere Dinge vor, Dinge, vor denen fromme Seelen sich hüten mussten wie vor der Pest. Cicitas Knie, die Knie einer gläubigen Dienerin der Heiligen Jungfrau Maria, waren zum ersten Mal seit Ianettas Geburt weich.

»Verfluchte Coga! Sieh nur, was sie hier veranstaltet!«, sagte Cicita und ließ die Kerzenflamme tanzen. »Sie zieht das Böse auf dieses Haus. Als hätten wir nicht schon genug Kummer!«

Bei diesem Anblick, dessen Sinn sie nicht erfassen konnte, dachte Cicita gleich an schlimme Dinge. Dinge, die mit der Coga zu tun hatten, die im Hause Zara wohnte und sicherlich insgeheim etwas ausheckte.

Beim Klang dieser unheilvollen Worte wurde Cesarina noch unruhiger. »Wir müssen es den Herrschaften sagen«, schlug sie angstbebend vor.

»Nein! Halt den Mund, sonst verpass ich dir eins mit der Zironia! Zu viel Kummer gibt es schon in diesem Haus, und nun, wo Mariuccia krank ist, will ich sie nicht auch noch mit diesen Widerwärtigkeiten quälen.«

Beim Gedanken an die bettlägerige Mariuccia brach Cesarina in Tränen aus.

»Wir holen Eimer, Schaufel, Wasser und Soda. Dann machen wir alles sauber und verbarrikadieren die Tür.«

Es dauerte einen langen Nachmittag, bis sie den Boden noch von den letzten Resten der grausigen Sammlung gereinigt hatten. Dann, als die ersten Regentropfen fielen, nahmen sie die Eimer, öffneten die Klappe der Jauchegrube und kippten alles hinein.

Cicita wiederum brauchte zwei ganze Tage, um Ianetta abzufangen, als sie gerade einen Zweitschlüssel ins Türschloss steckte und zwischen den Ballonflaschen in der Abstellkammer verschwand. Doch eine böse Überraschung erwartete Ianetta: Die Tür war mit dicken Brettern vernagelt. Aus dem engen Raum drangen seltsame Geräusche wie von einem Tier, das an einer Wand scharrt und nicht weiterkommt. Hektisch zerfurchten ihre Fingernägel das Holz der Tür, doch der Durchgang blieb verriegelt. Das gefiel ihr ganz und gar nicht. Eine nie gekannte Panik erfasste sie und ein Zucken, als steckte ihr ein Brocken im Hals, ließ Brust und Schultern erbeben. Die Entdeckung, dass ihr die Freiheit genommen war, nach Belieben zu kommen und zu gehen, führte zu einem Ausbruch unkontrollierter Ticks. Wutentbrannt kam sie unter der Treppe hervorgeschossen, blieb ein paar Sekunden stehen, aufgerichtet und in tausenderlei Gedanken gefangen, dann brach eine solche Protestwelle aus ihr heraus, dass Cicita der Atem stockte. Und zum ersten Mal hörten sie sie sprechen.

»Mir! Mir! Mir! Mir! Mir!« Ianetta stampfte mit den Füßen auf und trat um sich, ballte mit ganzer Kraft die Fäuste, schüttelte den Kopf, dass die verknoteten schwarzen Haarbüschel zusammen mit einer übergroßen, verblichenen Schleife nur so flogen. Und während Ianetta zitterte und tobte, trat Cicita leise hinter sie, hob einen Eimer Weihwasser hoch und leerte ihn mit allem Mut, den sie in sich finden konnte, über dem Kopf des Mädchens aus. Ianetta wand sich nicht in unmenschlichen Krämpfen, und keine Schwefeldämpfe stiegen durch den reinigenden Wasserschwall auf. Stattdessen wurde sie ganz still und blickte die Haushälterin wie erstarrt an, aus unfassbar großen, dunklen Augen und die Arme weit ausgebreitet. Sie sah genauso aus wie ein nacktes, aus dem Nest gefallenes Vogeljunges. Ein empörtes Vogeljunges, nur Haut und Knochen. Cicita wurde einen Augenblick lang weich ums Herz. Tief in ihrem Bauch wallten mütterliche Gefühle auf und weckten ihr Mitleid. Doch das Gefühl erstarb jäh durch einen heftigen Stich in der Wirbelsäule. Während die übrige Familie das Geschehen aus der Ferne beobachtete, sprang der Unterkiefer der Magd nach vorne, und Cicita begann zu malmen. Vor Angst war ihr, als müssten ihre Muskeln wie weiches Wachs zerlaufen. Dann trat langsam ein Glanz in ihre Augen, und als sie begriff, öffnete sie den Mund und spuckte einen Zahn aus. Einen Zahn, der sie schon seit Tagen unablässig quälte, der aber ihrer Meinung nach trotzdem bei den anderen im Kiefer hätte bleiben sollen, statt auf dem Boden zu liegen. Die Dienstmagd sammelte ihn eilig ein und entfloh, um sich zu verstecken. Den restlichen Tag wirbelten Schwärme rabenschwarzer Gedanken durch ihren Kopf. Sie vergrub ihr Geheimnis im tiefsten Innern, und als sie sicher sein konnte, dass niemand sie sah, verließ sie das Haus und warf den Zahn in den Fluss.

Ihr war es wichtig, dass dieser kleine Teil von ihr nicht in falsche Hände geriet, damit kein Unheil über sie käme. In den folgenden Tagen verfluchte sie ihre eigene Kühnheit, und immer häufiger sah man sie kniend den Rosenkranz beten. Lange Zeit hatte sie keine Lust mehr zu reden, auch nicht mit Cesarina, und wenn Ianetta in der Nähe war, machte sie sich lieber anderswo zu schaffen. Am Ende kam sie zu der Überzeugung, dass man sich besser aus anderer Leute Angelegenheiten heraushielt, wenn einem an seinen Zähnen gelegen war.

Ganz allmählich verschwanden die Fliegen aus dem Haus Zara, doch vor Kummer und Pein fiel es niemandem auf. Ganz andere Sorgen hielten die Familie auf Trab; die schmerzvolle Ahnung, dass etwas Schlimmes bevorstand, nagte Tag und Nacht an ihnen allen.

Desolina fand, dass jetzt, da die jungen Blätter sprossen, unter dem alten Feigenbaum im Hof alles weniger düster und trist aussah. Es war der Schatten seines Laubs und das Aroma der Milch in seinen Blättern, was sie magisch anzog. Auch ihn hatte sie angefleht, ihn und sämtliche Heiligen und die Madonna, dass Mariuccia wieder gesund würde, doch keiner schien ihr Gehör zu schenken. Die Heilmittel der Ärzte halfen nicht und ebenso wenig die »Arznei gegen den bösen Blick«, nichts konnte das Übel ausmerzen, das ihre Lieblingsschwester dahinsiechen ließ.

Desolina, Pinella und Fedela trafen sich unter dem Baum und beredeten ernste Dinge. Dicht gedrängt, damit niemand Ungebetenes sie belauschte, tuschelten sie miteinander und sahen sich mit furchtsamen Blicken um, ob die verhasste Schwester in der Nähe war. Sie wussten, dass es nur eine Ursache ihrer Probleme und des Unheils, das Mariuccia getroffen hatte, geben konnte.

»Ich habe gesehen, wie sie sie angesehen hat, im Hof, am

Tag vor der Quelle. Als ob ihr die Augen aus dem Kopf springen wollten!« Desolina brauchte den Namen gar nicht auszusprechen. Alle wussten, von wem die Rede war.

»Also, ich habe noch nie so riesige Augen bei einem Christenmenschen gesehen! Die ist wirklich eine Coga, die hat ja gar keine Pupillen«, sagte Pinella und lehnte sich an den Stamm des Feigenbaums.

»Ihre Augen sind ganz leer. Einmal habe ich sie beobachtet, wie sie mit unsichtbaren Dingen sprach. Dieser Blick kommt aus der Hölle, das sage ich euch.«

»Hör auf, Pinella, du machst Desolina Angst.«

»Ich hab keine Angst! Wegen der hat Mariuccia sich im Wald verirrt, und dann hat sie ihr noch das verfluchte Fieber an den Leib gehext. Und jetzt ist Mariuccia so schwach!« Händeringend beobachtete Desolina die Ameisen, die am Fuß des Feigenbaums in geordneten Reihen zu ihrem Bau marschierten, während ihr Kopf seinen eigenen gewundenen Pfaden folgte. »Ich habe geträumt, dass sie kommt und Mariuccia holt und in einen dunklen Wald bringt.«

Doch die anderen, eingesponnen in ihren Hass auf die jüngste Schwester, hörten gar nicht zu.

»Habt ihr gesehen, dass sie noch hässlicher geworden ist? Spitze Knochen, ganz behaart, Krallen wie ein Tier und Augen wie eine Schleiereule. In der Nacht wache ich auf aus Angst, dass sie in unser Zimmer kommt!« Beim Anblick von Desolina, deren Nerven zum Zerreißen gespannt waren, stieß Fedela Pinella den Ellbogen in die Seite.

»Warum will Lucia das nicht verstehen?« Desolina war die Nachsicht der Schwester gegenüber der ungeliebten Mitbewohnerin ein Rätsel.

»Weil sie spinnt. Wir haben eine Coga im Haus, die versucht, unsere Schwester umzubringen, und Lucia muss sie dauernd verteidigen. Manchmal könnte ich sie erwürgen!« Pinella legte theatralisch ihre Hände um einen imaginären Hals.

»Und außerdem will sie nicht einsehen, dass *jene* so hässlich ist, dass sie die Leute von uns fernhält. Alle haben Angst. Ihr werdet schon sehen, wir werden noch als alte Jungfern sterben. Schöne Jungfern mit Galle im Blut«, fügte Fedela hinzu, und die anderen nickten sorgenvoll.

»Sag so was nicht, Fedela. Ich will nicht als alte Jungfer sterben!«

»Du kannst aber nichts daran ändern, Pinella. Das ist unser Schicksal.«

»Puh, hör auf damit!« Pinella verzog missmutig den Mund zu einer Schmollmiene, als hätte Fedela tatsächlich prophetische Fähigkeiten. Dabei regte sich in ihrer Brust dasselbe unwohle Gefühl. Desolina hörte nicht mehr zu, durch die starke Aufregung hatte sie Schluckauf bekommen.

»Wenn Mariuccia … *hicks!* … stirbt … *hicks!* … weiß ich nicht mehr, was ich tue!«

»Was denn?«, fragten die anderen wie aus einem Munde.

»Wenn die sie sterben lässt … *hicks!*«

»Was ist dann?« Fedela sah ihr direkt ins Gesicht, doch Desolina starrte weiter beharrlich auf das eifrige Treiben der Ameisen.

»Dann … *hicks!* … dann bring ich sie um!«

Fedela wusste, dass Desolina keiner Fliege etwas zuleide tun konnte, und grinste sie herausfordernd an. »Und wie würdest du sie umbringen? Sag uns, wie du eine Coga totkriegen willst, Desolina.«

In Desolinas verwaschenen Augen glomm ein eigenartiges Licht auf, und Fedela begriff, dass es ihr ernst war.

»Ich würde sie an den Schultern packen und es machen wie bei den Schweinen: Ich würde ihr in den Hals stechen. Ich würde das tun, was Babbo damals nicht getan hat.«

Angesichts der Eindringlichkeit, mit der sie sprach, blieben Fedela und Pinella die Worte in der Kehle stecken.

In diesem Moment strich etwas über die knorrige Rinde des Baumstamms. Es war kein Gecko und auch kein Grashüpfer. Die drei Schwestern wurden blass und wichen zurück, doch hatten sie nicht die Kraft zur Flucht, genau wie die Maus vor der Schlange. So etwas war in den vergangenen Jahren noch nie vorgekommen, und nun, wo Ianetta sich ihnen freiwillig näherte und mit ihrer kleinen Hand in einer schüchternen Freundschaftsbezeugung über den Baum strich, wussten die Zara-Schwestern nicht, wie sie sich verhalten sollten. Es war ihnen wohl das Blut in den Adern gefroren, und selbst wenn sie hätten schreien wollen, hätten sie nicht den leisesten Ton herausgebracht. Sie lebten mit Ianetta im selben Haus, doch es war wie mit einer Wildkatze, die man in einen Käfig sperrte, weil sie pestilenzialische Krankheiten am Leibe trug. Eins war jedenfalls unzweifelhaft: Die Füße der Mädchen wurden wie Blei.

Ianetta bewegte sich langsam wie im Traum, ihre Augen waren dunkel und starr, als sie die Schwestern hinter dem Stamm hervor beäugte. Ihr mageres Gesicht hielt sie zum Boden geneigt, als sei sie das direkte Sonnenlicht oder die Begegnung mit Fremden nicht gewohnt. Beunruhigend fanden die Mädchen, dass sie bei näherer Betrachtung jung und alt zugleich wirkte, mit vorstehenden Knochen, Haaren so wirr wie ein Wurzelballen und Fingern so dürr wie kleine Äste. Der fast lippenlose Mund war verzerrt, die Winkel wiesen leicht nach oben, und dies war der einzige Grund, warum die älteren Schwestern nicht wegrannten. Sie fragten sich furchtsam, ob Ianetta vielleicht ihr Gespräch mit angehört hatte. Der Verdacht allein genügte, um sich die schrecklichsten Folgen auszumalen.

Als Ianetta vortrat, hielten Desolina, Pinella und Fedela den Atem an. Zu ihrer größten Überraschung begann sie zu reden.

»Ich laufe auf Wolken. Ich gehe, wo ich will.« Bei diesen Worten zeigte ihr Gesicht das gleiche matte Lächeln. Ihre Stimme gehörte zu den Dingen, die man einmal im Leben hört und nie wieder vergisst. Spitz und leicht nasal klang sie, wie ein disharmonischer und misstönender Akkord. Sie hatte eine kindliche Art, die Worte auszusprechen und aneinanderzuhängen, als koste es sie Mühe. Dennoch säte sie tiefe Unruhe in den Seelen ihrer Zuhörer.

Verwirrt waren die drei Schwestern und wie versteinert. Unter ihren Blicken zog Ianetta etwas Kleines und Dunkles aus der Tasche hervor und legte es in einen Wurzelspross am Fuße des Baumes.

»Da«, sagte sie und sah sie der Reihe nach an.

Bei so viel Dreistigkeit wurde Pinella von einem frevelhaften Mut gepackt. Mit ihren Schwestern im Rücken, um sich stärker und mutiger zu fühlen, schnauzte sie hasserfüllt: »Hau ab, verfluchte Coga! Heute Nacht wird Jesus dich im Schlaf sterben lassen, weil du hässlich bist und ein böses Herz hast!«

Ianetta kniff die Augen zusammen, als hätte sie einen Schlag ins Gesicht bekommen.

Sie sah sie noch einen Moment lang mit starrem Blick an, dann wich sie langsam zurück und verschwand schließlich im Haus. Dicht aneinandergedrängt warteten die drei Schwestern ab, ob noch weitere Überraschungen folgten. Doch Ianetta war fort, sie würde nicht zurückkehren. Pinella löste sich von den anderen und sah nach, was das Kind ihnen dagelassen hatte. Ihre Hand zitterte, doch trotzdem nahm sie das kleine rötliche Ding auf, kaum größer als eine Olive, das bei der leisesten Berührung mit winzigen Zuckungen an der Unterseite reagierte.

»Was ist das?«, fragte Fedela neugierig.

»Ein kleines Tier, das irgendwann zum Schmetterling wird.« Pinella musterte Ianettas Geschenk von allen Seiten.

»Was soll das heißen, Pinella? Und dieser Satz? Warum hat sie gesagt, dass sie hingehen kann, wo sie will?«, wimmerte Desolina und klammerte sich an Fedelas Arm.

Als Antwort ließ Pinella das Geschenk zu Boden fallen und zertrat es mit dem Hausschuh. »Betet, dass das Feuer sie verschlingen möge, bevor Mariuccia ins Paradies geht!«

Pinellas Ermahnung ließ ihnen allen die Tränen in die Augen steigen, denn sie wussten bereits, wie es enden würde.

Ianettas urtümliche Sprache, älter als alle Worte, verfehlte nicht ihre beunruhigende Wirkung, auch wenn die Schwestern sie nicht verstanden. Sie zogen sich ins Haus zurück, in die sichere Nähe von Vater und Großvater.

Vergeblich versuchten die schlichten Gemüter die Geheimnisse zu entschlüsseln, die im Dunkel der Zeit verborgen lagen. Doch nicht mehr lange, dann sollte der Moment kommen, in dem alles offenbar wurde.

7

April 1889

Als das Kirchengeläut in Baghintos die Sterbestunde verkündete, kamen die *Attitadoras* ins Haus Zara, die bestellten Klageweiber, deren Tränen von Severino teuer bezahlt wurden.

Wie ein Geisterzug schritten vier Frauen mit gesenkten Köpfen und gefalteten Händen unter dem mit schwarzviolettem Trauertuch verhängten Tor hindurch und strebten über den Hof auf das Zimmer zu, in dem Mariuccia aufgebahrt war. Kaum dass sie vor der Verstorbenen standen, belebte sich das tiefe Schwarz ihrer tanzenden Umhängeschals, Röcke und Kopftücher beim Klang der düsteren Verse, die ihren Mündern entstiegen. Diese Klage, die sich wie ein Dolch in die Köpfe bohrte, wurde lauter und ergoss sich in Strömen, begleitet von Gesten der Trauer, die an Kummer und Harm nicht zu überbieten waren.

Die Attitadoras hatten Mariuccia noch nie gesehen, doch die Toten zu beweinen war ihr Beruf, und das machten sie so gut, dass Desolina, Pinella und Fedela sich mit großen, angstgeweiteten Augen fest aneinanderdrückten.

Und während Desolina am meisten litt, weil sie an Mariuccia gehangen hatte wie eine stets besorgte, liebevolle Mutter, blieb Lucia gefasst und zügelte ihren Schmerz, damit ihre Schwestern nicht zusammenbrachen. Jemand musste kühlen Kopf bewahren und das Nötige für die Beerdigung vorbereiten. Ihr Vater Severino konnte nichts als weinen, er ging im Nebenzimmer auf und ab und seine Tränen strömten. Mariuccia war tot, und das war nicht zuletzt seine Schuld, weil er sich der Coga nicht beizeiten entledigt hatte. Nun forderte das seit Langem gefürchtete Unheil unschuldige Opfer. Nonno Efisio war bei ihm, stützte sich auf seinen fein geschliffenen, knotigen Olivenholzstock. Mit trockenen Augen blickte er in die Ferne, er schien um sich eine Mauer gezogen zu haben. Er sprach nicht, zu viele Gedanken türmten sich in seinem Kopf. Für Lucia war das schlimm, denn neben dem Schmerz, der herausgeweint oder in der Brust vergraben wurde, fühlte sie um sich einen nie zuvor wahrgenommenen Hass, der sich zu großen Wellen auftürmte und schon bald alle Dämme einreißen würde.

Einen grausamen Hass auf Ianetta.

In einer Ecke versuchten Cesarina und Cicita sich gegenseitig Trost zu spenden, doch am meisten schmerzte Lucia der Anblick ihrer Mutter Assunta. Assunta Ibba war in ihrem eigenen Haus ein ferner Schatten geworden, verschlossener noch als die stachelige Schale einer Kastanie, während der Klagegesang der fleißigen Attitadoras bis an die Grenzen Baghintos' schallte. Sorgenvoll blieb sie bei Mariuccias Leichnam, umhegte und pflegte ihre kleine Tochter, bevor sie für immer weggebracht wurde. Sie kleidete den zarten Leib in ein Kleid aus weißem Leinen, wusch ihr das Gesicht mit Wasser und Wein, löste die Zöpfe und kämmte ihr die Haare zu beiden Seiten des Kruzifixes auf ihrer Brust. Assunta benahm sich, als wäre sie allein im Raum, als gäbe es die herzzerreißenden Gesänge der Attitadoras nicht, die sich im Raum unerträglich aufblähten. Sie sorgte sich um jedes Detail an der toten Tochter mit der Kraft eines Felsens, unerschütterlich und fest.

Als Don Ninnino kam, verzogen sich die Attitadoras eilig – die Kirche schätzte diese Sitte nicht. Der Pfarrer stieß ein kurzatmiges Keuchen aus und blickte sich pausenlos um. Eine höhere Macht hatte ihn gegen seinen Willen ins Haus der Zaras geführt. Trotz der frischen Brise an diesem feuchten und wolkigen Tag Ende April musste er sich zwischen den Gebeten und den Salbungen mit gesegnetem Öl den Schweiß von der Stirn wischen. Vor ihm lag Mariuccia auf ein schneeweißes Leintuch gebettet, mit den Füßen zur Tür und mit gefalteten Händen. Doch er schien sie kaum zu sehen, weil sein Geist von ganz anderen, furchterregenden Eindrücken gefangen war. So hatte er am Ende doch noch das Haus der Coga betreten müssen, und es stimmte, was die Leute im Dorf sagten, ihm bebten die Gewänder.

Um die Sache abzukürzen, wandte er sich an Assunta, doch die trostreichen Worte, die ihm auf der Zunge lagen, wollten ihm nicht über die Lippen kommen. Er schluckte trocken und legte eine Hand auf die Finger der Frau. Assunta bedachte ihn mit einem Blick, der das kühnste Herz hätte gefrieren lassen, und erst recht das von Don Ninnino. Voll Dankbarkeit, sich entfernen zu können, trat der Kirchenmann den Rückzug an. Kein Wort zu Severino oder Tziu Efisio.

Eine schreckliche Stille senkte sich über das Haus Zara!

Noch das eine oder andere Schluchzen, dann nichts

mehr. In Wahrheit mieden die Baghinteser die Familie Zara, bis auf die Schäfer und die Tagelöhner in der Ölmühle und auf den Feldern, die eilig ihren Lohn abholten. Die Zeit und die immer greifbarer werdende Angst hatten auf Höhe des Fahrwegs, der am Tor entlangführte, eine unsichtbare Grenze gezogen, die niemand, der nicht im Hause wohnte, zu übertreten wagte.

Am Nachmittag dann kamen drei Frauen zu den Zara, die Ältesten des Dorfes, an ihrer Spitze Tzia Paddora. Sie waren durch und durch mit heiligem Geist getränkt und hatten keinerlei Furcht, irgendwelches Unheil auf sich zu ziehen.

Mit sich führten sie einen Esel, vollgepackt mit Essensspenden aus der Nachbarschaft, denn in einem Haus, das einen Toten beherbergte, durfte nicht einmal zum Kochen Feuer entfacht werden. Sie brachten Würste, kleine Gnocchi mit Tomatensoße, Lammbraten und drei große Laibe gesegnetes *Civraxiu*-Brot, auf jedem ein mit dem Messer eingeritztes Kreuz. Tzia Paddora und ihre zwei Gevatterinnen ehrten Mariuccias Leichnam mit langen Gebeten, dann wandten sie sich mit mildem und zugleich mitleidvollem Lächeln an Severino und Assunta: »Liebe Kinder, grämt euch nicht ob eures Schmerzes. Wähnt euch glücklich als Vater und Mutter, denn nun habt ihr einen kleinen Engel im Paradies, der für euch betet und euch bei den Heiligen empfiehlt! Die unschuldige Seele eures Engelchens ist nun bei der Jungfrau Maria. Preist euch glücklich!« Die alte Frau lächelte, und ein Netz aus Falten überzog ihr winziges Gesicht und brachte die drei Zähne zum Vorschein, die sie noch hatte. Die Alten blieben noch eine Weile bei der Familie, um dann wieder mit ihrem Esel über die Hofschwelle zu schreiten.

Seit dem Vortag hatte niemand im Haus mehr Nahrung angerührt, und allen schien es noch viel länger her zu sein: Leer wie das Herz war der Magen. So fanden sie in stiller Übereinkunft an der Tafel zusammen und kosteten von den Gnocchi, von der Wurst, von dem Lamm, und Desolina rollte eine Träne über die Wange, während Cesarina mit einem Bissen Fleisch im Mund halb erstickt aufschluchzte. Sie sahen einander nicht an, sie aßen nur und schmeckten nichts. Irgendwann hielt Lucia es nicht mehr aus und rannte zur Schwester, die allein zurückgeblieben war, was niemals passieren durfte. Als sie ins Zimmer kam, blieb sie vor Überraschung wie angewurzelt stehen.

Bei Mariuccias Leichnam stand Ianetta und hantierte mit einer Schere, Staunen stand ihr ins Gesicht geschrieben. Sie untersuchte den Körper der toten Schwester, als handele es sich um ein wunderbares Mysterium. Sie roch an Mariuccias Kopf, an den Kleidern, den gefalteten Händen und ihren nackten Füßen. Sie legte ein Ohr auf das Herz, doch es war stumm.

Mit den Fingerspitzen fuhr sie vorsichtig über Mariuccias von der Krankheit verzerrte Gesichtszüge, und wie in Gedanken an ihr eigenes ungelenkes Grinsen versuchte sie, die Lippen der Schwester zu einem leblosen Lächeln zu verziehen.

Sie beugte sich über den Leichnam und murmelte dem Kind unverständliche Geheimnisse ins Ohr, dann plötzlich umarmte sie es. Ianetta wirkte nicht traurig, sie schien vielmehr wie befreit von den Fesseln eines verhassten Verbots. Zum ersten Mal durfte sie die Schwester berühren und fühlen, ohne die Angst, verjagt zu werden, ohne die Gewissheit, dass die ganze Familie sich gegen sie wenden würde.

Als Ianetta versuchte, die Lage der gefalteten Hände in einem scheinbar entweihenden Akt zu verändern, als sie der Toten dann über die Haare strich und ein paar der gekämmten Strähnen ergriff, um sie abzuschneiden und in ihren Kittel zu stecken, fuhr Lucia verblüfft zusammen. Assunta hingegen, die neben ihr in den Türrahmen getreten war, stockte der Atem. Was sie da sah, genügte, dass ihr die Galle hochkochte und das Herz zu Stein erstarrte. Mit steifen Schritten ging sie weg und kam kurz darauf mit der Zironia in der Faust zurück. Ianetta war so in ihr Tun versunken, dass sie die beiden Frauen nicht bemerkte. Leise trat die Mutter zu ihr, und bevor Lucia sie aufhalten konnte, hob sie zornerfüllt den Arm und ließ einen schrecklichen Peitschenhieb auf das Gesicht ihrer Letztgeborenen niedergehen. Wieder und wieder schlug sie zu, erbarmungslos, überallhin, auf Körper, Kopf und Gesicht von Ianetta, die nichts zu ihrer Verteidigung tat.

»Lass sie in Ruhe! Lass sie in Ruhe! Lass sie in Ruhe!«, schrie Assunta mit rollenden Augen und verzerrten Gesichtszügen.

Ianetta jaulte wie ein Hund unter der Rute des Herrchens, doch sie ließ nicht ab, weil ihre Hand sich in Mariuccias Haaren verfangen hatte.

»Nein, Mamma, bitte nicht! Sie hat nichts Böses getan!« Ein kräftiger Stoß der Mutter warf Lucia zur Seite, dass sie um ein Haar gestürzt wäre.

Gerade rechtzeitig kam die Familie gelaufen, um zu sehen, wie Mamma Assunta in ihrem Drang, zu zerstören, was sie einst geboren hatte, alles mitriss, was ihr in den Weg kam: ein paar Stühle, die Weihkerze und am Ende sogar Mariuccia, die unter einem allgemeinen Schreckensschrei auf den Boden kullerte. Da endlich warf Severino sich auf seine Frau, um sie aufzuhalten, und auch Cicita ergriff ihre Arme, während Cesarina und Desolina ohnmächtig zu Boden sanken.

»Assunta, beruhige dich! Frau, beruhige dich! Im Namen unseres Herrn Jesus Christus!«

Doch Assunta sah nichts und niemanden. Nur Lucia, die am ganzen Leib zitterte und versuchte, Mariuccias Leichnam wieder aufzubahren, bemerkte Ianetta, sah ihr verletztes, tränendes Auge und ihren erbarmungswürdigen Versuch, dem Chaos zu entkommen. Unendliches Mitleid stieg in Lucia auf. Als Ianetta mit angsterfülltem Blick innehielt gleich einem Hirschkalb, das dem Jäger in die angelegte Flinte schaut, verspürte Lucia den Impuls, zu ihr zu gehen. Bestimmt hätte ein winziges Zeichen genügt, damit die jüngste Schwester in ihren Armen Zuflucht gesucht hätte. Doch so weit kam es nicht. Ein markerschütternder Schmerzensschrei ließ Lucia das Blut in den Adern gefrieren und Ianetta die Flucht ergreifen. Im Hof wurde sie von Pinella verfolgt, die es, ermutigt durch das vorangegangene Geschehen, wagte, ihr Steine hinterherzuwerfen, die sie in einem Beet mit Basilikum und Minze fand.

»Verrecke, verdammte Coga!«, schrie sie aus vollem Halse.

Assunta war nun wie elektrisiert und kaum mehr bei Sinnen. Sie kauerte auf der Erde, peitschte weiter mit dem Ochsenziemer durch die Luft und verfluchte Ianetta. »Sie hat ihr die Haare abgeschnitten! Abgeschnitten! Sie hat sie alle abgeschnitten! Herr Jesus, steh mir bei! Hilf mir! Hilf mir! Verflucht sollst du sein! Du hättest sterben sollen, nicht meine Tochter!« Sie schrie ohne Pause, und ihr Leid war für alle ein schmerzhafter Schlag.

»Mamma, beruhigt Euch, sie ist weg! Sie ist weg! Bitte, sonst bekommt Ihr einen Herzschlag!«, flehte Lucia sie an und sank auf die Knie, doch ihre Mutter hatte keine Ohren für sie.

Assunta schrie weiter und wand sich, bis ihr übel wurde und sie schlagartig alle Kraft verlor. Man legte sie ins Bett. Ein Fieber ergriff sie, sodass sie nicht einmal an Mariuccias Beerdigung teilnehmen konnte. Tag und Nacht lag sie im Fieberwahn und redete wirr von Ianetta, die der toten Tochter die Haare raubte, bis alle im Hause Zara Albträume davon bekamen.

Seit jenem Tag waren Assuntas Haare nicht mehr weich und schwarz wie Kohle, sondern wurden glanzlos und grau wie eine Bordüre aus Spinnweben.

Anfang Mai streifte Lucia über die Wiesen, um Wildblumen für Mariuccias Grab zu pflücken: Margeriten, Löwenmäulchen, Affodill, in den feuchteren Wiesen um den Bach herum auch Dolden-Milchstern, gelbe Narzissen, Akelei und Alpenveilchen. Ihr feines, wie von einem Künstler geschnittenes Gesicht strahlte in der Sonne, und ihre Gestalt in Trauerkleidung ragte aus dem Meer kleiner weißer Blüten hervor. Sie knotete ihr Kopftuch auf, um darin Blumen zu sammeln, und löste sich den Zopf, damit ihr der angenehm milde Wind durch die Haare fuhr. Die Wärme war wohltuender Balsam für ihr eiskaltes Blut. Doch dann fiel ihr Blick auf eine eigenartige Szene, und das Unwohlsein kehrte schlagartig zurück.

Lucia erhob sich und ging rund fünfzig Schritt weit zu einem alten Mandelbaum. Versteckt hinter seinem Stamm beobachtete sie Ianetta, die sich ein Stück entfernt an dem Gerippe eines Schafes zu schaffen machte. Das Tier war aufgebläht, und die vier Beine standen steif ab wie Holzstöcke.

Einen kurzen Moment lang überkam sie der Wunsch, zu ihr zu gehen und sie von diesen grausigen Spielchen wegzuzerren. Mit ihr zu schimpfen wie mit jeder anderen ihrer Schwestern. Doch die Einflüsterungen von Mamma Assunta und der übrigen Familie, die seit so vielen Jahren auf sie einwirkten, waren schier unüberwindlich.

Was verboten war, war verboten. Instinktiv zog es sie immer wieder zu der ungeliebtesten der Schwestern hin, doch jedes Mal zerrte eine mächtige Kette sie ruckartig zurück auf ihren angestammten Platz.

Ianetta wirkte so klein in der strahlenden Sonne, die schrecklichen Schatten der namenlosen Verdammnis schienen wie weggeblasen.

Der Gedanke, dass sie und die Coga Ianetta aus demselben Fleisch und Blut waren, hatte eine schwer greifbare, aber starke Wirkung auf Lucia. Die Gewohnheit, die jüngste Schwester als etwas anderes anzusehen als den Rest der Familie, war so stark, dass sie alle wahren Tatsachen überlagerte.

Doch Lucia vergaß ihre wirren Gedankengänge schnell, als das Kind das tote Tier mit ungeahnter Kraft packte und bis in den Schatten des Baumes zerrte. Befremden stieg in ihr auf. Ein übler Geruch verpestete die Luft, doch Ianetta schien davon nichts zu bemerken, sie war ganz in ihr Tun vertieft. Lucia wurde traurig, das Gewicht der Trauer drückte sie nieder mit ganzer Macht. Sie beobachtete Ianetta, und ihr Herz wurde weich, als sie begriff, dass dieses Kind nicht wie andere Kinder war, dass seine Spiele nicht im Licht der Unschuld standen, sondern im Schatten der bitteren Erkenntnis, dass es sich nur mit toten Dingen beschäftigen durfte, denn das waren die Einzigen, die es nicht zurückweisen konnten. Die Gewohnheit, von allen gehasst und verjagt zu werden, war so tief in Ianetta verankert, dass es ihr sogar sicherer schien, sich einem toten Tier zu nähern als einem lebendigen. Tote Dinge wehrten sich nicht und wünschten ihr nichts Böses an den Hals. Auf diese ganz eigene Art fühlte Ianetta sich ein bisschen weniger einsam.

Voll Traurigkeit nutzte Lucia die Gelegenheit, sich davonzuschleichen. Die Blumen fest an die Brust gedrückt, beschleunigte sie ihre Schritte immer mehr, bis sie schließlich rannte. Sie lief am Friedhof vorbei geradewegs nach Hause und blieb den ganzen Tag in hässliche Gedanken versunken.

An diesem Abend pfiff der Wind sein Lied durch die Fenster. Als es still im Haus wurde und nur noch Cicita in der Küche zurückblieb, herrschte eine Atmosphäre, als klopften Geister an die Tür und bäten um Einlass.

Das düstere Heulen des Windes verzerrte sich manchmal und tönte dann wie ein eigenartiges Kinderlachen. Die Wirkung war so wirklich und klar, dass Lucia aufstehen musste, um mit brennender Kerze im Flur nachzuschauen.

Mit ruhiger Hand und ruhigem Puls hielt sie die Kerze fest, und das leichte Stirnrunzeln konnte selbst in dem matten Lichtschein ihre Schönheit nicht verleugnen. Das wie ein Waldbächlein perlende Gelächter führte sie direkt vor Ianettas Tür. Lucia legte ihr Ohr daran und lauschte. Sie hörte, wie etwas über den Boden kullerte, dann folgte leises Kichern und Flüstern. Mit angehaltenem Atem beugte sie sich zum Türgriff. Ein dumpfer Schlag, etwas fiel zu Boden, sie zuckte hoch. Das Mädchen hatte das Bild von glücklichen Kindern vor Augen, die Fangen spielten und lachten. Dann murmelte ein ersticktes Stimmchen leise ihren Namen vor sich hin: »Lucia.« Da konnte Lucia sich nicht mehr zurückhalten, umfasste den Türknauf und öffnete vorsichtig die Tür. Sie hielt inne, als sie in die ins Halbdunkel getauchte Kammer spähte und die Geräusche und Stimmen jäh verstummten. Durch den Spalt erkannte Lucia den Umriss einer Gestalt, vielleicht eines Mädchens, mit offenen Haaren und so reglos wie ein Traumschatten. Die Gestalt war zu groß für Ianetta und zu vertraut, um nicht an Mariuccia denken zu lassen.

Lucia entfuhr ein Keuchen, und mit großen Augen versuchte sie, die Finsternis des Zimmers zu durchdringen. Kurze Momente der Einbildung und Hoffnung, wie sie ein vernunftbegabter Mensch niemals zulassen sollte. Ein Windstoß, der die Kerzenflamme erzittern ließ, zerstörte den Zauber, und alles kehrte auf seinen Platz zurück, sobald sie die Tür aufstieß und Mariuccias Schatten sich in nichts auflöste.

Gerne wäre Lucia zum ersten Mal seit dem Tod der Schwester in Tränen ausgebrochen, doch dann erregte eine Bewegung am Boden ihre Aufmerksamkeit. Dort kauerte Ianetta und ließ unter den Händen eine umgedrehte Schildkröte herumwirbeln. Das Tierchen hatte die Beine in den Panzer zurückgezogen, sein kleines Köpfchen wedelte und schnappte nach Luft. Lucia überlegte nicht lange und entriss ihr die Schildkröte. Da klammerte sich Ianetta überraschend an Lucias Nachthemd, hin und her gerissen zwischen Staunen und Missbilligung, und gab ein leises, misstönendes »Nein!« von sich. Ihre dünnen, knotigen Finger waren wie trockene Äste.

Lucias Herz begann zu rasen. »Schildkröten können

sterben, wenn man sie länger auf den Rücken dreht«, sagte sie mit einem trockenen Schlucken, ernster als beabsichtigt.

Ianetta blickte sie von unten herauf an, einen endlosen Moment lang. Dann ließ sie langsam von ihr ab. Ihre Augen waren unfassbar ernst. Erst jetzt, frei vom Bann dieses wilden Blickes, realisierte Lucia, wo sie sich befand. Sie sah die vier weißen, nackten Wände um das Bett herum, eine Kommode, eine Keramikschüssel und ein Stühlchen mit Bastfläche, und ein Gefühl der Entweihung überkam sie, dass sie zu ersticken drohte, als befände sie sich an einem schlimmen, verbotenen Ort. Die große dunkle Wiege war verschwunden, und dennoch fühlte es sich nach schwerer Sünde an, in diesem Raum zu sein, eine Gotteslästerung, die ihre Mutter ihr niemals vergeben würde.

Schnell ging sie hinaus und schlug die Tür mit solcher Wucht hinter sich zu, dass die Kerze erlosch.

In tiefster Dunkelheit und gefangen in eigenartigen Hirngespinsten, suchte Lucia in der frischen Luft des Hofes einen Ort, wo sie die Schildkröte aussetzen konnte. Als sie zu der hellen Mondsichel am Himmel aufblickte, tauchten Fetzen von Geschichten, die in Baghintos seit jeher erzählt wurden, in ihrer Erinnerung auf. Diese Geschichten handelten von Haaren, von Fingernägeln und Knöpfen und von Frauen, die es verstanden, mit ihrer Hilfe die Toten sprechen zu lassen.

Und doch war Lucia nach ihrem merkwürdigen nächtlichen Besuch noch nicht zufrieden, denn nun war ihre Neugierde erst recht erwacht. Zwei Tage waren vergangen, und sie musste immer wieder an die Nussholzkommode in Ianettas Zimmer denken. Sie wollte mit eigenen Augen sehen, was sich darin befand, und nach langem Zaudern fasste sie ihren Entschluss. Sie musste nur noch den richtigen Moment abpassen, wenn die Herrin des Zimmers mit absoluter Gewissheit außer Haus war. Dann überwand sie wie damals als Kind ihre Angst, ertappt zu werden, und schlich sich hinein. Die Tür ließ sie angelehnt, damit ein wenig Licht hereinfiel, und trat mit aufgerissenen Augen näher, voller Erwartung, unerhörte Dinge zu finden.

Beim Öffnen der ersten Schublade sanken ihre Mundwinkel enttäuscht herab. Sie zog die zweite auf, die dritte und schließlich auch die vierte Schublade, ohne auf etwas Besonderes zu stoßen. Dort lagen ganz normale Kindersachen, ärmliche Kleidchen, Strümpfe, Hemden und Tücher. Mit einem Gefühl der Lächerlichkeit erhob sie sich und schob die Laden möglichst leise wieder zu. Doch als sie die vierte nehmen wollte, entkam diese ihrem Griff und schlug krachend auf dem Boden auf. Und so erblickten ihre Augen Ianettas Schatz.

Auf dem Boden des Möbelstücks, unter allen Schubladen, lagen in drei säuberlichen Reihen Gegenstände verschiedenster Art. Flink zündete Lucia eine Kerze an und schob sich in der Hocke näher heran. Der Lichtschein fiel in die Nische und zeigte als Erstes fünf Haarsträhnen verschiedener Herkunft, jede zusammengehalten von weißem Garn. Nur um eine von ihnen, eine weiche Ringellocke, war ein leuchtend rotes Bändchen gewickelt. Lucia erkannte ihre eigenen Haare, und sofort blitzte die Erinnerung an die Nacht ein Jahr zuvor in ihr auf, als sie mit Herzklopfen hochgefahren war und am Morgen die Lücke in ihrer Haarpracht entdeckt hatte. Dieser Schatten, der aus dem Zimmer huschte, war also doch kein Traumbild gewesen.

Die anderen Haarsträhnen mussten von ihren Schwestern stammen. Mit zitternden Fingern ergriff Lucia die von Mariuccia. Wie eine Reliquie hielt sie sie kurz in der Hand, dann ertrug sie die Gefühle nicht mehr und legte sie zurück. In der hinteren Reihe lagen ihr Hornkamm, der irgendwann einmal verschwunden war, und die Garnspule, die ihre Mutter ständig mit sich herumgetragen hatte und die sie schon seit geraumer Zeit vermisste. Außerdem waren da ein kleiner Meißel von Großvater Efisio, eine Schafsglocke, einer von den Schmuckstempeln aus Terrakotta, mit denen Cicita das Brot verzierte, Spielzeug aus der Kindheit der Schwestern, ein paar angeschlagene Kreisel, ein vom Babbo geschnitztes Holzpferdchen und eine Blechdose aus Cagliari, in der einst glasierte Pralinen aufbewahrt worden waren. Bestimmt lag in diesem Versteck auch Lucias Puppe, die sie Ianetta vor langer Zeit geschenkt hatte. Daneben sah sie Knöpfe, einen Silberlöffel, eine wertlose Anstecknadel, einige Garnrollen und ein paar Stücke des Spitzenstoffs, mit dem Pinella so gerne nähte.

»Was für eine diebische Elster!«, entfuhr es Lucia mit amüsiertem Lächeln. Doch dann verfinsterte sich ihre Miene, als ihr klar wurde, dass Ianetta keineswegs eine Elster war, die es nach glänzenden Dingen verlangte. Dort, in der Verborgenheit ihres Zimmers, sammelte sie Gegenstände der Familie, und jeder Einzelne war ihr ein wertvoller Besitz. Das war ihre geheime Welt. Und Lucia glaubte in diesem kindlichen Geheimnis zu erkennen, dass Ianetta auf merkwürdige und zugleich traurige Art versuchte, denjenigen nahe zu sein, die ihrerseits ihre bloße Anwesenheit fürchteten.

Dieser Gedanke verstörte sie zutiefst.

Sie legte alles wieder zurück und verließ auf Zehenspitzen das Zimmer. Nun wusste sie, dass sich in Ianettas Kammer merkwürdige Dinge verbargen, vielleicht das Hexenwerk einer Coga. Doch was ihr blieb, war ein dicker Kloß im Hals, den sie den ganzen Tag nicht mehr loswurde.

8

April 1898

Die Bank aus mattgelbem Stein, die spiralförmig mit Muscheln besetzt war und sommers wie winters im sonnenbeschienenen Hof stand, wurde Efisio Zaras liebster Sitzplatz. Der alte Efisio ging nicht mehr auf die Suche nach Felddisteln und Herbstlorcheln. Seit seine Gelenke immer wackeliger wurden und die Kraft in Armen und Beinen schwand, war sein Lebensmittelpunkt der gewundene Stock, den er vor sich in die Erde stemmte. Seine Augen, zwei blasse aquamarinfarbene Pünktchen, kleiner und ferner denn je, verfolgten das Scharren der Hühner, Cicitas Kommen und Gehen oder Pinellas schnelle Schritte, die Lucia nicht von den Fersen wich.

Von dort hatte er alles im Blick.

Manchmal kamen ein paar schroffe Worte aus seinem Mund, grob wie Axthiebe. Manchmal jammerte er vor sich hin, bevor sein Geist sich wieder mit schönen Erinnerungen voll Melancholie tröstete. Er dachte an seinen Vater, Gigino Zara, der seinerzeit die Steinbank aufgestellt hatte und in der Sonne noch selbst die Binsen zu großen und kleinen Körben geflochten hatte. Oder er sah seine Mutter Antonia vor sich, so klar, als stünde sie leibhaftig vor ihm, wie sie zu Ostern *Pardulas,* die süßen Käsetörtchen, und die zuckerbestäubten *Pistoccu*-Kekse aus dem Ofen neben dem Holzschuppen zog.

Und dann erinnerte er sich daran, wie er als Kind die Schirmchen des Löwenzahns weggepustet und ihrem leichten Tanz im Wind hinterhergeschaut hatte.

Für Efisio gab es keinen Löwenzahn mehr. Nichts war mehr wie früher, im Hause Zara hatte sich alles verändert.

Efisio hatte gesehen, wie Fedela und Desolina nach Cagliari abgereist waren, um dort bei einer Cousine dritten Grades zu leben, der kinderlosen Witwe Erminia Scalas, die genug Geld hatte und nach Gesellschaft verlangte. Man war zu der Überzeugung gekommen, dass die beiden Schwestern sich innerhalb weniger Monate mit einer guten Partie verheiraten würden, denn Cagliari war groß, voll mit Menschen und weit genug von Baghintos entfernt. Doch dann waren drei Jahre vergangen, und die einzige Freude Desolinas, die am meisten unter Mariuccias Tod gelitten hatte, und Fedelas, die nichts anderes tat, als vom Fluch der schönen Jungfern zu reden, war das Meer.

»Wir brauchen niemanden, wir sind glücklich, denn wir haben das Meer gesehen. Das kann man sich ja gar nicht vorstellen!«, hatten sie nach ein paar Wochen geschrieben. Dennoch hatte Fedela noch nicht alle Hoffnung aufgegeben, und ohne die Familie in ihr Geheimnis einzuweihen, hatten sie im Heiligtum der Madonna di Bonaria ein Gelübde abgelegt, um für sie beide einen Ehemann zu finden. So fest glaubten sie daran, dass sie schon das silberne Herz gekauft hatten, das sie in die Kirche zu den anderen Votivgaben legen wollten. Sie schrieben keine Briefe mehr, und Assunta war froh, Efisio, Severino und Cicita nicht mehr vorlesen zu müssen. Sie bevorzugte das Alleinsein und überließ die Mühen und täglichen Entscheidungen des Hofes den anderen.

Cesarina war vor einem Jahr weggegangen und hatte einen Fuhrmann geheiratet, Giuanni Cogoni, der sein Geld mit dem Verkauf von Schilfrohr verdiente, das er draußen in der Natur sammelte und in den Dörfern feilbot. Wenn es gut lief, mieteten die Leute seinen Karren, um Kohle, Stroh für die Tiere und Holz für die Herdstelle zu transportieren, doch er war immer unterwegs, ganz gleich, ob der Schnee fiel oder die Sonne brannte. Cesarina hatte es im Haus nicht mehr ausgehalten, die »schlimmen Dinge« waren zu viel für sie gewesen, und sie musste ja sehen, wo sie blieb, solange sie noch jung war. Nachdem die Abschiedstränen getrocknet waren, hatte sie sich schnell gefangen, und allein Cicita war es, an die sie hin und wieder dachte.

Cicita wollte das Haus Zara nicht verlassen, sie hing daran wie die Flechte am Stein. Sie mochte die Familie viel zu gern, um wegzugehen, vor allem Lucia, die immer ein freundliches Lächeln für sie hatte. Die Erstgeborene der Familie kümmerte sich nun um die häuslichen Angelegenheiten; anstelle ihrer Mutter hielt sie mit sicherer Hand die Zügel, ganz wie eine gute Padrona, und immer häufiger lauschte sie den Ausführungen des Vaters über die Weiden und die Ölmühle. Erstaunlich war allerdings, dass ihre Schönheit im Dorf zu größerer Verunsicherung führte als Ianettas Hässlichkeit. Mit ihren achtundzwanzig Jahren strahlte sie heller als die schönste Blume, und es war nicht normal, dass kein einziger Mann im Dorf um ihre Hand anhielt. Sie schien sich nicht weiter darum zu grämen, allerdings nur, weil sie andere Freuden im Leben nie kennengelernt hatte und den Kummer so gewohnt war, dass sie für sich nichts Schönes zu wünschen wusste.

Trotz all der Veränderungen im Hause Zara blieb Ianetta die, die sie ihr Leben lang gewesen war. Doch nur, wer nicht genau hinsah und kein Herz für ihr Schicksal hatte, konnte glauben, dass ihre Gewohnheiten im Laufe der Jahre immer dieselben blieben und sie auf ewig ein Kind. Lucia hingegen war aufgefallen, dass sie seit einiger Zeit immer düsterer und scheuer wurde, als ob sie ein Geheimnis quälte, und dass sie ihrer ältesten Schwester deutlicher auswich als eine Wildkatze. Sosehr Lucia auch versuchte, ihrem Geheimnis auf die Spur zu kommen, und ihr auf den langen Streifzügen durch die Umgebung von Baghintos unbemerkt folgte, blieb Ianetta doch stets ein ungreifbarer Schatten.

Seit Fedela und Desolina nicht mehr im Haus lebten, sammelte Pinella noch mehr Düsternis um sich. Wortkarg war sie wie die Wurzel eines Rebstocks, und ihr Blick irrte verloren über den Boden. Sie folgte Lucia auf Schritt und Tritt, immer einen Meter hinter ihr. So war Pinella: Wenn sie nicht gerade über einer Klöppelei saß, schien sie die Lichtreflexe aufzusaugen, die von der größeren Schwester abstrahlten.

Cicita sah, dass es in diesem Haus schon lange nicht mehr Mann und Frau gab. Severino arbeitete den ganzen Tag und die halbe Nacht. Assunta existierte nicht mehr für ihn, nur noch das nagende Gewissen, das ihm bis ins Mark seiner Seele bohrte. Seine Schwäche vor achtzehn Jahren hatte die Familie ins Unglück gestürzt, und wie konnte ein Mann sich das jemals verzeihen?

Wenn die Gedanken überhandnahmen, spülte er sie mit Wein hinunter, und wenn sie ihn zu überwältigen drohten, war es der Branntwein, der sie für eine Nacht in Luft auflöste. Glückliche Träume folgten, die allerdings zu einem bösen Erwachen führten. In letzter Zeit war Severino noch unverträglicher geworden. Beim ersten Schluck des Abends begann er, von komischen Dingen zu reden, und immer öfter lief er durchs Haus, als suchte er etwas. Severino fand keinen Frieden, dunkle Ecken zogen ihn an und nicht selten sah er darin Dinge, die sich über den Boden schlängelten und in obszönen Verrenkungen wanden.

Eines Abends, als sich wieder einmal der Todestag seiner geliebten Mariuccia jährte, beschloss er, einem dieser Knäuel zu folgen, um zu sehen, wo es hinging. Zur Schlafenszeit, der Vollmond stand hoch am Himmel, folgte Severino seiner Obsession bis auf den Hof. Er glaubte zu sehen, dass dieses geheimnisvolle und schreckliche Ding in den Geräteschuppen geschlüpft war, wo Pflüge, Harken und Heugabeln sowie das Zaumzeug für die Tiere lagerten und nun ein schwaches Lichtchen glomm. Das war kein Traum, dort drinnen war tatsächlich etwas, das im schwachen hellroten Leuchten des Kohlenbeckens aussah wie ein merkwürdiges Tier. Und es summte eine vertraute Melodie, das Schlaflied, das Desolina immer für Mariuccia gesungen hatte. Severino streckte die Hände aus und suchte nach Halt.

Das Wesen war in eine verblichene Kittelschürze gehüllt, hatte kaum Fleisch an den Knochen und hantierte mit der frenetischen Geschäftigkeit einer Maus suchend zwischen den Werkzeugen. Severino erkannte seine Tochter Ianetta, erkannte das dunkle und wilde Element, das von ihrem ganzen Leib ausging, und die großen Augen einer Schleiereule. Sie war schon häufig in tiefster Nacht dabei erwischt worden, wie sie, wenn alle schliefen und sie frei umherstreifen konnte, zwischen den Sachen der anderen herumstöberte. In dieser Nacht fühlte sie sich von den Geräten angezogen, die Severino am Nachmittag benutzt hatte: Sie ergriff die Zange, in der noch eine kleine Hitzeschale steckte, welche auf der Glut des Kohlenbeckens vergessen worden war, hob sie hoch und betrachtete mit geweiteten Augen den roten Widerschein. Und dann kippte sie sich in einem jähen Zucken das geschmolzene Zinn über die nackten Füße. Der unmenschliche Schrei, der in ihr aufstieg, schien in ihrer Kehle zu ersticken, und statt sofort zu sterben, begann Ianetta, sich wie wild um sich selbst zu drehen. In den Augen des Vaters war sie ein Monster durch und durch, glücklich und traurig zugleich, alt und jung im selben Körper. Das Zinn erkaltete schnell und färbte sich schwarz, und Severino erkannte darin sämtliche Zeichen des Teufelspakts. Das reichte ihm, um mit ungestümer Heftigkeit, wirr und zornesrot, in den Schuppen zu stürzen. Ein lang aufgestautes Wirrwarr aus Mordinstinkten stieg in ihm auf und legte ihm die *Arresoja* in die Hand, das Messer mit dem Griff aus Hammelhorn, das er immer in der Tasche trug.

Im Gegensatz zu allem sonst war Ianetta in Severinos Augen die Einzige, die sich im Hause Zara nicht verändert hatte. Sie blieb eine immer gleiche groteske und verabscheuenswerte Präsenz, die aus ihrem Versteck heraus das Leben seiner Familie ausspionierte, sich insgeheim an ihren Angelegenheiten, Streitigkeiten und ihrem Leid labte. Ein stiller Feind, der niemals sprach und doch mehr Schaden anrichtete als jedes Unwetter.

Severino wusste, dass die eine Nacht irgendwann wiederkommen würde, und wäre es auch mit schlimmer Verspätung, und dann könnte keine Macht der Welt ihn aufhalten, das zu tun, was ein für alle Mal getan werden musste. Er warf sich auf seine Tochter, die sich augenblicklich in kleinster Opferhaltung zusammenkrümmte. Er packte sie an den Haaren und bog ihren Kopf nach hinten, damit er in ihre Augen schauen konnte, die ihm schwärzer vorkamen als Oxidian.

»*Ti bocciu!*«, knurrte er ihr aus nächster Nähe ins Gesicht. »Ich bring dich um, verfluchte Coga!«

Er legte ihr die Klinge an die Kehle und war schon drauf und dran, sie aufzuschlitzen. Doch Ianetta redete und flehte ihn an, plötzlich verwandelt in ein Kind mit grausig vertrauter Stimme. Sie klang wie Mariuccia, als sie sagte: »Babbo, bringt mich nicht um! Bringt mich nicht um, Babbo! Babbo, Babbo, Babbo, Babbo, Babbo! Bitte nicht!«

Wie eine Gewehrsalve traf Severino die Gefühlswallung mitten in die Brust, und er löste die Klinge. Er knirschte mit den Zähnen, bis sie brachen, ließ das Messer fallen und taumelte ein paar Schritte zurück. Alle Farbe wich aus seinem Gesicht, Arme und Beine erstarrten, und ein Windstoß genügte, ihn der Länge nach hinzuwerfen. Mitleiderregend troff der Speichel aus seinem Mund, und seine Muskeln wurden gegen jede Natur zu Granit.

Stille trat ein, im Hof regte sich kein Blatt. Die Glut erkaltete in der Nachtluft, und langsam griff die Dunkelheit um sich.

Mit zögernden Händen tastete Ianetta sich an das verzerrte Gesicht heran und wartete, ob ihr wagemutiger Akt irgendwelche schrecklichen Folgen nach sich ziehen, ob Schläge und Beschimpfungen auf sie herabprasseln würden. Doch nichts geschah. Also wagte sie mehr und horchte an seinem klopfenden Herzen. Die tiefe Stille ringsum war mehr als merkwürdig. Sie packte das Messer und schnitt ihm eine Haarsträhne ab. Dann hielt sie ihren Schatz an die Wange, um die silbrigen Borsten zu fühlen, und steckte die Strähne in die Tasche.

Schließlich kauerte sie sich neben ihren Vater und wiegte ihn, das Schlaflied aus Kindertagen summend, in seiner zwei Stunden lang währenden Bewusstlosigkeit, reglos und geduldig wie ein jahrhundertealter Baum.

Um vier Uhr morgens erhob sich Cicita, um den Brotteig für die Woche vorzubereiten, und dies war der Moment, da Ianetta sich wieder rührte.

»Wenn das mal kein Unglück bedeutet«, murmelte die Dienstmagd, als sie Ianetta aus dem Schuppen huschen sah. Sie wusste, dass sie zu den eigenartigsten Zeiten unterwegs war, doch dieses Mal hatte sie ein Gefühl, das nichts Gutes versprach.

Als sie den Hausherrn röchelnd auf dem Boden fand, bekreuzigte sie sich und dachte schaudernd daran, wie ihr damals der Zahn aus dem Mund gefallen war.

Ein unerhörter Tumult brach los, die ganze Familie kam herbeigerannt und Cicita hörte nicht mehr auf zu verkünden, dass Ianetta schuld an diesem totengleichen Zustand sei. Doch Severino war nicht tot. Seine Augen standen offen, er atmete und sein Herz schlug laut, doch er antwortete nicht, und sein Körper reagierte nicht auf ihr Zwicken.

Das Schluchzen von Cicita und Pinella erfüllte die Luft, während Efisio die Füße des Sohnes mit der Stockspitze bearbeitete.

»Der bleibt jetzt so«, sagte er unter Kaubewegungen, da sein zahnloser Kiefer schmerzte.

»Kommt, Nonno! Wir bringen ihn rein.« Lucia gab den

Befehl, den Vater ins Haus zu tragen. Sie hoben den stocksteifen Körper hoch und legten ihn aufs Bett. Nur Efisio blieb draußen und betrachtete den Sternenhimmel und den Lichthof des untergehenden Mondes.

»Dieses Jahr wird es vorzeitig schneien.« Dies gesagt, versank er wieder in seinem gewohnten Singsang aus ineinanderfließenden Stimmungen.

»Wir müssen den Doktor rufen.« Schon wollte Lucia sich ankleiden und selber gehen. Das nächste Dorf, wo der neue Doktor wohnte, war über eine Stunde Fußweg entfernt, doch wenn man eine Abkürzung durch den Steineichenwald nahm, erreichte man es in der Hälfte der Zeit.

»Ich gehe«, erbot sich Cicita. Unter anderen Umständen hätte sie Angst vor den Wildschweinen gehabt, da ihr allein der Gedanke an sie die Knie schlottern ließ.

»Ich komme mit«, echote Pinella, auch sie von ungewohntem Mut gepackt.

Als Lucia und ihre Mutter allein mit Severino im Raum zurückblieben, geschah etwas, was niemand im Haus Zara jemals für möglich gehalten hätte. Assunta trat ans Kopfende des Bettes und begann, ihrem Mann das Gesicht zu streicheln. Ihr Zopf hing über die Schulter herab, und das früher einmal so stolze Gesicht wirkte mit einem Mal uralt, ein abgeschabter Rahmen für die glanzlosen, von Unruhe erfüllten Augen. Angesichts des von einem unbekannten Übel gefällten Severino belebten sie sich mit neuen Gefühlen.

»Mein armer, armer Mann! Mein armer Mann!«, murmelte sie leiernd wie eine Attitadora, mit ihrer rauen, dem Sprechen entwöhnten Stimme. Sie strich ihm weiter über die Stirn, die kurzen Haare, die stoppeligen Wangen bis hinunter zum Mund. Erst jetzt schien Severino der ihre geworden zu sein und sich damit ihre Fürsorge verdient zu haben. Sie beugte sich zu ihrem Mann hinab, um seinem Herzschlag zu lauschen. Als sie wieder aufsah, lag in ihrer Miene eine Mischung aus Liebe, Mitleid und Entschlossenheit.

»Mein armer Mann! Die Last war zu schwer für dich, dein Rückgrat ist zerbrochen. Mein Armer! Ab jetzt passe ich auf dich auf. Ich kümmere mich um dich, mein Mann. Du warst ein guter Mann und ein tüchtiger Arbeiter, zu gut, um das Unglück zu ertragen. Ich kümmere mich um dich, keine Sorge. Du hast mich aus der Stadt geholt und zur Königin des Dorfes gemacht. Du hast mir sechs schöne Töchter geschenkt und zum Abschluss eine Tochter, die ein Schrecken, ein fleischgewordenes Unheil ist. Doch ich verzeihe dir und verspreche, dass ich dich heilen und immer auf dich aufpassen werde. Ich bete zur Heiligen Jungfrau, dass sie dich von deinem Leiden befreien und deine Seele retten möge.«

Als sie die steifen Hände ihres Mannes ergriff, entspannten die Sehnen sich ein wenig, seine Glieder wurden warm, und warm wurde Assuntas Herz nach all den Jahren.

Lucia bereitete im Haus alles bestmöglich vor. Sie öffnete die Fensterläden, nahm einen Stapel Leintücher aus dem großen Schrank, entzündete die Glut im Ofen und setzte die Kaffeekanne auf. Sie glaubte, Cicita und Pinella hätten Baghintos längst verlassen, bereits im ersten Licht der Morgendämmerung, als sie im noch dunklen Teil des Hauses ein zischelndes Flüstern vernahm, das sie beunruhigte. Mit leichten Schritten schlich sie an der Wand entlang und näherte sich langsam der eigenartigen Szenerie.

Was sich da im Schatten regte, war Pinella, die ganz in

ihrem Element war, während sie Ianetta schreckliche Dinge zuflüsterte. Lucias Herz wurde schwer, als sie Pinellas Worte vernahm.

»Stirb, Coga! Stirb, verfluchte Coga!« Und noch einmal: »Cogas fressen Kinder, Cogas tun braven Leuten schlimme Dinge an! Was hast du mit dem Babbo gemacht? Du hast ihn mit dem bösen Blick belegt, stimmt's? Verschwinde aus diesem Haus, Coga! Krepieren sollst du!«

Ianetta war ihrer Peinigerin hilflos ausgeliefert: ein in die Ecke gedrängtes Opfer, zerbrechlich wie ein federloser Spatz vor der gnadenlosen Katze. Ihre Augen waren aufgerissen und der Kopf halb weggedreht im instinktiven Versuch, sich zu verbergen, während die Worte wie ein Steinregen auf sie herabprasselten.

Pinellas Tirade war so hassgetränkt, dass Lucia glaubte, das Gift zwischen den Zähnen der Schwester herausspritzen zu sehen. Ianetta sog das ganze Gift unvermeidlich ein, fruchtbarer Boden für eine Saat, die nur verfluchte Früchte hervorbringt. Als sich Lucia mit finsterer Stirn näherte, stieß Ianetta einen erleichterten Klageton aus. Sie blickte die ältere Schwester mit solcher Intensität an, dass ihre sonst so fernen und wilden Augen vor Dankbarkeit überzufließen schienen.

Als sie Ianetta so leiden sah, kochte in Lucia die Wut hoch.

»Du hattest gesagt, du gehst mit Cicita«, bemerkte sie mit fester Stimme und trat heran.

Augenblicklich verwandelte sich Pinella in eine liebe, unterwürfige Schwester. Sie hasste es abgrundtief, von Lucia klein und gemein gemacht zu werden. Sie warf ihr hektische Blicke zu und bearbeitete nervös die Zipfel ihrer Schürze, wie sie es als Kind immer getan hatte.

Ianetta nutzte Lucias Eingreifen und entzog sich eilends ihrer Strafe. Ganz klein, mit krummem Rücken, die Hände an die Brust gepresst, als hielte sie etwas Empfindliches und Kostbares darin verborgen, floh sie vom Ort ihrer Peinigung. Ohne sich umzudrehen, schlüpfte sie in die Kornkammer. Auf die Fersen gekauert wiegte sie sich vor und zurück und murmelte leise Lucias Namen, bis sie schließlich einschlief.

Auch Pinella versuchte zu entkommen, doch Lucia stellte sich ihr in den Weg.

»Was hast du da im Dunkeln gemacht?«, forschte sie misstrauisch.

»Nichts«, murmelte Pinella unsicher.

»Nichts, sagst du? Du hast ausgesehen wie eine giftstarrende Spinne. Warum sagst du solche Sachen?«

Pinella blickte fest zu ihr hoch, und ihr demütiger Tonfall wurde plötzlich ernst und unverbrämt trotzig. »Du bist die Einzige, die das nicht kapiert hat. Sie ist eine Coga. Die Coga hat das Unheil über uns gebracht. Und jetzt hat die Coga unseren Vater mit dem bösen Blick verflucht.«

Lucia trat einen Schritt vor. »Sie ist deine Schwester.«

Auch Pinella trat vor, und die beiden standen sich dicht gegenüber.

»Sie ist eine Coga! Vielleicht ist ja ein Teil von dir genauso verdorben wie sie, und deshalb verteidigst du sie ständig. Sie sollte mal dir etwas Böses antun, dann würdest du endlich die Wahrheit begreifen!«

Lucia hätte sie am liebsten geohrfeigt. Doch sie hielt inne, ein Zittern lief durch ihren ganzen Körper. Noch nie hatte Pinella ihr etwas Schlechtes an den Hals gewünscht. Sie betrachtete die Schwester, als sähe sie sie zum ersten Mal. Im Dunkeln verzerrten sich ihre Züge, bis Cicitas

Stimme die Anspannung durchbrach und Pinella sich lautlos davonstahl.

Der Pfad durch den uralten Steineichenwald von Baghintos war von Wildschweinen und Ziegen deutlich ausgetreten. Eng untergehakt liefen Cicita und Pinella voran, mit gespitzten Ohren lauschten sie auf jeden Seufzer des Windes, jeden Sprung eines Hasen durchs Unterholz, jeden Ruf des Wiedehopfs, der sie in ihren Umschlagtüchern erschauern ließ. Der Himmel wurde schnell heller, und in dem blassblauen Licht kletterten sie über Trockenmauern, die Weiden und Felder voneinander trennten, erreichten den Fluss Riu Meulla, überquerten ihn an der einzigen Brücke und standen noch vor Sonnenaufgang an der Tür von Dottor Giuseppe Spada. Die beiden Frauen hatten Feuer unter den Füßen, einen Felsbrocken auf dem Herzen und atemlose Sorge auf der Zunge. Sie klopften, und der Dottore öffnete sogleich, als hätte er auf sie gewartet. Pinella, die eine Stufe höher als Cicita stand, war sehr überrascht und hätte beinahe das Gleichgewicht verloren, als sich der junge Arzt ihnen auf der Türschwelle präsentierte. In ihrer Zunge waren tausend Knoten, so unvorbereitet traf sie der Anblick des Dottore, wühlte ihre Gedanken auf und brachte ihr Blut in Wallung.

Giuseppe Spada war der Nachfolger von Dottor Laccu, der drei Monate zuvor durch einen Tritt seines Pferdes verstorben war. Der junge Mann kam aus der Stadt und war Sohn eines großen, weithin bekannten Arztes. In seiner Begeisterung wollte er seine Dienste den Bedürftigen im Hinterland anbieten und Erfahrungen sammeln, bis er dann irgendwann die Praxis seines Vaters übernehmen würde. Das frühe Aufstehen schreckte ihn nicht, und ebenso wenig die wechselnden Launen und bösen Blicke manch alten Schafbocks. Er konnte reiten, und mit seinem doppelläufigen Jagdgewehr über der Schulter versorgte er alle Dörfer des Umkreises.

Als er die Tür öffnete, trug er eine Art Hausmantel, ein Kleidungsstück, das in Baghintos noch nie gesehen worden war. Auf seiner Nase saß eine kleine Brille mit Goldrand, alles wirkte solide, sauber und ordentlich, Haare und Schnauzer zeigten einen Stich ins Kastanienrote. Doch am beeindruckendsten an ihm war sein ernster und scharfer Blick, die Frucht einer vom ruhigen und analytischen Geist gezähmten Seele, die selbst heftigsten Wetterlagen zu widerstehen wusste.

»Dottore, ein Mann liegt im Sterben!«, rief Cicita und schob Pinella zur Seite.

»Ich bin sofort wieder da.« Wenige Minuten später stand der Dottore in brauner Drillichhose, Stiefeln und schneeweißem Hemd vor ihnen, auf dem Kopf eine schwarze Kappe und in der Hand das Arztköfferchen.

»Wo ist er?«

»In Baghintos.«

»Baghintos? Da war ich noch nie.«

»Kommt mit, Dottore, es ist nicht weit.«

Der Arzt stellte keine weiteren Fragen, ließ sein Pferd stehen und folgte den zwei Frauen zu Fuß. Pinella konnte nur mühsam mit Cicita Schritt halten, ihre Knie waren weich wie noch nie. Wollte sie es auf eigenen Beinen bis Baghintos schaffen, dann durfte sie den Doktor besser nicht zu oft anschauen. Den ganzen Weg über spürte sie deutlich die glückliche Verwirrung, die ihre Seele aufwühlte.

Als die Morgenröte den östlichen Himmel über Baghintos in Flammen setzte, verkündete Cicita: »Das ist das Haus Zara, Dottore. Kommt.«

Bei dem Namen horchte Giuseppe auf; er erinnerte sich, ihn kurz nach seiner Ankunft schon einmal gehört zu haben, denn alle in der Gegend wussten, dass der Familie Zara die Ölmühle gehörte.

Sie traten durch das große Tor, in dessen zwei Flügel jeweils ein Z geschnitzt war, durchquerten den weiten Hof im Schatten des riesigen Feigenbaums und traten unter die Kolonnade der Loggia.

Der junge Dottore wurde in Severinos Zimmer geführt, wo nur ein paar Kerzen und eine Öllampe Licht spendeten. Neben dem mit einigen Lagen bestickter Wolldecken zugedeckten Kranken stand eine Frau, und ein alter Mann trommelte mit seinem Gehstock beharrlich auf den Boden.

Und dann erblickte er Lucia, und alles andere hörte einen Moment lang zu existieren auf.

Hätte Lucia eine Krone aus Smaragden auf dem Kopf gehabt statt eines einfachen schwarzen, mit bunten Blumen bestickten Tuches, ihre Schönheit, davon war Giuseppe Spada überzeugt, hätte nicht größer sein können. Woher nur kamen diese vollkommenen Augen? Gewiss hatte den Mund, dieses kleine, an der Oberlippe gekräuselt verzogene Herz, ein Engel gezeichnet. Dottor Spada glaubte nicht an Seraphim und Cherubim, doch er musste zugeben, dass die Perfektion ihrer Züge nicht von dieser Welt sein konnte. Lucia war wunderschön, vom Scheitel ihres entzückenden Köpfchens über die Schmetterlingstaille und die Hüften bis hin zu den Füßen, die bestimmt genauso perfekt waren wie der ganze Rest. Eine Frau von solcher Schönheit und Anmut, dass der Dottore sicher war, sie könnte nur einem Tagtraum entsprungen sein. Eine sehr seltene Blume mitten in der Wüste.

Doch es war die Art, wie sie ihn ansah, was ihn an seiner geistigen Gesundheit zweifeln ließ: als hätte sie ihr Lebtag nichts anderes getan, als auf seine Ankunft zu warten.

Der Dottore putzte seine Brille, setzte sie wieder auf und blickte, wie um sich zu versichern, dass ihn nicht der Schlag getroffen hatte, Lucia erneut an.

Alle bemerkten, dass er viel deutlicher an der Erstgeborenen des Hauses interessiert war als an dem Sterbenskranken. Auch Pinella sah dies, und der bittere Geschmack in ihrem Mund zwang sie, das Zimmer zu verlassen. Doch die selbst gewählte Distanz währte nur kurz. Von der Ecke aus, in die sie sich verkrochen hatte, saugten ihre entbrannten Sinne jede Bewegung, jeden Blick, jeden Atemzug des Arztes in sich auf.

Cicita dagegen wurde es leichter ums Herz. ›Vielleicht kann aus Bösem doch etwas Gutes erwachsen‹, dachte sie. Und ein Funken Hoffnung keimte in ihrer Brust.

»Dottore, das ist mein Vater. So haben wir ihn heute Morgen gefunden. Sagt uns, ob er überleben wird!«, flehte Lucia ihn an.

Die sanfte Stimme verwirrte den Dottore. Sie war warm wie eine nie gehörte Melodie, sie war, als vereinigten sich die Klänge des Meeres, der Wälder und des Himmels in einer Symphonie.

Sich um Severino zu kümmern, wurde ihm sogleich zur lebenswichtigen Notwendigkeit, um schnell wieder Gewalt über sich und seinen Geist zu bekommen. Doch seine Augen kehrten ohne sein Zutun immer wieder zu Lucia zurück und brannten, kaum dass sie ihre Gestalt erfassten, wie tausend Nadeln. Der Arzt tadelte sich selbst wegen dieser ihm fremden und verurteilenswerten Schwäche. Also konzentrierte er sich auf den Kranken.

Zuerst horchte er Severinos Herz ab, das gleichmäßig und stark schlug. Er untersuchte die starren Pupillen, die steifen Muskeln und Gelenke; er versuchte, Ellbogen und Knie zu beugen, doch sie waren wie festgerostetes Metall.

Nach einer Weile erhob sich Giuseppe und wandte sich an Lucia: »Der Patient scheint einen Schlaganfall erlitten zu haben mit daraus resultierender katatonischer Starre.«

»Dottore, Ihr müsst mit einfachen Worten reden, wir haben nicht studiert«, wandte Cicita mit schüchternem Lächeln ein und lenkte die Aufmerksamkeit der übrigen Anwesenden damit wieder auf den Arzt.

»Mit anderen Worten, euer Vater hatte eine Blutung, eine Vene ist kaputtgegangen, sie ist geplatzt, sehr wahrscheinlich im Gehirn. Diese Bewusstlosigkeit ist normal in solchen Fällen, ebenso der steife Muskeltonus, der eine häufige Folge davon ist.«

»Wird er sterben?« Lucia hoffte mit ganzer Kraft, dass der Himmel für den Babbo eine Chance auf Heilung bereithielt, gleichzeitig war sie aufs Schlimmste vorbereitet. Tziu Boboi aus dem Dorf hatte das gleiche Schicksal erlitten und nicht mehr lange gelebt.

Der Dottore seufzte. »Schwer zu sagen, ob und wann. Sicher, eine komplette Erholung ist fast unmöglich, wenn man sich das sehr geschädigte Gesamtbild anschaut. Er reagiert nicht, die Pupillen sind starr. Ich habe leider nicht viel Hoffnung.« Seine Worte wirkten verheerend auf die Anwesenden. Lucia rang die Hände, während ihr langsam klar wurde, was für ein Unglück der Familie gerade widerfuhr.

»In den nächsten Stunden müsste sich seine Muskulatur entspannen, und dann könnt ihr versuchen, ihm etwas Nahrung einzuflößen. Wenn er Essen zu sich nimmt, gibt es eine Chance, dass er überlebt.«

Assunta nahm wieder den Platz neben ihrem Mann ein, und Lucia senkte den Kopf. Mit großer Willenskraft hielt sie die Tränen zurück und richtete sich auf. Der Arzt musterte sie eingehend, und ihre melancholische Schönheit traf ihn mitten ins Herz.

»In Wahrheit kann ich kaum etwas tun«, sagte er ein wenig übereilt, da ihn das Leid, das er ihr zufügte, schmerzte.

Dann überlegte er noch einmal und bedauerte seinen Fehler. Was er sich in diesem Moment am meisten wünschte, war einen Grund, Lucia wiederzusehen. Also sprach er weiter: »Zumindest für den Augenblick. Ich möchte jedoch in den nächsten Tagen den Zustand des Patienten kontrollieren, wenn es euch nichts ausmacht und die Entwicklung keine unglückselige Wendung nimmt.«

»Gewiss dürft Ihr das.« Lucia fasste neuen Mut, und das Vertrauen, das in ihrem Gesicht aufleuchtete, eroberte sein Herz unwiderruflich.

Innerlich aufgewühlt schloss Giuseppe den Koffer und ließ sich von Lucia in den Hof begleiten. Er holte eine Uhr aus der Tasche und sah aufs Zifferblatt. »Gut … also … ja, ich könnte heute Nachmittag wieder vorbeikommen, wenn es passt. Ja, das dürfte ich schaffen.«

Lucia stellte sich neben ihn, sie war noch kleiner und zarter, als sie ihm im Haus erschienen war. »Wie Ihr meint, Dottore. Dann werden wir auch übereinkommen, wie wir Euch für Eure Mühe entschädigen können.«

»Oh, keine Mühe: eine Pflicht. Ähm, wie heißt Ihr mit

Vornamen, Signorina Zara?«, fragte er, nachdem er auf ihren Finger geschielt hatte, ob sie einen Ehering trug.

»Lucia.«

»Lucia«, wiederholte er und schloss seine Faust, als hätte er gerade einen kostbaren Edelstein gefunden, den er mit sich nahm.

9

Es gab eine Sache, die Lucia in ihrer Kindheit immer ohne Hilfe der Schwestern getan hatte, und zwar aus dem einzigen Grund, um ihrem Vater einen Gefallen zu tun: auf die Felder zu gehen und ganze Körbe mit Pirastu-Birnen, Fuchsbirnen, zu sammeln. Die Bäume der Fuchsbirne hatten gewundene Zweige voller Dornen, und ihre Früchte waren klein, herb und fest. Severino war der Einzige im Haus, der sie roh mochte, ohne sie vorher eine Stunde lang weich zu kochen.

Lucia hätte alles getan, damit ihr Vater noch ein Mal von ihnen kostete. So wie die Krankheit ihn zugerichtet hatte, wurde sie den Gedanken nicht los, dass Severino genauso geworden war wie die Bäume seiner Lieblingsfrucht.

In den drei Monaten, die auf das Unglück folgten, hatte sein Körper sich in einer merkwürdigen Lage eingerichtet: Im Ganzen leicht nach rechts gedreht, war sein Arm von der Schulter her verbogen, als wären die Gelenke ausgekugelt, und die Hand so zusammengezogen, dass alle Finger übereinanderlagen. Auch der Mund war schief verzerrt. Nichts war noch übrig von dem Mann, der er einst gewesen war. Severino machte den Eindruck, als sähe er, was vor ihm passierte, doch nicht einmal der Dottore konnte das mit Sicherheit sagen. Eins hingegen war unzweifelhaft: Er akzeptierte Cicitas Brühen. Es war ein schwieriges Unterfangen, sie ihm einzuflößen, doch am Ende verdankte er ihnen sein Überleben.

Assunta umsorgte ihren Mann, und jede ihrer Gesten war erfüllt von Mitleid und Ehepflicht. Es gab immer etwas zu tun, ihn umzuziehen, die Bettwäsche zu wechseln, ihm den Mund abzuwischen und aufzupassen, dass er nicht aus dem Bett fiel. Unter diesen Umständen nahm nun Lucia, der das Herz zu beklommen war, um die Madonna um Beistand anzuflehen, nachdem die Säule, auf der ihre Welt geruht hatte, eingestürzt war, die Zügel der Familie in die Hand.

Tziu Efisio ähnelte immer mehr einem Olivenbaum, der alle Blätter abgeworfen hatte. Gestützt auf seinen gewundenen Stock war er nicht mehr imstande, die Dinge am Laufen zu halten. Seine Enkelin war hart geworden, sie hatte sich eine dicke, schützende Schale zugelegt, um angemessen mit den Hütehelfern zu verhandeln und die Bilanzen im Griff zu behalten. Sie konnte lesen, schreiben und rechnen, doch in allem anderen hatte sie keinerlei Erfahrung. Was wusste sie schon von den Tageslöhnen, die gezahlt werden mussten, von Streitigkeiten zwischen den Schäfern, die es zu schlichten galt, von Kontrollgängen durch Korkeichenwälder, von Weidetieren und der Ölmühle? Wie oft hatte sie den Vater darüber reden hören, doch die Praxis war viel schwieriger als die Theorie.

Die Verantwortung lastete nicht nur auf ihren Schultern, sondern auch auf ihrer Seele. Lucia hatte keine Geduld mehr für sinnlose Albernheiten und noch weniger für die Zeitverschwendung, die Pinella ihr den ganzen Tag bescherte. Sosehr sie sich auch bemühte, das Gute in ihr zu sehen, fand sie doch, dass die jüngere Schwester ein besonderes Talent hatte, alles, was sie anfasste, kaputtzumachen und mit dem Wenigen, was sie tat oder sagte, schlechte Laune zu verbreiten. Stets hing sie Lucia an den Rockschößen und ließ ihr kaum Luft zum Atmen, doch wenn wirklich einmal Not am Mann war, war sie nie in der Nähe. Wenn Lucia sich dazu hinreißen ließ, ihr Aufträge zu erteilen, hatte Pinella eine sichere Methode, Assunta zu ärgern, indem sie sich wie gekreuzigt mit ausgebreiteten Armen auf eine Türschwelle legte. Assunta ertrug diesen Anblick nicht, weil sie meinte, dass dies den Tod des Hausherrn heraufbeschwöre.

Und doch gab es einen bestimmten Moment des Tages, an dem sich Lucia nicht wie ein guter Christenmensch fühlte, dann nämlich, wenn Dottor Spada zur Visite vorbeikam. Es konnte doch nicht recht sein, dass sie trotz allem Mitleid für den Vater und den Dingen, die im Hause Zara schiefliefen, einen glückseligen Stich in der Brust fühlte, sobald Dottor Spada über die Schwelle trat. Sie schämte sich, weil sie an ihn dachte und sich allzu leicht ablenken ließ, wenn sein Name fiel.

In kürzester Zeit hatte sie sich an seine regelmäßigen Besuche gewöhnt und fragte sich insgeheim, was sie tun würde, wenn ihr Vater einmal keinen Arzt mehr brauchte. Der einzige Lebensfunke in ihrer faden Existenz aus Kummer und Gram trug die lieben Gesichtszüge von Giuseppe, wie könnte sie es ohne ihn aushalten? Das wäre, wie von ihr zu verlangen, freiwillig das Atmen einzustellen.

Eines Tages wich Dottor Spada, der sich nach seiner kurzen Visite bei dem Patienten stets noch zu einem Gläschen einladen ließ, vom gewohnten Weg ab, als würde er von einem bestimmten Punkt des Hauses magnetisch angezogen. Wie von einer unausweichlichen Order gelenkt, steuerte er auf Lucias Zimmertür zu und blieb dort stehen. Durch den Türrahmen war ein großer Teil des Raumes zu überblicken, und Giuseppe beobachtete, wie seine herzallerliebste Lucia sich die langen Haare kämmte. Von diesen Haaren, sonst stets unter einem Kopftuch verborgen, träumte Giuseppe in der Nacht und stellte sich vor, wie sie in der Sonne schimmerten und er sie berührte. Sie nun leibhaftig vor sich zu sehen, unter ihren feinen Bewegungen und Gesten, schlug ihn komplett in den Bann. Geschickt flochten ihre Finger einen Zopf, den sie zu einem dicken Dutt aufwickelten. Als sie sich über das Bett beugte, um das Kopftuch zu falten, hob sie den Blick. Lucia überfiel ein Herzklopfen, wie sie es noch nie verspürt hatte, und voller Angst, von ihren Gefühlen überwältigt zu werden und die Besinnung zu verlieren, ging sie, ohne den Blick von seinen Augen zu wenden, zur Tür und schloss sie langsam vor seiner Nase. Wie gelähmt starrte Giuseppe auf das blinde Holz.

Von diesem Tag an änderte sich alles zwischen Giuseppe und Lucia. Sie ertrug seine Anwesenheit nicht, ohne verlegen zu werden wie ein Kind, während er fest entschlossen war, Signorina Zara ganz für sich zu gewinnen. So vermehrten sich auf geheimnisvolle Weise seine Vorwände, sich etwas länger in ihrem Haus aufzuhalten. Immer häufiger sah man ihn beim Mittag- oder Abendessen, beschäftigt mit irgendeinem Auftrag für die Zaras, und er nutzte jede Gelegenheit, sich Lucia gewogen zu stimmen.

Wenn es zu Tisch ging, sorgte Cicita dafür, dass die beiden nebeneinandersaßen. Einmal geschah es, dass Pinella die Klinge des Messers in dem großen *Civraxiu*-Brot versenkte und den Zorn von Assunta und Tziu Efisio auf sich zog, weil man in Baghintos solch unheilbringenden Dinge nicht tat. Dottor Spada, dem derlei volkstümliche Fantastereien fremd waren, griff zu Pinellas Verteidigung ein. Seine trockenen und klaren Worte beendeten den Streit, trafen aber zugleich Pinellas Seele. Zutiefst geschmeichelt wagte sie den Arzt kaum anzusehen. Lieber blickte sie auf ihren Teller und schaffte es, dort anstelle der Gnocchi ganz wunderbare Szenen zu entdecken, in denen sie und der Dottore die Hauptrolle spielten. Die Ermutigung, die sie an diesem Tag verspürt hatte, sah sie als Bestätigung, dass sie das Vorrecht auf den Arzt beanspruchen konnte, was aber allein auf der Tatsache beruhte, dass sie ihn zuerst gesehen hatte.

Was man dieser Tage im Hause Zara am meisten fürchtete und mit allen Mitteln zu verhindern suchte, war, dass Dottor Spada Ianetta begegnete. Eine Weile war dies gelungen, und die Zaras hatten dem Himmel gedankt, dass die kleine Dämonin sich nicht blicken ließ. Doch alle wussten, das Unvermeidliche war nur aufgeschoben. So geschah es eines Morgens, als jedermann beschäftigt war und der Dottore allein auf dem Hof beim Hühnerstall stand, dass er Ianetta dabei beobachtete, wie sie auf der Suche nach Eiern einem Huhn unter die Federn griff. Auf den ersten Blick hätte man meinen können, dieses Wesen sei direkt der Erde entstiegen, so wild war ihr Äußeres. Sie bewegte sich, als fürchte sie, jeden Moment würde ihr jemand ein Leid antun, ihre Kleider waren zerschlissen und schmutzig, die Füße schwarz vor Dreck. Obwohl ihre ausgeprägte Hässlichkeit ihr wahres Alter nicht erkennen ließ, schätzte Giuseppe sie sehr jung, um die zwanzig. Sie war überdurchschnittlich groß gewachsen, nur Haut und

Knochen, und unter ihrem Tüchlein schaute ein außergewöhnliches Knäuel schwarzer Haare hervor. Er betrachtete sie mit dem Blick des Arztes und erkannte aus dem Wenigen, was er an den knotigen Gelenken sehen konnte, die Anzeichen einer frühzeitigen Arthrose, die ihr sicherlich nicht wenig Schmerzen bereitete. Überwältigt von seiner Neugierde und seinem Mitleid für die arme Kreatur und voll Staunen über diese bizarre Erscheinung im Hause Zara, versuchte er sich ihr zu nähern. Als Ianetta ihn bemerkte und sah, dass er ihr zulächelte, duckte sie sich wie ein scheues Tier auf den Boden, bereit zur Flucht. Sie wollte weg, sich diesem aufmerksamen und freundlichen Blick entziehen, als könnte sie das Licht, das von Dottor Spada ausging, nicht ertragen. Bevor Giuseppe noch den Mund auftun konnte, war Ianetta schon im Haus verschwunden. Dottor Spada blieb lange Zeit tief in Gedanken versunken stehen. Als Cicita über den Hof kam, versuchte er seine Neugier zu stillen.

»Ah, Dottore, hier seid Ihr«, sagte die Hausmagd mit breitem Lächeln.

»Hört mal, Cicita, ich frage mich gerade, wer dieses junge, unglückliche Ding war, das sich im Hühnerhof herumgetrieben hat. Ich habe gesehen, dass sie ins Haus gegangen ist.«

Cicitas Miene verdüsterte sich jäh. »Ihr sprecht von der Letztgeborenen im Hause Zara, der jüngsten Schwester von Lucia. Eine unglückliche Kreatur, Ihr sagt es. Sie bringt schon seit Langem großen Kummer über die Familie. Ich bitte Euch, sprecht nicht mit Lucia über sie. Meine Lucia leidet zu sehr wegen ihr, bitte rührt nicht mit unangenehmen Fragen daran, mir zuliebe. Ihr habt selbst gesehen, dass sie anders ist als die übrigen Zara-Mädchen.

Mehr müsst Ihr nicht wissen.« Cicita wischte die Sache mit einem schnellen Lächeln beiseite.

Wenn es etwas gab, was Giuseppe auf keinen Fall wollte, dann war es, Lucia Leid zuzufügen. Und da er die Gefühle der Familie gänzlich verstehen konnte, beschloss er, dass die Angelegenheit ihn im Grunde nichts anging. Also erwähnte er die Sache vor Lucia nicht, und Ianetta hielt sich ihrerseits von dem unerwünschten Gast fern, während sich ihre einmalige Erscheinung wie der Schatten eines Traums in seinem Gedächtnis einnistete. Trotz allem war seine Neugierde geweckt, und seinem Forschergeist würde es schwerfallen, die Sache zu vergessen.

Dass Lucia ohne Schutz und nach Belieben kam und ging und sich um Dinge kümmerte, die nichts für Frauen waren, wurde in Baghintos mit Misstrauen betrachtet. Sie bewegte sich wie selbstverständlich zwischen den Feldern und der Ölmühle, und als sei dies nicht genug, hantierte sie mit Geld und sprach mit Männern, die nicht zur Familie gehörten. Man zerriss sich das Maul über ihre Lebensführung, und die häufige Nennung des Namens Lucia Zara bewirkte, dass ein junger Mann aus dem Dorf auf falsche Ideen kam. Mansueto war der jüngere Bruder jenes Gonario, der vor vielen Jahren ums Leben gekommen war. Er hatte einen scharfen Adlerblick und einen Schmiss, der sich vom linken Wangenknochen bis zum Mundwinkel zog, die Hände stets in den Taschen vergraben, zeigte er die Haltung eines Menschen, der sich auch das nimmt, was ihm nicht gehört. Bis in die Nachbardörfer wusste man, dass er nichts besaß und trotz seines Namens »Der Zahme« weder viel auf sein eigenes Leben noch das der anderen gab. Er hielt das Messer immer griffbereit, und man erzählte sich, dass er drei Jahre zuvor auf einem Dorffest wegen eines nichtigen Streits einen Viehzüchter erstochen hatte. Zahlreich waren die, die hofften, dass eines Tages die Justiz kommen und Baghintos von ihm befreien würde.

Seit einiger Zeit hatte er sich angewöhnt, Lucia auf ihren Runden zu verfolgen. Er wusste, wo sie hinging, wie lange sie brauchte und wo sie normalerweise vorüberkam. Wie ein Raubtier auf der Lauer wartete er auf den richtigen Moment, um sich auf das Karnickel zu stürzen, denn das fragliche Karnickel war zu schön an Antlitz und Körper, um es davonkommen zu lassen. Alle Überheblichkeit der Zaras war längst zum Teufel gegangen, immer tiefer sanken sie. Dass es nun keinen Mann mehr im Hause gab, der die Frauen beschützte, ließ die Erstgeborene plötzlich zu einem erreichbaren Ziel werden.

An diesem Tag ging Lucia über den gewohnten Pfad von der Ölmühle nach Hause.

Es war spät geworden, ein leichter Wind blies von Norden und schied den Horizont vom Sonnenuntergang mit tiefstehenden Kräuselwolken aus goldenen und blutroten Schlieren.

Ihre Ungeduld, nach Hause zu kommen und zu sehen, ob Dottor Spada sich noch aufgehalten hatte, um sie zu treffen, mischte sich mit einer merkwürdigen Unruhe. Wenn Lucia allein unterwegs war, hatte sie normalerweise keine Angst, und weder Dunkelheit noch Wildschweine vermochten sie sonderlich einzuschüchtern. Dennoch überkam sie eigenartigerweise ein Gefühl der Schutzlosigkeit, und mit jedem Schritt glaubte sie besser zu verstehen, welche Panik Tauben und Hasen vor ihren Feinden verspüren mussten. Plötzlich war ihr, als würde sie durch ein dunkles

Wolfstal wandern. Als sie sich umdrehte und die verhasste Gestalt Mansuetos sah, der ihr mit seinem schlaksigen Gang, hängenden Schultern und Händen in den Taschen folgte, wäre sie am liebsten losgerannt.

Ein Blick genügte, und sie hatte die Absichten des jungen Mannes erkannt. Verzweiflung überkam sie beim Gedanken an das, was er ihr antun würde, wenn er sie einholte. Ein angstvolles Wimmern entfuhr ihr, und sie schaute sich schnell um in der Hoffnung, ein freundliches Gesicht oder einen Fluchtweg zu entdecken.

Mansueto wich vom Pfad ab, um sie, wie man es bei Schafen macht, in eine noch einsamere Gegend zu treiben. Lucia tappte in die Falle, sie wollte ihn im dichten Gebüsch abschütteln und merkte nicht, dass sie sich immer weiter von Baghintos entfernte. Hinter sich hörte sie ein fernes Gelächter.

»Schöne Lucia? Schöne Lucia? Warte auf mich, ich will mit dir reden.« Die Stimme war honigsüß und versprach grausige Dinge, die sie sich nicht einmal vorstellen wollte.

»Heilige Jungfrau, hilf mir!«, flehte Lucia atemlos.

Als Mansueto nun zu rennen begann, weil er des Beschattens überdrüssig war, stieß Lucia einen Schrei aus und hielt auf ein Dickicht aus Mastixsträuchern zu.

Sie kämpfte sich bis an den Rand einer engen Schlucht vor, durch die in kleinen, schäumenden Wasserfällen der Riu sa Murta floss. Sein rauschendes Strömen dröhnte in ihren Ohren und stürzte sie in noch tiefere Verzweiflung.

Ihr Verfolger schlug sich hektisch und brutal durch das Unterholz, sie konnte das Bersten der Zweige hören und die Büsche, die er im Vorbeigehen mitriss. Nicht mehr lange, dann würde ihr Körper diesem Folterknecht ausgeliefert sein, und wie sollte sie sich mit den schwachen Kräften einer Frau dagegen wehren?

Die Schatten des Abends wurden rasch länger, und der Bewuchs längs der Schlucht undurchdringlich. Ein falscher Schritt genügte, um in den Abgrund zu stürzen. Lucia duckte sich in den Schutz eines Felsvorsprungs und versuchte, ihr Keuchen und gelegentliches Schluchzen zu unterdrücken. Mansueto atmete schwer, er stolperte und fluchte, während er zwischen den Büschen nach Lucia suchte. Es war wie eine kurze Kampfpause, doch worauf konnte sie hoffen, wenn auf der einen Seite der Felsgrat ins Leere sprang und auf der anderen ein gnadenloser Wolf lauerte?

Lucia kniff fest die Augen zusammen und stieß flehend Giuseppes Namen aus. Dann packte sie einen moosbewachsenen Stein, die einzige Waffe, mit der sie sich verteidigen konnte. Sie war bereit, bis zum letzten Atemzug zu kämpfen, als ein Rascheln ihr neue Hoffnung gab.

Sie sah, wie aus einem Wacholderstrauch, der auf der Kante der Schlucht wuchs, zwischen den gewundenen Zweigen gleich einem Käuzchen Ianetta hervorlugte. Ihre großen Augen wanderten zu der nicht mehr weit entfernten Gestalt Mansuetos. Plötzlich machte sie Lucia ein Zeichen, zu ihr zu kommen, und Lucia zögerte keine Sekunde. Im Gebüsch angekommen, bedeutete ihr Ianetta mit fest verschlossenem Mund und flinken Gesten der knochigen Hände erneut, ihr zu folgen.

Leicht, wie sie waren, hangelten sich Lucia und Ianetta durch die fest in Erde und Fels verankerten Zweige und schlugen ungesehen einen Bogen um Mansueto. Schließlich landeten sie in einem weniger steilen Teil der Schlucht, wo die Felsbrocken viele Versteckmöglichkeiten boten.

Aus ihrer Deckung heraus beobachteten sie Mansueto, der in fieberhafter Wut nach Lucia suchte. Doch sie durften sich nicht länger aufhalten. Jäh scheuchte Ianetta ihre Schwester auf.

»Weg, weg!«, raunte sie und schubste Lucia in die Richtung, die sie einschlagen sollte.

Doch Lucia wollte nicht ohne sie gehen. »Komm mit mir!«

Nichts zu machen, Ianetta regte sich nicht, und sie selbst durfte nicht zulassen, dass Mansueto ihrem Versteck zu nahe kam. Wenn sie es heil nach Hause schaffen wollte, musste sie diesen Moment nutzen. Ianetta war klug genug, sie entwand sich jeder Notlage, dachte Lucia, während sie der Rettung entgegenlief.

Als Lucia verschwunden war, kletterte Ianetta zurück, auf den jungen Baghinteser zu. Vollständig mit den Blättern verschmolzen, beobachtete sie, wie er sich verblüfft umsah. Ihm war rätselhaft, wie Lucia vor seiner Nase hatte verschwinden können. Ianetta hob einen kleinen Stein auf, zielte und warf. Dann noch einen und noch einen. Die Verblüffung in Mansuetos Miene wuchs. In seinem Kopf tauchten sofort die Schauermärchen von Geistern und Gespenstern auf, die in der Umgebung von Baghintos an bestimmten Orten hausten. Auch sein Bruder war gestorben, weil er bis zu der verfluchten Kirche vorgedrungen war, das hatte er zu Hause immer gehört. Und die Steine, die da vom Himmel fielen, behagten ihm gar nicht.

Völlig überraschend sprang Ianetta aus ihrem Gebüsch und huschte so durch das Dickicht, dass er sie sehen konnte. Mansueto kniff zufrieden die Augen zusammen und nahm mit einem kleinen Lächeln die Verfolgung auf. So rannten sie rund hundert Schritt auf den Pfad in Richtung Dorf, dann blieb die Verfolgte jäh stehen, und auch Mansueto hielt inne in der festen Überzeugung, Lucia habe aufgegeben. Doch beim genaueren Hinsehen sah Lucia an Körper und Kleidern anders aus. Im Licht der Dämmerung erkannte er mit Adleraugen, dass der harmonisch proportionierte Körper durch eine plumpe Gestalt ersetzt war, die eher einem Tier glich als einer schönen, jungen Frau.

Dann drehte Lucia sich um und sah ihn mit dem düsteren Blick einer Schleiereule an. Es war nicht Lucia. Sie war es nie gewesen. Die Coga hatte ihn mit ihren Höllenaugen verzaubert, um ihn zu entführen und wer weiß was mit ihm zu machen.

Zu Tode erschrocken lief er schreiend davon. Er rannte, ohne einmal innezuhalten, nach Hause, wo er alle Türen und Fenster fest verriegelte. Dann tat er etwas, was er trotz aller Ermahnungen von Großmutter und Mutter nie zuvor getan hatte: Er betete in gramvollem Flehen zu Gott und allen Heiligen.

Lucia brach in erleichtertes Schluchzen aus, als sie kurz vor dem Dorf Giuseppe zu Pferde sah. Ein Stück entfernt folgten auch Cicita und Pinella. Beim Anblick von Lucia, die rannte, als wäre der Teufel hinter ihr her, sprang Giuseppe aus dem Sattel und lief ihr entgegen. Stolpernd landete Lucia in seinen Armen. Es kam ihm ganz normal vor, sie eng an sich zu drücken, während sie vor Angst und Anstrengung keuchte und weinte, dass es ihr den Atem nahm. Sie empfand es als tröstlich, Giuseppes hämmerndes Herz durch den Stoff des Hemdes zu spüren. In Wirklichkeit war der Arzt so entsetzt von der Vorstellung, ihr könnte etwas Schlimmes widerfahren sein, dass er kein Wort hervorbrachte. Schließlich befreite Cicita ihn aus seiner bestürzten Benommenheit, indem sie Lucia zu sich drehte und sie aus der Nähe begutachtete.

»Lucia, was ist passiert? Du hast uns vielleicht einen Schrecken eingejagt, ich wäre fast verrückt geworden! Erzähl mir alles, mein Kind!«

Lucia klammerte sich an Cicita, während Giuseppe wieder Herr seiner Sinne wurde.

Sie erzählte von Mansueto, von seinem Angriff und wie sie hatte fliehen können. Ianetta allerdings ließ sie unerwähnt, behielt ihr Geheimnis für sich, weil die anderen nichts Gutes über sie hören wollten. In der Erinnerung kehrte sie zu den Geschehnissen vor vielen Jahren zurück, als sie sich vor dem ehemaligen Kirchlein von San Borginno ganz allein der mörderischen Jungsbande entgegengestellt hatte, um ihre jüngste Schwester zu verteidigen. Wie sollte ihre Familie verstehen, dass Ianetta das getan hatte, um nach langer Zeit ihre Schuld zu tilgen, wenn doch der einzige Wunsch aller war, die Coga möge für immer aus ihrem Haus und ihrem Dorf verschwinden? Dies musste sie für sich behalten, davon war Lucia überzeugt.

Pinella stand etwas abseits und beobachtete Dottor Spada, und was sie sah, gefiel ihr gar nicht. Die Art, wie seine Kiefer bei Lucias Erzählung malmten, sein entschlossener Blick, als er seine Entscheidung traf, und die Zärtlichkeit, mit der er ihre Schwester dann ansah, quälten sie.

Böse Lucia! Mit ihren Verführungskünsten fand sie immer wieder Gelegenheit, ihn durch unauflösliche Knoten an sich zu binden, und er, dumm, wie er war, konnte einem schönen Augenpaar nicht widerstehen. Von Neid und Eifersucht überwältigt, beugte sich Pinella hinab und umarmte die Schwester, um ihr Worte ins Ohr zu flüstern, die wie ein Messerhieb in den Rücken waren.

»Was läufst du auch immer allein durch die Gegend!«

Dann nahm sie wieder Abstand, barg das rotgeweinte Gesicht in den Händen und lächelte mit aufgesetzter Sanftheit. Lucia erwiderte verwirrt ihren Blick.

Was Pinella allerdings nicht erfuhr, war, dass in derselben Nacht Dottor Giuseppe Spada die beiden Hütehelfer, die noch für die Familie arbeiteten, zu sich rief. Mit Flinten bewaffnet betraten sie Mansuetos Haus, und so wachte dieser, von Knüffen unsanft geweckt, mit drei Gewehrläufen vor dem Gesicht auf. Beim Klang von Dottor Spadas leiser, drohender Stimme machte er sich in die Hosen.

»Hör mir gut zu: Die Frauen Zara sind nicht allein. Wage, was du heute vorhattest, noch einmal, und wir durchlöchern dich von Kopf bis Fuß.«

Einen Moment lang war Mansueto überzeugt, dass einer von ihnen den Abzug drücken würde. Doch sie fügten nur hinzu: »Beherzige unseren Rat: Geh weg von hier.«

Nach diesen Worten verschwanden sie, wie sie gekommen waren.

Am nächsten Morgen verließ Mansueto Baghintos und kehrte erst im Greisenalter zurück.

Innerhalb weniger Monate drehte sich, als gäbe es nichts Natürlicheres auf der Welt, das Leben im Hause Zara vollständig um die feste und Vertrauen einflößende Präsenz von Dottor Spada, einen Mann mit angeborenem Beschützerinstinkt, der Sicherheit ausstrahlte und Lösungen fand. Und doch hatte Lucia das Gefühl, dass all die Anstrengungen, sich über Wasser zu halten, nichts nützten, und ihre Familie unaufhaltsam auf den seit jeher festgeschriebenen traurigen Epilog zusteuerte.

Als der September anbrach, geschah etwas, das eine Grenze markierte: Es war, als zöge sich eine Trennungslinie zwischen das Davor und das Danach, und alle wüssten nur allzu gut, dass es von nun an kein Zurück mehr gab.

10

September 1898

Seit jeher hatten die Kinder von Baghintos Angst vor dem *Carru 'e Nannai*, dem Großvater-Wagen, der auf Himmelssteinen einherrollte. Wenn es gewitterte und die Donnerschläge durch die Luft dröhnten, versteckten sie sich im Haus wie Tiere in ihrem Bau und stellten sich vor, den Schatten der Karrenräder zwischen den Wolken zu sehen.

Nach einer solchen Unwetternacht war der Himmel in der Morgendämmerung noch immer schwer und grau wie Blei. Gelegentlich hörte man ein fernes Grollen, auch wenn der Regen einige Stunden Pause machte, gerade genug, dass die Wasserströme von den Straßen abfließen konnten. Beim ersten Hahnenschrei saß Assunta in schwarzen Witwenkleidern, wenngleich sie noch keine Witwe war, auf einem Stuhl unter dem Küchenfenster und las die Morgenandacht. Ein Gebet galt ihnen allen: Lucia, dass die Heilige Jungfrau sie stark und gesund halten möge; ihren Töchtern in Cagliari, dass der Himmel ihnen bald einen Ehemann schenkte. Doch die meisten Gebete waren für ihren Mann Severino, der nun so krank und gebrechlich war.

Die Menschen in Baghintos sagten, so viel Unglück habe Familie Zara nicht verdient, Severino Zara sei zu tüchtig und zu jung, um nur noch ein totes Stück Holz zu sein, Assunta habe schon viel zu viel ertragen müssen, um nicht verrückt zu werden, und mit den schönen Zara-Töchtern würde es, wenn es so weiterginge, ein schlimmes Ende nehmen.

Eine Reihe dumpfer Schläge, gefolgt von einem wirren Aufruhr, ließen Assunta in ihrem Gemurmel innehalten. Sie fuhr sich mit der Hand an die Brust, in der plötzlich eine schlimme Vorahnung aufstieg. Sie erhob sich, das Brevier fiel zu Boden, und mit langsamen Schritten trat sie auf die Schwelle zu ihrem Zimmer, das von dem ihres Mannes getrennt war. Dort standen das Bett, der Schrank und die Kommode voll mit Kleidern und all ihren Sachen. Und dort hockte Ianetta und zog gerade eine dicke Wolldecke aus der Truhe. Wie konnte sie es wagen, unerlaubt ihr Zimmer zu betreten? Beim Anblick der verhassten Tochter runzelte die Frau die Stirn, dann ging ihr jäh wie ein Blitz aus schwarzen Wolken ein Licht auf, und die Wahrheit traf sie mit aller Wucht, mitten auf die Brust. Schlagartig stieg eine tief vergrabene Erinnerung in ihr auf, und so klar, als wäre kein Tag vergangen, stand ihr die Geburt ihrer siebten Tochter vor Augen.

»Neeeiiin!«, brüllte sie und warf sich auf Ianetta, um den schrecklichen Diebstahl zu verhindern. Flink wie ein an die Flucht gewohntes Tier wich Ianetta aus und konnte unter den Armen der Mutter durchschlüpfen und über den Hof fliehen, die Decke eng an sich gepresst.

»Neeeiiin!«, brüllte Assunta erneut, dass die ganze Familie angerannt kam.

In dem Zimmer stand eine Truhe aus rötlichem Nussbaumholz, mit Lammblut bemalt, mit vier Löwentatzen als Füßen, die Intarsien eines Pfaus an der Front und Rosetten auf den Seiten. Assunta hatte sie am Tag ihrer Hochzeit als Mitgift bekommen, gefüllt mit ihrer Aussteuer, nun barg sie darin die Kostbarkeiten der Familie. Aus dem Bauch der Truhe waren weder Gold noch Geld entwendet worden, dafür etwas, woran sie seit Jahren nicht gedacht hatte.

Wie eine Verrückte wühlte Assunta nach dem Leinentuch mit der Ähre, doch die Truhe war entweiht, das Tüchlein nicht mehr da.

»Unheil!«, schrie sie vor den Augen ihrer Töchter.

»Der Babbo?« Lucia stürzte zu ihrer Mutter, doch Assunta wich ihr aus. Sie riss sich den Schal von den Schultern und warf ihn auf den Boden, raufte sich die Haare zum Zeichen der Verzweiflung. Schließlich konnte sie nicht mehr und ließ sich neben der Truhe zu Boden sinken.

»Nicht der Babbo. Es ist meine Schuld. Ich hätte daran denken müssen. Diese Frau hatte uns ermahnt, es aufzubewahren, was immer auch geschieht. Aber ich habe es vergessen. Oh, ich Unglückliche, dass ich den Gedanken daran weggeworfen habe!«

»Wovon redet Ihr, Mamma?« Lucia machte sich allmählich Sorgen. Die Worte ihrer Mutter ergaben keinen Sinn.

Assunta saß mit gefalteten Händen und weit aufgerissenen Augen da, als wäre sie zum Tod auf dem Schafott verurteilt. »Die Frau, die sie auf die Welt geholt hat, sagte mir, ich solle es an einem sicheren Ort verbergen. Doch *jene* muss direkt nach ihrer Geburt alles gehört und gesehen haben.«

»Die Frau, die Ianetta auf die Welt geholt hat?«, wiederholte Lucia vorsichtig im Versuch, dem Delirium der Mutter einen Sinn abzutrotzen. Sie spürte einen schmerzhaften Kloß im Hals bei der Vorstellung, die Mutter könnte den Verstand verlieren.

»Ja, meine Tochter. Als sie die Nabelschnur zerschnitt, die mich mit ihr verband, hat sie sie mir gegeben und gesagt, ich solle sie sorgfältig aufbewahren. Es bringt dem Kind bekanntermaßen Glück, ein Stück davon zu besitzen, und ich dürfte sie nie verlieren, weil dies das einzige Gegenmittel sei. Jetzt hat sie es gestohlen, denn nur das hilft gegen die Coga, und das weiß *jene* genau! O Jesus Christus, was habe ich getan!«

Lucia durchwühlte die Truhe von oben bis unten, doch kein Tuch mit Ähre kam zum Vorschein. Also setzte sie sich neben ihre Mutter und nahm fürsorglich ihre Hand.

»Was hätten wir mit der Nabelschnur tun sollen?«

»Ich weiß es nicht, doch jetzt ist das Unglück komplett. Bitte verzeih mir!« Assunta blickte in die Gesichter all ihrer Lieben und flehte noch einmal: »Verzeiht mir!«

Lucia ertrug die Tränen ihrer Mutter nicht. Ihr tat das Herz weh für sie, und doch konnte sie nicht ganz glauben, was sie da hörte.

»Mamma, wie könnt Ihr sagen, dass ein gerade geborenes Kind die Worte, die bei seiner Geburt gesprochen werden, hören und sich ein ganzes Leben lang merken kann? Das ist unmöglich!«

Misstrauisch wie einen Feind sah Assunta ihre Tochter aus den Augenwinkeln an. Sie zog ihre Hand zurück und krallte sich fest an den Rand der Truhe, als wollte sie sich Lucias Präsenz entziehen.

»So ist die Coga! *Jene* vermögen Sachen, die wir nicht

verstehen, eigenartige und absurde Sachen. Hexensachen eben!«, stellte sie im Brustton der Überzeugung fest.

Plötzlich ragte Pinellas Gestalt über der hockenden Mutter auf. Sie blickte sie mit dunklen, zornerfüllten Augen an, mit den Händen knetete sie die Rockränder und ihr Mund zitterte, bis sie die bösen Worte ausspuckte, die ihr in der Kehle brannten.

»In all den Jahren musstet Ihr nur an eine Sache denken, Ihr, Hausfrau und Schatten dieses verfluchten Hauses, und habt es trotzdem nicht geschafft, sie aufzubewahren! Wie konntet Ihr nur?« Allen Mut zusammenraffend, trat Pinella einen Schritt vor, rot vor Erregung. »Wie konntet Ihr nur! Ihr habt uns zwei Mal verdammt, zuerst, indem Ihr sie geboren habt, und nun, indem Ihr ihr das Teil überlassen habt, das Ihr schützen solltet. Ihr hättet damals sterben sollen, in all den Jahren seid Ihr zu nichts nütze gewesen. Nicht für Eure Töchter und auch nicht für Euren Mann, der ohnehin so gut wie tot ist!«

Cicita und Lucia wechselten einen Blick, bevor es aus Assunta herausbrach.

Sie hatte ihre Tochter Pinella angesehen, als käme sie gerade von einer langen Reise zurück und weilte mit den Gedanken noch bei weit zurückliegenden Dingen und fernen Orten.

»Was weißt du schon, wie es ist, ein Monster zu gebären!« Sie schlug sich mit aller Kraft auf die Brust, die Gesichtszüge verzerrt von Schmerz und Schuldgefühlen. »Was weißt du schon von Monstern, die Fleisch von deinem Fleische sind, und Tag für Tag deine Familie und alles Hab und Gut zerstören!«

Pinella brach in Tränen aus angesichts der von Gefühlen geschüttelten Mutter.

»Was weißt du schon, du Undank von Tochter!«, schrie Assunta mit schriller Stimme, doch Pinella gab nicht klein bei, stellte sich erneut gegen sie.

»Ihr hättet sie umbringen müssen, als sie geboren wurde, sie vernichten, als es noch ging. Was sollen wir denn jetzt tun? Was sollen wir tun?« Pinellas Worte zeitigten eine außergewöhnliche Wirkung auf die Mutter. Wutentbrannt sprang Assunta auf und erschreckte Lucia und Cicita fast zu Tode.

»Ich kann dir zeigen, was wir tun werden!« Fieberhaft suchend blickte sie sich um und traf schließlich ihre Entscheidung. »Sie müssen es wissen. Alle sollen wissen, was heute passiert ist. Wir sind in Gefahr, es muss etwas geschehen. Ich muss es allen sagen. Allen!«

Assunta rannte los, gefolgt von ihren Töchtern, ihrer einzigen Magd und einem Schwiegervater, der unter Mühen versuchte, nicht den Anschluss an das Grüppchen zu verlieren.

Schreien und Weinen drangen an Ianettas Ohren, die sich im Hühnerstall verkrochen hatte. Sie konnte ihre Füße nicht stillhalten, weil sie jeden Augenblick damit rechnete, dass jemand aus der Familie die kleine Tür aufriss und sie aus ihrem Versteck zerrte. Als aus dem hinteren Zimmer ein nichts Gutes verheißendes Gepolter erklang, warf Ianetta sich die Decke über den Kopf und floh aus dem Haus. Wie ein gehetztes Tier, das den Atem des Jägers im Nacken spürt, verließ sie das Dorf, voller Sehnsucht nach einem Unterstand, wo sie sich verstecken konnte. Instinktiv schlug sie den einzig möglichen Weg ein, einen Pfad, der auf die Spitze des Colle Marxani, des Fuchsbergs, führte, wo majestätisch der große Steinturm aufragte. Schnell erklomm sie den dicht bewachsenen

Hang. Von dort oben würde sie den notwendigen Überblick haben, und der Turm war das perfekte Versteck. Noch bevor das Gewitter auf Baghintos niederging, hatte sie zwischen den jahrtausendealten Steinen Zuflucht gefunden.

Assunta riss das Haupttor auf und klopfte an jede Tür, Haus für Haus rief sie die Leute auf die Straße.

»Heraus mit euch, kommt heraus! Das Unheil ist geschehen! Lauft herbei, kommt her! Die Coga ist geflohen! Die Coga ist geflohen! Wir müssen sie vertreiben, so weit weg wie möglich, schnell! Kommt alle heraus!«

Lucia versuchte die Mutter am Ärmel festzuhalten, wurde sich aber bald bewusst, dass der Kampf aussichtslos war. Ihre trostreichen Worte, mit denen sie ein wenig Ordnung in den inneren Aufruhr der Mutter bringen wollte, bewirkten nichts. Weder hörte Assunta ihre Tochter noch vermochte sie klar zu denken. Sie wiegelte die Menschen von Baghintos auf wie zu einer riesigen Welle, sie stachelte sie an und erfüllte sie mit einem einzigen Wunsch: das Dorf von der Coga zu befreien, ein für alle Mal. Assunta stieß ihre Erstgeborene von sich, und sowohl ihr Blick als auch jeder ihrer Gesichtszüge erschienen Lucia unversehens vollkommen fremd.

»Mamma!«, flehte sie mit tränenlosen Augen, völlig überwältigt von dem Kummer, ihre Mutter in solch einem Zustand zu sehen, wie ein hassgeblähtes Tier, das nichts aufhalten konnte.

»Lass sie, wo sie nun endlich das Richtige tut. Die Coga muss sterben, finde dich endlich damit ab! Geh nach Hause, Lucia«, sagte Pinella und zog sich das Schultertuch fester um den Kopf. Mit einem letzten mahnenden Blick auf Lucia entfernte sie sich im Gefolge der Mutter.

Lucia blieb im Regen stehen. Ihr Leid erreichte den Höhepunkt, als sie Dottor Spada heranreiten sah. Da überkam sie ein solches Gefühl von Scham und Verzweiflung, dass ihr fast die Sinne schwanden und sie eiligst nach Hause floh.

»Ich hab ja gesagt, dass etwas Schlimmes passieren wird, ich habe es in den Knochen gespürt!« Cicita hielt ihren Kopf in den Händen verborgen, als sie zu Dottor Spada hinübersah, der vom Pferd stieg.

In seiner Wachsjacke vor dem Regen geschützt, erfasste Giuseppe beim Anblick des Menschenauflaufs und bei dem Geschrei in den Straßen das ungute Gefühl, dass in Baghintos eine ungeheure Tragödie im Gange war. Doch niemand blieb stehen und sprach mit ihm, Cicita war die Einzige, die er nach dem Grund für die Aufregung fragen konnte.

»Was in Dreiteufelsnamen ist hier los?«

»Oh, Dottore, lasst gut sein, das sind Dorfgeschichten, die ein Fremder wie Ihr nicht verstehen kann«, versuchte sie abzuwiegeln, doch der Arzt sah nachdenklich drein, als analysierte er die Fakten anhand der Symptome, um so der Ursache auf den Grund zu kommen.

»Ist vielleicht jemand gestorben? Ein Mord?«

»Um Himmels willen, nein! Niemand ist tot.«

»Was dann?«

»Macht Euch keinen Kopf, Dottore. Warum geht Ihr nicht lieber ins Haus, dort sitzt Lucia ganz allein bei ihrem Babbo. Na los, geht schon, sie ist heute ohnehin so traurig, meine arme kleine Lucia.«

Sie versuchte ihn mit einem freundlichen Schubs in Bewegung zu setzen, doch er blieb unerbittlich stehen. Also nahm die verlegene Cicita die Beine in die Hand und machte sich auf die Suche nach ihrer Padrona. Doch Lucia war nicht die Einzige, die Dottor Spada gesehen hatte. Auch Pinella hatte ihn bemerkt, und als sie ihn den Weg zum Haus einschlagen sah und daran dachte, dass die Schwester allein mit ihm sein würde, entfernte sie sich sofort von dem Baghinteser Aufmarsch, um ihm zu folgen.

Ein paar Minuten später trat Giuseppe aus dem Unwetter, das zu einem Sturzregen geworden war, über die Schwelle des Hauses Zara und überquerte eiligen Schrittes den Hof. Beim Prasseln des Regens auf dem Dach und dem gedämpften Licht war ihm, als ginge er durch ein verlassenes Heiligtum. Er warf seine Wachsjacke ab und betrat Severinos Kammer. Der Körper des Mannes war wenig mehr als ein vager Umriss unter der Bettdecke. Giuseppe, in Gedanken schon woanders, ging hinaus und ließ die Tür angelehnt. Obwohl es ihm nicht zustand, weil nichts erklärt war zwischen ihnen, suchte er schwach an Leib und Seele Lucias Nähe. Sie war in ihrem Zimmer und kniete am Kopfende des Bettes, die Stirn auf die gefalteten Hände gestützt. Aus ihren Haaren troff das Wasser, und der Rosenkranz wand sich zwischen ihren Fingern. Vielleicht, dachte er verträumt, war das ja wirklich ein Heiligtum und die kleine betende Gestalt ein Engel von hinreißender Schönheit. Beim Quietschen der Tür hob Lucia den Blick. Als er ihre Tränen sah, krampfte sich Giuseppes Herz zusammen. »Giuseppe!« Wie ein Blitz traf ihn der leise und verzweifelte Ausruf, und Giuseppe tat etwas, das er vielleicht nicht hätte tun sollen: Er betrat Lucias Zimmer, ohne sich um mögliche indiskrete Blicke zu kümmern, die die Erfüllung all seines Brennens mitansehen konnten. Er beugte sich über sie und nahm sie in die Arme, damit sie aufstand. Alle Worte, die er ihr hatte sagen wollen, erstarben ihm in der Kehle, er wusste nur noch, dass er ein Gefangener ihrer wundervollen Augen war. Lucias Atem ging schneller, und der Rosenkranz entglitt ihren Fingern. Langsam schwang die Tür zu und entzog sie dem Rest der Welt, doch nicht Pinellas Blicken, die gegen ihren Willen zur einzigen Zeugin des ersten geheimen Treffens zwischen den beiden wurde. Gieriger als ein Raubvogel äugte sie im Halbdunkel nach den nackten Körpern, den gelösten Haaren, den Umarmungen und zahllosen Küssen. In ihrer Brust spürte sie einen Abgrund aufreißen, und alle Hoffnung, alle bis dahin gehegten Pläne zersprangen in tausend Scherben. Steif und kalt wie ein Eiszapfen entfernte sie sich von der Tür. Eine schreckliche Ungerechtigkeit war ihr gerade widerfahren: Was sie am meisten begehrte, wurde ihr auf hinterhältige Weise genommen. Stumm zog sie sich in ihr Zimmer zurück und blieb dort für den Rest des Tages, versunken in düsterem Seelenaufruhr.

Alle Familien liefen herbei, die Lixi, die Aru, die Siddi, alle. Es kam auch der Bürgermeister, und gemeinsam, mit Assunta an der Spitze, marschierten sie nun, nachdem es endlich so weit war, in schönster Einigkeit zu Don Ninnino, um seinen Beistand zu erbitten. Der Zeitpunkt war gekommen, das heilige Wort zu sprechen, und auch das »geheime Wort«, das nur die Ältesten, alt wie die hundertjährigen Olivenbäume, in den Tiefen ihrer Erinnerung trugen. Die Baghinteser wussten, was zu tun war, und sie taten es. Eine Woche Rosenkranz und Aspersionen, alles und jeder wurde mit Weihwasser besprengt. Prozessionen, Vigilien mit Weihkerzen und Messen, um die Coga aus Baghintos zu verjagen, so weit weg wie möglich, hinauf auf die nackten Bergkämme, wo nur die Adler ihre Nester bauten.

Tausende Lichter brannten, und ebenso viele Schwüre wurden dem heiligen Sisinnius geleistet, auf dass das fleischgewordene Unheil aus dem Dorf vertrieben werde. Mit Feuereifer flehten sie zu ihrem Schutzpatron, dass er die Coga in Stein verwandeln oder zu Asche verbrennen möge.

Beschwörung über Beschwörung. Das Wort, überliefert aus den Tiefen der Zeit. Uralte Arzneien, die Öl, Salz und Korn zu Hilfe riefen, und Anna, die Mutter von Maria, der Mutter Christi.

Nichts wurde ausgelassen in diesen sieben Tagen und Nächten. In der letzten Nacht versammelten sie sich zur Prozession, zogen durch das Dorf und das Gemurmel ihrer Gebete und die im Kerzenglanz flackernden Gesichter jagten den Gottesfürchtigen einen Schauder durch die Glieder.

Ganz allmählich legte sich die Woge, und der Alltag hielt wieder Einzug. Ianetta tauchte nicht mehr auf, das Dunkel der Nacht schien sie verschluckt zu haben.

Als sich die Ansicht verbreitete, die Coga sei nun für immer verschwunden und das Leben in Baghintos seit Jahr und Tag nicht so unbeschwert und ruhig gewesen, wollten einige ein Fest feiern. Und sie feierten und lobten und dankten allen Heiligen und der Madonna für die erwiesene Gunst.

Lucia klammerte sich fest an den Gedanken, dass Ianetta lebte und in irgendeiner unbekannten Höhle in Sicherheit war. Jede Nacht betete sie für sie, und ohne dass die anderen es merkten, suchte sie viele Tage und an vielen Orten nach ihr, hielt überall Ausschau nach Anzeichen, wo sie vorbeigekommen sein könnte. Doch sie hatte kein Glück. Ianetta hielt sich verborgen; wie ein listiger Fuchs entging sie den Fallen der Wilderer. Dennoch war Lucia voll Vertrauen und wartete geduldig, dass Nachricht von Ianetta kam und ihr neue Hoffnung schenkte.

Nicht einmal Cicita mochte glauben, Ianetta könnte sich weit von Baghintos entfernt haben, fort wie ein Blatt, das der Wind davongetragen hat. Sie spürte es in den Knochen, so leicht würde es nicht werden. Ihrer Meinung nach hatte sich die Coga Ianetta wie ein Wildtier verkrochen, um auf bessere Zeiten zu warten. Eine schreckliche Kreatur, die kleine Dämonin. Nicht einmal Tziu Efisio glaubte daran, und er schlug mit seinem Stock jedem gegen das Bein, der behauptete, Baghintos sei endlich von allen Cogas befreit.

In den Wochen nach diesen Ereignissen war Severino zu einem trockenen Zweiglein geschrumpft, das jederzeit brechen konnte. Alle hatten den Eindruck, als wollte er mit seinem schnellen Verfall die ganze Familie und all das Ihre in den Abgrund ziehen.

Lucias Entschlossenheit konnte wenig gegen den fortschreitenden Ruin ausrichten. Ihre Kraft als Frau wurde auf eine noch härtere Probe gestellt, als sie feststellte, dass sie von Giuseppe ein Kind erwartete. Diese Nachricht war ein schwerer Schlag, denn sie konnte sich keinen übleren Moment als diesen vorstellen, um neues Leben in die Welt zu setzen.

Nur einen Schritt von der Verzweiflung entfernt beschloss Lucia, sich Cicita anzuvertrauen, die sich glücklicherweise als pragmatisch und zupackend erwies, so als hätte sie ihr Leben lang nichts anderes getan. Abgeschirmt vor der Familie in ihrer Ecke sitzend, beschlossen die beiden, das Geheimnis erst einmal für sich zu behalten, ohne zu ahnen, dass Pinella insgeheim jedes ihrer vertraulichen Worte mitangehört hatte.

Die Nachricht von Lucias Schwangerschaft senkte sich auf Pinella herab wie ein schlimmer Trauerfall. Vergeblich hatte sie gehofft, dass die geheimen Treffen der beiden Verliebten zu keinen irreparablen Folgen führen würden. Doch nun war eingetreten, was sie am meisten befürchtet hatte. Bleich wie ein Leichnam streifte sie durch das Haus und brach schließlich im Hof ohnmächtig zusammen. Ihr einziger Trost war, dass sie in den Armen von Dottor Spada erwachte, der ihr Erste Hilfe leistete. Dieser Zwischenfall gab ihr eine ganze Weile genügend Stoff, um sich in schönsten Fantasien zu verlieren und erloschen geglaubte Hoffnungen neu anzufachen.

Es war ein alles umfassender Fluch, der sich kurz nach Ianettas Verschwinden auf das Haus Zara legte, ein Fluch, der sich in dem langsamen, aber fortschreitenden Verfall offenbarte wie das unaufhaltsame Wegrutschen einer Lehmburg im strömenden Regen. Der schlimmste Schaden entstand an der Ölmühle, als dort beide Mühlsteine zerbrachen. Von diesem Moment an schien das ganze Leben der Familie sich zu verhaken wie ein kaputtes Räderwerk. Die Steine wurden nicht repariert, und wie in einem bösen Traum sah die Familie ihr Hab und Gut davonschwimmen in einem unaufhaltsamen Strudel aus Schuldnern und Lohnabhängigen, die nach ihrer Bezahlung verlangten. Und als wäre das nicht genug, fuhr ein Blitz in den alten Feigenbaum im Hof, und der Baum, der so viele Generationen der Zara gesehen hatte, verdorrte. Die Schösslinge an seinem Fuß gingen ein; es war, als wäre ein Familienmitglied verstorben.

Schlechte Nachrichten kamen auch aus Cagliari. Als die zwei in Ungnade gefallenen Schwestern, Fedela und Desolina, ihre Cousine Erminia um Hilfe baten, wollte diese auf einmal von verwandtschaftlicher Verbundenheit nichts mehr wissen. In ihrem Haus schien plötzlich kein Platz mehr zu sein für verarmte Unglücksraben, vor allem, wenn sie zu dieser Familie gehörten, und erst nach langer Überlegung rang sie sich dazu durch, ihre Großherzigkeit zu beweisen, indem sie die beiden als Hausmädchen anstellte. Fedela und Desolina schrieben nach Baghintos und äußerten den Wunsch, umgehend zurückzukehren, doch Lucia argwöhnte weiteren Schaden und riet ihnen dringendst davon ab. Was sie gerade überhaupt nicht gebrauchen konnte, war, noch zwei Münder mehr zu stopfen und zusätzliches Gejammer zu ertragen. Den beiden Schwestern blieb also nicht anderes übrig, als das Angebot der lieben Cousine Erminia anzunehmen.

So fiel die Familie Zara dem Unglück anheim. Als der November kam, und Severino wie ein Herbstblatt verdorrte und starb, erschien ganz Baghintos zu seiner Beerdigung.

Am selben Tag, als der Sarg in das Grab hinabgelassen wurde, sprangen die alten Ängste wie Flaschenkorken wieder heraus und bereiteten Pein. Immer mehr Leute schworen hoch und heilig, dass die Coga nicht weg sei, dass sie die ganze Zeit über in der Nuraghe Marxani hause und von ihrer Spitze herab beharrlich das Leben der Baghinteser ausspioniere. Und auch wenn die meisten das für erfundene Schauermärchen hielten, gab es kein noch so kühnes Herz, das sich bis zur Nuraghe vorgewagt hätte, keinen Schäfer, der zwischen ihren Mauern mit seiner Herde Schutz vor einem Gewitter suchte.

Das genügte Lucia an Bestätigung: Ianetta war viel zu schlau, um irgendwo in den Bergen zu sterben. Sie kam immer irgendwie davon, und sollte sie jetzt tatsächlich in der Nuraghe Marxani leben, würde Lucia sie finden.

11

In ein weißes Baumwolltuch gewickelt blieb die mit Lammfleisch und Disteln gefüllte Panedda warm, die Lucia beim Verlassen des Hauses mitgenommen hatte. Ihre Schritte waren schnell, denn der Weg war ihr vertraut. Mitte November war es noch mild, und nach den ersten Regenfällen schossen überall im Wald die essbaren Pilze aus dem Boden.

Lucia stieg die verwinkelten Gassen hinauf bis an den Rand des Dorfes, wo der alte Baingio mit seinen Schweinen lebte. Eine Weile folgte ihr eine neugierige Kinderschar, doch dann wurden sie es leid und kehrten zu ihrem Kreiselspiel zurück. Die stille Luft des Vormittags trug die Stimmen und Geräusche aus den Häusern und von den Feldern herüber, wo die Männer und Frauen von Baghintos arbeiteten. Allmählich verklangen die Alltagsgeräusche, nur die Bergkanarien und das Zirpen der Grashüpfer begleiteten sie noch. Die Sonne stach auf das schwarze Tuch herab, das Lucia eng um ihren Kopf gebunden hatte und das gut zu dem Mieder und den schwarzen Trauerröcken passte. Am Tag der Trauergabe, neun Tage nach Severinos Tod, schwirrten Lucia eigenartige Gedanken durch den Kopf. Sie hatten sich mit dem Mitleid in ihrer Brust zu einem so tiefen Erbarmen verschlungen, dass sie aufgebrochen war, um auf den Colle Marxani zu steigen. Lucia war mittlerweile fest davon überzeugt, dass Ianetta ein Herz hatte, das an der Verbannung, dem Hass und all den schlimmen Dingen, die über sie verbreitet wurden, zerbrochen sein musste.

Die letzte Nacht hatte ihr einen Traum beschert, der sie nachdenklich gemacht hatte. Babbo Severino war ihr erschienen, so wie sie ihn aus ihrer Kindheit kannte, jünger und voller Kraft, mit lächelnden Augen und lächelndem Mund. In dem ihn umgebenden Lichtschein stand Ianetta mit übergroßen Tränen in den Augen. Der Babbo versuchte zu sprechen, doch ihm versagte die Stimme, und je mehr er es versuchte, desto unverständlicher wurden seine Laute. Am Ende umarmte Lucia ihn, und alle Traurigkeit fiel von ihr ab. Kein einziges Wort war gesprochen worden, und doch fand alles, was sie wissen musste, den Weg in ihren Kopf. »Denk an Ianetta, meine liebe Lucia«, hatte Severino ihr aufgetragen, »ich habe versagt.«

Das Geschenk, das sie Ianetta bringen wollte, vorausgesetzt sie hauste wirklich in der Nuraghe Marxani und der Wind hatte sie nicht fortgetragen, war sicherlich im Sinne des Vaters, das wusste sie. *Denk an Ianetta, meine liebe Lucia!*

Ianetta konnte nicht so böse sein, wie alle behaupteten, und es war nur gerecht, dass sie von Severinos Tod erfuhr. Lucia wollte wissen, ob sie heil und gesund war, auch wenn das Haus Zara kein Ort mehr für sie war.

»Troppu coru bonu«, wiederholte Nonno Efisio auch jetzt noch, da Lucia groß war und er selbst zerbrechlich wie ein bärtiger Rebling.

Die Zweige der Mastixsträucher und Erdbeerbäume schienen Lucia an den Röcken festhalten, sie am Weg hinauf zur Behausung der Coga hindern zu wollen. Jedermann wusste, dass dies ihre neue Heimstatt war.

Lucia schlug die Warnung in den Wind, erklomm behände den steinigen Pfad und blieb beim Anblick der fernen Nuraghe stehen, um durchzuatmen.

Der hohe und mächtige Turm aus längst vergessenen Zeiten sah mit seinen hellen, von gelben Flechten gefleckten Steinen aus wie ein riesiger Ofen, aus seiner Öffnung in der Spitze ragte die Krone einer uralten Eiche hervor gleich einem Schwall Rauch und Ruß. Ein paar Meter tiefer öffnete sich ein Maul, das ins Herz der Nuraghe führte. Es würde einigen Mut erfordern, um sich aus dem Licht über die Schwelle ins Dunkel zu wagen. Lucia hörte nur mehr ihr eigenes Keuchen, nicht mehr die Vögel und auch nicht die Grillen, die durch die Wipfel der Bäume sprangen. Alles war still, bis auf den Atem des Windes unter den Schwingen eines Turmfalken am Himmel von Baghintos.

Plötzlich kam es Lucia vor, als entwickele das Laub der Eiche ein Eigenleben. Die dunklen Blätter bebten und zitterten, doch nicht aufgrund der Brise. Von dem merkwürdigen Phänomen angezogen, entdeckte die junge Frau, dass ein schweigsamer Krähenschwarm über die Nuraghe Marxani wachte. Sobald sie ihnen zu nahe kam, begannen sie zu lärmen und mit den Flügeln zu schlagen, flatterten in kleinen Runden um ihren offenbar bevorzugten Aufenthaltsort. Der Aufruhr legte sich schnell wieder, das Dutzend Krähen im schwarz-grauen Federkleid verstummte und blieb zwischen den Zweigen sitzen, um den Neuankömmling mit leichtem Kratzen und Pochen der Schnäbel zu beobachten.

Unter ihren wachsamen Blicken bahnte sich Lucia einen Weg durch die Affodillsträucher über einen weichen Grasteppich bis zum Eingang der Nuraghe. Mit einer Hand presste sie ihr Bündel an die Brust, während sie mit der anderen über die Oberfläche der geschickt übereinander verkanteten Steinblöcke strich, wo sie sonnenwarme Flechten spürte. Wie klein fühlte sich Lucia angesichts des hohen Turms und seiner Eiche, dennoch zögerte sie nicht, hineinzugehen. Drinnen wich alle Wärme von ihr. Stumm forschend suchte sie in der gottverlassenen Höhle nach ihrer Schwester, darauf gefasst, sie jeden Moment aus irgendeinem Winkel hervorkriechen zu sehen. Sie fand heraus, dass das Innerste der Höhle nicht nur größtenteils vom Stamm der Eiche eingenommen wurde, sondern auch eine Treppe barg, die zwischen zwei Mauern steil nach oben führte. Lucia war von der Anlage beeindruckt, doch noch größer war ihre Überraschung, als sie einen runden Raum erreichte, in dem ein kleiner Kamin mit heißer Glut stand. Der schwache Lichtschein genügte ihr, um ein altes Spinnrad zu erkennen, das Ianetta wohl in dem Bau gefunden und mit angeborener Begabung zu nutzen gelernt hatte. Von der Spule führte ein Wollfaden zu den Wänden des kleinen Zimmers, die damit gleichsam ausgekleidet waren, ein einziger faseriger Faden, der sich weiter und weiter spann in einem traurigen Spinnennetz. An einem Haken hingen ein Mörser und ein großer Kupfertopf. Lucia sah sich um, und die Kälte kroch ihr in die Knochen, als wäre plötzlich der Winter hereingebrochen. Schon bemächtigte sich die Einbildungskraft ihrer Gedanken. Sie wich ein paar Schritte zurück, um schnell den Heimweg anzutreten, als sich von den rußgeschwärzten Steinen der Nuraghe ein Schatten löste und auf sie zukam. Ein Holzscheit stürzte um, und die Flammen des Feuers loderten funkenstiebend auf.

Bei Ianettas Anblick, die sie mit hervorquellenden Augen anstarrte, und beim Gedanken daran, dass sie von Anfang an im Raum gewesen sein musste, ohne dass sie es gemerkt hatte, zuckte Lucia überrumpelt zusammen.

Ianetta war ganz und gar sie selbst, doch in Art und Aussehen schien sie verändert. Sie wirkte wie ein anderes, ihr nur ähnliches Wesen und blickte Lucia mit gierigem Interesse an. Sie schien sehr überrascht, ihre Schwester zu sehen. Ihre Augen waren noch größer und wenn überhaupt möglich noch weniger warm als einst. Die schwarzen Haarborsten steckten unter einem dunklen Kopftuch, das ihr von eigenartiger, dunkler Qual verzerrtes Gesicht umrahmte. Schlagartig schien Ianetta gealtert, abgetaucht in ein Zwischenreich, das die Jahre verwischte. Sie trug zerschlissene Kleider und war barfuß, und ihre langsamen Bewegungen ließen erkennen, dass sie an einem Knochenübel litt. Lucia zwang sich, ihr zuzulächeln, und der Gegensatz zwischen der eigenen Schönheit und der obszönen Hässlichkeit der Schwester war mehr als absurd und höchst ungewöhnlich.

Welch bizarren Scherz sich die Natur mit ihnen erlaubt hatte!

Lucias Lächeln verlor an Kraft, als Ianettas Gesicht sich verdüsterte: Ihre Schultern wurden noch krummer und ihre Nasenflügel bebten, als müsste sie einen Gefühlsausbruch unterdrücken. Sie bewegte sich vor und zurück und verkürzte auf diese Art den Abstand zwischen sich und Lucia immer mehr. Als sie nah genug war, um die Schwester zu berühren, entfernte sie sich wieder mit gesenktem Kopf, langsam und selbstgewiss wie eine Spinne in ihrem Netz.

Als Ianetta zu einem spitzen und jammernden Klagegesang anhob wie das unverständliche Jaulen eines von tausend Qualen geplagten Tieres, wollte Lucia sich ihr nähern. Sie versuchte es erneut mit einem schwesterlichen Lächeln, das Ianetta zu beruhigen schien, dann streckte sie ihr die Panedda entgegen.

»Ianetta?«, rief sie sanft. Die Schwester sah sie mit ihrem eigenartig gesenkten Kinn von unten herauf an. Sie hielt in der Bewegung inne, und das Gejaule verstummte.

»Ianetta, schau mal, ich habe dir eine Panedda mitgebracht.« Lucia deckte das Brot auf, um es der Schwester zu zeigen. Ianettas Augen flitzten von der Panedda zu Lucia, als versuchte sie, ein wichtiges Geheimnis zu erfassen. Plötzlich tat sie einige Sprünge auf sie zu, und Lucia fuhr zusammen. Da hörte sie unerwartet Ianettas Stimme.

»Warum du hier?«

Lucia schluckte schwer. Ianetta war größer als sie, und wenn sie auch mager und körperlich offensichtlich angeschlagen war, fühlte sich Lucia doch so unwohl wie in der Anwesenheit eines wilden, unberechenbaren Tieres.

Sie nahm all ihren Mut zusammen, trat einen Schritt nach hinten und sagte: »Der Babbo ist gestorben.«

Ianetta wich weder zurück noch schien die Nachricht sie zu verstören. »Warum Geschenk?«

»Weil man das so macht, wenn ein lieber Verwandter stirbt.«

Ianetta wandte den Blick ab und begann wieder, vor- und zurückzutreten, während sie sich mit der Faust gegen den Schädel schlug.

»Wie geht es dir, Ianetta?«

Keine Antwort.

»Wie lebst du hier? Wo findest du etwas zu essen?«

Wieder keine Antwort. Ianetta schien immer unruhiger zu werden. Die Aufmerksamkeit der Schwester verwirrte sie.

Doch Lucia ließ nicht locker. »Warum setzt du dich nicht hin und isst ein wenig von dem, was ich dir mitgebracht habe? Ich leiste dir Gesellschaft, wenn du willst.«

Ianetta war wie ein überlaufendes Gefäß. Wieder überraschte sie Lucia mit ihrer unangenehmen Stimme.

»Lucia hat Angst vor mir!«, rief sie aus und schlug gewaltsam auf sich ein. »Lucia macht Geschenk, weil Angst vor mir!«

Lucia schüttelte den Kopf über ihre Fantastereien. »Nein, was redest du da, Ianetta? Ich ...«

»Ich bin Coga! Ich bin Coga! Ich esse Herz von Kinder, das Blut trinke ich! Feld vertrocknet und Schwein stirbt! Stirb, stirb, stirb!«

Lucia verstummte. Die Angst packte sie an den Knöcheln, kroch durch die Knie nach oben, bohrte ihr die Wurzeln ins Herz und bereitete sich ein Nest im Magen. Träufelte Kälte in ihr Fleisch.

»Lucia nicht lügen zu Coga. Das sagt Severino. Das sagt Assunta. Das sagt der Alte. Lucia, schau mich an und glaub mir! Ich bin Coga!«

Ianetta hatte noch nie so viel geredet. Lucia wich vor ihr zurück, bis sie mit dem Rücken an die Mauer stieß.

»Ich bin Coga! Ich bin Coga!«, beteuerte sie und trommelte sich mit dumpfen Schlägen auf die magere Brust.

Schlagartig schossen Lucia sämtliche Einflüsterungen der Baghinteser durch den Kopf. Ihre Augen glänzten, und das Herz klopfte laut in ihren Ohren.

Dann war Ianetta bei ihr, beugte sich ein wenig herab und strich mit schüchterner Hand über Lucias Bauch. »Sie hat gesagt, Kind in Bauch von Lucia. Hat gesagt, ich muss nehmen und fressen.«

Während sie die Todesverheißung aussprach, lag auf Ianettas Gesicht ein eigenartiger Ausdruck der Unschuld. Lucia dagegen sträubten sich die Haare, und schnell schlug sie ihre Hand weg.

Ianetta ließ nicht locker. »Kleines süßes Kind!«

Als Ianetta versuchte, das Lächeln der Schwester nachzuahmen und ihre kleinen, schiefen Zähnchen zeigte, hielt Lucia es nicht mehr aus und rannte zum Ausgang. Sie ließ die Panedda fallen und wurde, kaum war sie draußen, vom wilden Mistral erfasst. Stürmische Wolken fegten über den Himmel, legten sich geheimnisstarrend über Tal und Dorf.

In der Nuraghe nahm Ianetta Lucias Geschenk und biss ohne zu überlegen hinein. Sie schnaufte seltsam wie eine Katze, die Lunge frisst, und murmelte komische Sachen. Manche ergaben keinen Sinn, andere sprachen von der Schwester und dem schönen, schönen Kind, das sie im Bauch trug.

Lucia rannte schnell mit dem Wind, der ihr das Kopftuch aus den Haaren riss. Die Locken wehten ihr über die Schultern, die Röcke wickelten sich diabolisch um ihre Beine, in ihren Augen stand der Schrecken. Sie rannte den ganzen Weg bis ins Dorf, wo die Leute sie wenig freundlich empfingen. Sie stürmte ins Haus und schloss sich zum Befremden der Familie in ihrem Zimmer ein. Dann begann der Regen auf das Dach zu peitschen. Mit kaum hörbarem Quietschen drehte sich sachte der Türknauf, und auf der Schwelle stand halb verborgen Pinella. Grollend und misstrauisch beäugte sie die auf dem Bett liegende Schwester. Ihre Stimme klang streng und anklagend.

»Du bist zu ihr gegangen!«

Überrascht drehte sich Lucia zu ihr um. Pinella trat nun ganz ein.

»Du bist zu der Coga gegangen! Unselig bist du, sonst nichts, du suchst das Unheil! Willst du, dass wir alle noch vor Leid verrecken?«, flüsterte sie mit erstickter Stimme, damit der Rest der Familie sie nicht hören konnte.

In Lucias Mund schienen alle Worte verdorrt zu sein. Sie wusste nicht, was sie auf diese Beschuldigung erwidern sollte.

»Alles, was dir zustoßen wird, hast du verdient!« Mit diesen Worten machte Pinella kehrt und schloss die Tür hinter sich. Lucia war zu bestürzt, um die Drohung aus diesen Worten herauszulesen. Lange sah sie Pinellas große, anklagende Augen vor sich, bis die Kerze erlosch und das Zimmer im Dunkel versank.

Nach Pinellas unangenehmem Besuch wollte sie niemanden sehen, nicht einmal Dottor Spada, der zur gewohnten Zeit das Haus betrat. Lucia versank in quälendes, aufgewühltes Grübeln. Es gelang ihr einfach nicht, Ianettas schauerliche Worte aus ihren Gedanken zu verscheuchen. Sie marterten sie hartnäckig mit Hirngespinsten und ließen ihr keine Ruhe.

Denk an Ianetta, meine Lucia, denn ich habe versagt!

Einen Moment lang verkehrte sich der Sinn der geträumten Worte und ihr gramerfülltes Flehen. Vielleicht hatte der Babbo sie gar nicht ermahnt, sich um die unseligste und unglücklichste der Schwestern zu kümmern, sondern sie beschworen, Ianetta aufzuhalten.

Lucia stieß einen zitternden Seufzer aus. Sie kroch unter die Decken und drückte den Rosenkranz fest an sich, während die Ungewissheit an ihr nagte. Schließlich trocknete sie sich ungetröstet die Tränen und gab der Müdigkeit nach. Sie wollte einfach nicht glauben, dass sie zu der Nuraghe hinaufgestiegen war, um jemanden zu besuchen, den es gar nicht gab: ihre Schwester.

In der heimeligen Wärme ihrer Häuser und im Widerschein der Feuerstellen fabulierten die ältesten Bewohner von Baghintos weiterhin von den Cogas. Ihre Geschichten beschworen die Zauberkünste der Cogas, und ihre düsteren Schauermärchen weckten Albträume in der Nacht. Doch so viel sie auch fantasierten und ihre Erzählungen mit blumigen Details ausschmückten, konnte sich doch niemand ausmalen, was Ianetta die ganze Zeit über tat, während die Dorfbewohner glaubten, sie ein für alle Mal vertrieben zu haben.

Eine ganze Weile dachte niemand daran, dass sie in der Nuraghe Marxani Zuflucht gesucht und sie zu ihrer Burg ausgebaut hatte. Eine Burg aus dicken Steinen, mit einer uralten Eiche als Schattenspender und einem Schwarm Krähen als Gesellschaft. Im Bauch des Turms hatte sie ein altes Spinnrad gefunden und sich wie selbstverständlich beigebracht, die Wolle der Schafe darauf zu spinnen. Von der Spitze der Nuraghe aus betrachtet, lag Baghintos all die Monate wie schlafend unter Sonne und Regen und den Strahlen des Mondes, der auf den Dächern glänzte. Eine schläfrige Kreatur, die manchmal aus den Kaminen rauchte und nichts von ihrer Wächterin ahnte.

Doch ihre Wächterin sah und hörte alles. Mit großer Klarheit hatten ihre riesigen Augen wahrgenommen, wie sich eine Glocke des Unheils über das Haus Zara breitete, wie der letzte Rest des alten Glanzes gleich einem Morgennebel verdunstete.

Sie hatte auch gesehen, wie Cicitas Schritte langsamer wurden, wie Lucia sich anstrengte, das Schicksal der Familie in der Hand zu behalten, wie Dottor Spada keinen Tag fernblieb, und auch Assuntas Schattendasein und den vielen Schmerz um Severinos Tod. Sie verstand es, das Leben der Baghinteser auszuspionieren, allen voran das ihrer Schwester Lucia. Manchmal, wenn die Nacht hereinbrach und die Fensterläden dicht verschlossen waren, wagte Ianetta sich in das Haus Zara, um Lucia beim Schlafen zuzusehen. Sie brauchte nicht lange, dann ging sie wieder und kehrte in ihre uralte geheime Höhle zurück.

So war die Lage.

Bis sich wie die Spreu im Wind die Nachricht verbreitete, dass Lucia die Coga in der Nuraghe Marxani besucht hatte. Danach kam es zu einigen merkwürdigen Vorfällen.

Zum Beispiel geschah es Rosaria, der Frau von Peppineddu, der seine Familie durch den Verkauf von weißen Zwiebeln und der einen oder anderen Kartoffel aus seinem Gemüsegarten über Wasser hielt, dass sie von einem eigenartigen Fieber ergriffen wurde und sich von allen ungesehen zum Colle Marxani aufmachte. Trotz ihres Herzklopfens stieg sie bis zu seiner Spitze hinauf. Ihr Tuch zog sich Rosaria eng um den Leib, denn ihr war kalt, doch die Kälte kam aus ihren Knochen, und in solchen Fällen hilft Wolle nicht viel. Ihre Röcke streiften durch das regennasse Gras, während sie sich der großen Nuraghe näherte, und die Krähen beobachteten sie von ihrem Wachposten aus mit auf sie gerichteten Schnäbeln. Rosaria versuchte, die vielen schwarzen Augenpaare mit einem furchtsamen Lächeln gnädig zu stimmen, doch es misslang.

Mit einem langen, tiefen Atemzug sammelte sie all ihren Mut, um einen Fuß in die von Schatten erfüllte Nuraghe zu setzen.

Sie war mutig, Rosaria, diese noch immer einnehmende, wohlgeformte Frau, das wussten alle im Dorf, und sie war gläubig, selbst wenn sie Schläge bekam und ihr Mann Peppineddu der Tochter des Schweinehirten nachstellte. Seine harte Hand ertrug sie, um dem Eheversprechen treu zu bleiben, doch Peppineddus Seitensprünge konnte sie einfach nicht hinnehmen.

Als sie zögernd und stets zur Flucht bereit die Höhle der Coga betrat, horchte sie mit gespitzten Ohren nach einem Lebenszeichen. Dann räusperte sie sich und machte sich bemerkbar.

»Darf ich eintreten?« Anfangs scheu, fühlte sie sich durch die fehlende Reaktion ermutigt. Mit Blicken, die in alle Richtungen flitzten, ging sie ein paar Schritte weiter ins Dunkle. Was getan werden musste, musste getan werden, also achtete sie nicht auf ihre weichen Knie und wiederholte: »Darf ich?«

Ein kaum hörbares Quietschen zog sie an wie das Licht eine Motte. Der Wunsch, zu sehen, was alle für verboten und gefährlich, für grässlich falsch hielten, schmeckte ihrem verdorrten Gaumen.

Rosaria gelangte zu dem kleinen, runden Raum mit dem Kuppeldach. Im tanzenden Licht der Flammen hockte über ein altes Spinnrad gebeugt eine dunkle Gestalt und spann Wolle. Das Rad drehte und drehte sich, während eine knochige Hand mit geschickten Griffen den Faden um eine Spindel wickelte. Sie glaubte eine Szene aus dem Märchen vor sich zu sehen, das ihre Großmutter ihr als Kind immer erzählt hatte.

Doch Ianetta war wirklich und leibhaftig in diesem Raum. Jeder andere an ihrer Stelle wäre erschrocken zurückgewichen, doch Rosaria trat noch einen Schritt vor und fürchtete sich auch nicht, zu sprechen.

»Ich weiß, wer du bist, und ich will deine Hilfe.« Sie schluckte trocken und starrte die Coga an. Bei ihren Worten hatte Ianetta sogleich den Faden losgelassen. Rosaria hatte sie noch nie aus solcher Nähe gesehen, bis ins Detail lebendig und echt und ganz anders als in den Schauergeschichten aus dem Dorf. Nie hätte sie gedacht, dass die Coga so große, glanzlose Augen hatte, die aus ihrem knochigen, kantigen Gesicht voller Schatten schauten, eine so unförmige Nase und so blasse, trockene Lippen.

Sie war größer als sie, wenngleich ein unbekanntes Leiden ihr beim Gehen den Rücken beugte und ihre Schritte unsicher machte.

»Ich weiß, dass du diese bösen Sachen tust, und jetzt musst du eine für mich tun.«

Ianetta kam unerwartet flink auf sie zu und nahm, als sie vor ihr stand, ihre Hand, bog schroff ihre Finger auf und fuhr mit der Fingerkuppe die Linien nach, die sich bis zum Puls über die Handfläche zeichneten. Rosaria hielt die Luft an. Zu welchem Ergebnis die Coga nach dieser kurzen Prüfung kam, konnte Rosaria nicht deutlich erkennen, doch Ianetta schien ihr gegenüber wohlwollend zu sein.

Nun war sie bereit, Rosarias Anliegen anzuhören. Sie richtete sich auf, streckte den Hals, musterte sie von oben bis unten und forderte sie dann mit einer abgehackten Handbewegung zum Reden auf. Rosaria war plötzlich nervös und aufgewühlt.

»Also, es ist wegen meinem Mann. Dieser verrückte Esel muss ein für alle Mal damit aufhören. Nur mich soll er wollen!« Rosaria versuchte vergeblich, sich zu beruhigen, die Sache erzürnte sie bis auf den Grund. Mit neu gewonnener Sicherheit sprach sie weiter. »Hör zu, es soll so sein: Wenn er einer anderen nachschaut, muss da in seiner Hose alles tot sein! Hast du verstanden? Mausetot! Nur mich soll er wollen! Nur mit mir soll er richtig funktionieren. Hast du das verstanden?«

Was getan werden musste, musste getan werden, weder Furcht noch Bedenken vor der Coga durften sie aufhalten. Die Coga musste ihre Bitte erfüllen, das war alles, was sie wollte.

»Sein Name, sag ihn mir.« Ianettas wenige Worte ließen Rosaria zu Eis erstarren.

»P-Peppineddu, genannt Froschauge, weil er so hervorspringende Augen hat. Hier, nimm das, ich habe dir einen Knopf von ihm mitgebracht.« Ohne zu zögern, legte Rosaria ihn der Coga in die Hand.

»Komm morgen wieder«, befahl Ianetta, und sofort verließ Rosaria die Nuraghe und kehrte Hals über Kopf ins Dorf zurück. Die Pilze, die sie zuvor in ein Tüchlein eingeschlagen hatte, waren Rechtfertigung genug für ihre Abwesenheit.

Niemand in Baghintos wusste, dass Rosaria zur Nuraghe Marxani hinaufgestiegen war und dort mit der Coga gesprochen hatte. Und im Übrigen hätte niemand sie je für so ruchlos gehalten.

Damit hatte Rosaria wahren Mut bewiesen, und die Coga tat, um was sie gebeten worden war.

In Erinnerung an alte Erzählungen, die sie im Hause Zara gehört hatte, nahm Ianetta eine Handvoll Erde und spuckte darauf, während sie zusammenhanglose Sätze vor sich hin murmelte, um die Kraft der Magie herbeizurufen. Dann nahm sie einen Binsenhalm und machte drei Knoten hinein.

Am nächsten Tag kehrte Rosaria zur Nuraghe zurück, mit roten Wangen und regen Augen wie ein Kind. Ianettas Düsternis vertrug sich nur schwer mit der Begeisterung, die von der Frau ausging.

»Das legst du unter sein Bett«, ordnete Ianetta an und reichte ihr die Binse mit den drei Knoten.

Rosaria lauschte wie verzaubert.

»Das muss er essen.« Und sie gab ihr ein Päckchen aus Blättern, in dem sich eine Handvoll Erde befand. Dann jagte sie die Frau mit einer schroffen Handbewegung hinaus. Sie wollte sie nicht mehr in ihrer Nuraghe sehen.

»Warte! Ich habe dir etwas mitgebracht.« Rosaria öffnete ihr Bündel und zeigte auf Gänse- und Hühnereier, ein Viertel Ziegenkäse, ein paar Zwiebeln und ein Dutzend Vögel, die sie in der Schlinge gefangen hatte. Sie lächelte dankbar, doch ihr Lächeln erstarb augenblicklich, als sie klar und deutlich zu sehen glaubte, wie die Coga plötzlich zu dunkler Größe anwuchs. Die Coga wollte sie bei lebendigem Leibe verschlingen, eine andere Erklärung gab es nicht für die jähe Verwandlung.

»Geh weg!«, gellte ihre grelle, misstönende Stimme, Rosaria hätte vor Angst fast aufgeheult. Stattdessen rannte sie los und blieb nicht stehen, bis sie vor ihrer Haustür stand, während Ianetta sich in der Nuraghe niederkauerte und zwischen den Gaben kramte, die Rosaria mitgebracht hatte.

In dieser Nacht bekam Rosaria unter den Blicken ihrer vier Kinder Schläge, denn diesmal hielt sie keine Ausrede für Peppineddu bereit. Keine Pilze. Ihr Gehirn war noch zu aufgewühlt, um sich eine passende Lüge auszudenken.

Zu ihrer Genugtuung gelang es ihr jedoch, den Binsenhalm unter seine Matratze zu legen und seinem Wein ein wenig von der Erde beizumischen. Als Rosaria glaubte, dass sich nach diesem Abend alles verändert habe, weil Peppineddu eine geschlagene Woche lang zu jeder Tages- und Nachtzeit nach ihr verlangte, wäre sie am liebsten noch einmal zur Nuraghe Marxani hinaufgestiegen, um der Coga zu danken. Doch alte Laster sind beständig. Peppineddu stellte noch immer der Tochter des Schweinehirten nach, und Rosaria wollte nicht mehr zur Coga.

All dies geschah, während man in Baghintos Kastanien röstete und sich auf einen schneereichen Winter vorbereitete.

12

Kräftig pfiff der Mistral über die Berge. Mit ihm kam der Schmerz, und es war, als brannte ein Feuer in Ianettas Gelenken, das sie marterte und ihr den Schlaf raubte. Wenn die Nacht ihren schwarzen Arm um alles legte, schienen ihr Fleisch sich zu öffnen und ihre Knochen in tausend Stücke zu zerbrechen. Es gab keine Linderung und keine Pause. Wenn sich die Flammen dann lodernd durch den Mund bis in die Eingeweide fraßen, schossen Erinnerungsfetzen von Geschichten über Cogas durch Ianettas Hirn und brachten ihr zwischen den Schmerzen schreckliche Träume von kleinen Kindern, von Blut, Monstern und bösen Blicken, die sie überallhin verfolgten.

Die Schuld ihrer verderbten Natur, so hatte sie von Beginn an sagen hören. Die Schuld der Verdammnis, die jede Coga von Geburt an traf. Die Verwandlung wurde vollzogen, wie bei den Insekten, nichts war dagegen zu machen. Ianetta musste eine Coga werden, der Moment war da. Hunderte, Tausende Male hatte sie gehört, wie sich ihr eigenes Coga-Schicksal erfüllen würde. Pinella hatte ihr gesagt, was sie tun musste, auch dann noch, nachdem sie von zu Hause weggegangen war; sie hatte Ianetta in aller Heimlichkeit aufgesucht und erklärt, welcherlei

Frevel sie begehen musste. Eindringlich und beharrlich, wie eine Obsession, die auf der Seele lastet und den Geist bezwingt, hatte sie ihrer Schwester die Friedhofsschändung beschrieben und alles, was eine Coga sonst benötigte, um eine Coga zu werden. »Ianetta ist die Coga! Ianetta nimmt das kleine Kind! Ianetta frisst das Kind!« Gnadenlos hämmerte die Stimme auf sie ein, mit der Botschaft, was sie zu tun hatte. Sie war die Coga und musste Blut trinken, wenn sie leben wollte. Säuglingsblut.

Die Felsen, die Erde, die Steineichen und Mastixsträucher stimmten ein in das schmerzvolle Stöhnen der Coga. Selbst die Nuraghe heulte in windigen Nächten ihr schreckliches Wiegenlied. Ein tödliches Ritual sollte vollzogen werden, jahrtausendealt und gefüllt mit den Seelen früherer Cogas. Bald schon würden ihre längst verloschenen Herzen für einen einzigen, kurzen Moment im gleichen Rhythmus schlagen.

Die Zeit kam, da Pinella sie aufforderte zu handeln. Am ersten Freitag im Dezember, als die Sonne untergegangen war und der Mond schien, huschte sie aus der Nuraghe und wandte sich zum Dorffriedhof. Gleich einem wilden Tier bewegte sie sich völlig lautlos, immer auf den verborgensten und sichersten Wegen. Der düstere Wald mit seinen vielen Augen empfing Ianetta in seinem Schatten. In den Steineichenwäldern von Baghintos schrien in jener Nacht die Käuzchen, und auch der Wiedehopf verkündete das Ereignis.

Zur nachtschlafenden Zeit betrat Ianetta den Gottesacker hinter der Dorfkirche und blieb vor einem Erdhaufen stehen. An dieser Stelle war das Gras, das sich überall sonst auf dem Friedhof um die Holzkreuze schlang, noch nicht nachgewachsen. Sie kauerte nieder und sog in tiefen

Zügen den Geruch der Erde ein. Wenige Augenblicke hockte sie so reglos da wie ein Spürhund, dann begann sie mit einem Ziegel, den sie vom Dach der Kirche genommen hatte, zu graben. Wie ein Maulwurf schaufelte sie die Erde weg, zog schließlich mithilfe eines Eisens alle Nägel aus dem Sargdeckel und hob ihn hoch. Gebannt hielt sie inne, blickte hinab auf den in der Tiefe des Grabes liegenden Leichnam der Frau. Tzia Maria war vor fünf Tagen verschieden und füllte mit ihrer bemerkenswerten Breite die ganze Kiste aus. Sie hatte ihr schönstes Kleid mit der schwarzen Weste an, und das Kopftuch war fest geknotet, damit ihr Mund verschlossen blieb und keine Familienangelegenheiten ausplauderte, die Hände waren um den Rosenkranz gefaltet und an den aufgedunsenen Füßen steckten winzige, spitze Schuhe. Sie trug auch eine Goldschnalle und eine Anstecknadel in Form eines Röschens, doch solche Dinge interessierten Ianetta nicht. Was sie suchte, waren die Tränen der Toten.

Sie ließ sich in das Grab hinabfallen und kniete sich auf die Frau, um ihre Kleidung nach Taschen abzusuchen. Versteckt in den Rockfalten fand sie ein weißes Taschentuch, das die Familie der Toten mitgegeben hatte, damit sie sich die Tränen trocknen konnte. Ianetta nahm es und kletterte mit ihrer Beute an die Oberfläche zurück.

Sie begann ihren Aufstieg zur Nuraghe, während die Hunde von Baghintos wie verrückt kläfften. Das Vieh in den Ställen und auf den Koppeln schnaubte unruhig, als witterte es Wölfe. Schrittweise kämpfte sich Ianetta den weiten Weg voran, die Knochen wie von glühendem Eisen in Brand gesetzt. Sie ließ sich vor der Feuerstelle nieder, warf zwei Holzscheite auf die Glut und beobachtete, wie die Flammen den runden Raum erhellten. Als wäre nichts passiert, wischte sie ihre Hände an den schmutzigen Röcken ab, setzte sich ans Spinnrad und ließ die Wolle durch die Finger gleiten. Ihr Geist verlor sich in einem Labyrinth sonderbarer Gedanken, über ihre Lippen quoll ein Strom unverständlicher Worte.

Eine ganze Weile später stand sie auf und hinkte krumm durch die Nuraghe. Ihre Kräfte kamen und gingen wie eine Sturmflut, sie umklammerte die Geräte und machte sich nach Pinellas Anweisungen, die sie in ihrem Gedächtnis fand, ans Werk.

Sie nahm eine Terracottaschüssel und goss gesalbtes Öl hinein, das sie aus der Kirche von Baghintos entwendet hatte. Sie verrührte es mit ein paar Tropfen ihres eigenen Blutes und warf eine Handvoll Stechapfelsamen in den Mörser. Dann stampfte sie es kraftvoll, um die Masse mit den restlichen Zutaten zu mischen. Am Ende siebte sie das Ganze durch das der Tzia Maria gestohlene Taschentuch, damit die Tränen der Toten sich damit verbanden.

Ianetta redete und redete pausenlos, während sie die merkwürdige Mixtur herstellte, und ihr Gesichtsausdruck wandelte sich mit jedem Moment. In ihrem Leib loderte ein besonders wildes Feuer, ihre Glieder hielten nicht länger stand, und gerade, als alles bereitet war, fiel sie in Agonie zu Boden. Ein lebensbedrohliches Fieber ergriff sie und schüttelte sie unbarmherzig bis zum folgenden Morgen, als sie ein wenig Nahrung essen und sich stärken konnte. Mit der Abenddämmerung nahmen die Schmerzen erneut zu und wurden bis gegen Mitternacht unerträglich. Dann fand Ianetta die Kraft aufzustehen. Sie zog sich aus, jede Bewegung eine unsägliche Tortur. Schließlich war sie nur noch in ihre Haare gehüllt, und mit großen, leidvollen Augen tat sie das, was Pinella ihr aufgetragen hatte.

Sie tauchte ihre Hände in die Salbe und schmierte sie sich auf alle Gelenke, ohne auch nur eines auszulassen. Von oben ging sie alle Glieder der Reihe nach durch, und als sie bei den Fußknöcheln angelangt war, wartete sie ruhig auf das Unglaubliche, das passieren würde. Mit heimtückischer Effizienz drangen die Gifte in ihr Blut, in jede Faser ihres Körpers bis ins Gehirn. Was eben noch gerade war, wurde plötzlich verquer. Das Herz schlug schneller in der mageren Brust, ihre Sicht wurde trüb und alles begann sich zu drehen. Verwundert betrachtete sie ihre Hände: Aus den Fingerspitzen schien weißer Rauch zu quellen, der sich zu seltsamen Luftgestalten verformte. In ihrem Bauch, im Kopf, in den Armen und Beinen herrschte ein solch wildes Brodeln, dass sie fest davon überzeugt war, ihre Augen müssten aus den Höhlen quellen und ihre zermalmten Knochen sich mit dem Blut aus den Venen mischen. Dann wurde ihr schwarz vor Augen, und es war schmerzhafter, als zu sterben.

Stille.

Dort drinnen, in ihrer geheimsten Kammer, fiel Ianetta bäuchlings in die heiße Asche des Feuers. Der Geruch nach versengtem Haar legte sich über den Raum, und als sie die Augen öffnete, war ihr Körper wieder schwer, Hände und Füße schmerzten. Ihr Kopf schien mit Luft gefüllt, die pfiff und nach draußen drängte. Sie spürte keine Kälte, lediglich Schmerzen überall. In ihre angesengten Haare gehüllt, fachte sie das Feuer wieder an, um Wärme zu spüren. Mit langsamen und schweren Bewegungen kleidete sie sich an, die Knochen wieder an Ort und Stelle, als wäre nichts passiert. Die Augen waren noch groß, aber nicht mehr zornig, der ferne Blick schien in einer anderen Welt zu wandeln.

Die Wirkung der Stechapfelsamen war noch nicht gänzlich verflogen, und sie brach erneut zusammen, gefangen in geheimnisvollen Bildern.

Als sie aus der zähen Sphäre wirrer Träume erwachte, Träumen von Lucia, von kleinen Kindern, die wie in einem Karussell um sie kreisten, war das Feuer heruntergebrannt, und der Fußboden schwankte nicht mehr. Nun, nachdem Ianetta zur Coga geworden und die Wandlung des Fleisches unter schlimmsten Schmerzen vonstattengegangen war, durfte sie sich endlich in ihre Mauernische zurückziehen und sich von Schaffellen und Mutter Assuntas gestohlener Decke wärmen lassen. Was getan werden musste, war getan. Nach Erfüllung des Auftrags fühlte sie sich ganz eins mit den nächtlichen Schatten.

In dieser Nacht verriegelte Don Ninnino alle Fensterläden und sicherte die Haustür, denn eine äußerst merkwürdige Vorahnung wühlte ihm durch Kehle und Magen und jagte ihm kalten Schauder über den Rücken. Im Kreise seiner vielen Heiligenfiguren, der Madonna und des Jesuskindes wachte er und betete bis zur Erschöpfung, um schließlich mit dem ersten Licht des neuen Tages in Schlaf zu fallen. Schlimme Träume suchten ihn in der kurzen Ruhezeit heim, und als er erwachte, keuchte und schwitzte er, obwohl es in seiner Kammer so kalt war, dass sich der Atem zu weißen Wölkchen ballte. Bald würde es schneien, und dann kam Weihnachten. Zu einem anderen Moment hätte sein Herz gejubelt, denn das war die Zeit des Jahres, die er am liebsten mochte. Stattdessen schon wieder so schlimme Geschichten, seine Dorfbewohner kamen und beichteten von Ängsten und Befürchtungen, die er gar nicht hören wollte. Ein jeder verlangte nach seinem Segen, nach Messen, nach Ablässen aller Art. Jeder wollte Weihwasser und Extragebete für das Haus, die Familie, für Tiere, Ställe und Gärten. Überall wurden Heiligenbildchen aufgehängt, gleich neben den heidnischen Symbolen, die er in all seinen Messen verdammte. Schluss mit diesen Coga-Geschichten! Er hatte es satt, und kommenden Sonntag würde er seinen Baghintesern ernsthaft den Marsch blasen. Über den Dächern und den mit gefrorenem Tau überzogenen Wäldern ging die Sonne auf. Was für ein schöner, unschuldiger Dezembertag das hätte sein können! Selbst die Rotkehlchen zwitscherten. Und doch war da eine Missstimmung: Hinterlistig und unergründlich störte sie das schöne Bild.

Don Ninnino wusste wirklich nicht, was eigentlich los war, und so beschloss er, eine Runde durch das Pfarrhaus zu drehen. In der Kirche schien alles in Ordnung zu sein, und auch seine Wohnräume waren wie immer. Als er dann zum Friedhof ging, den er von allen Orten am wenigsten mochte, sah er, dass doch nicht alles seine Ordnung hatte. Er öffnete das Törchen und ging zwischen den Gräbern hindurch mit der vertrauten Furcht, in eines davon hineinzufallen. Als er die offene Grabstelle sah und die viele Erde darum herum, rief er Gott um Erbarmen an, dann wagte er einen Blick hinein. Und sein Herz setzte einen Schlag aus, als er entdeckte, das Tzia Marias Leichnam geschändet worden war. Don Ninnino war, als müsste er ohnmächtig vornüberkippen, der Schrecken ob dieses ungeheuerlichen Sakrilegs war zu viel für ihn, doch dann schien es ihm wenig ratsam, bei dieser Kälte leblos zwischen den Gräbern zu liegen.

»Was soll ich nur tun?«, jammerte er mit bebendem Doppelkinn und biss sich auf die Fingerknöchel, um nicht loszuschreien. Eilig kehrte er in die Kirche zurück, trat zum Tabernakel und setzte zitternd die Flasche Messwein an, um das Übel zu bannen und den Kopf zu klären. Unwillkürlich kamen ihm all die teuflischen Geschichten über Cogas in den Sinn. Es war nicht zu leugnen, in dieser haarsträubenden Schändung waren Zeichen von Teufel und Verdammnis zahlreich zu erkennen.

Hätte es ihm nicht an jeglichem Mut gefehlt, er hätte sich an die Glocken gehängt und das ganze Dorf zusammengeläutet. Stattdessen beschloss er, Vorsicht walten zu lassen und zunächst nur den ersten Mann des Dorfes zu holen.

Also rief er in aller Heimlichkeit den Bürgermeister Aventino Todde herbei, der mit seinem Stellvertreter und zwei weiteren Honoratioren des Ortes kam. Sie begaben sich auf den Friedhof und starrten bestürzt in den offenen Sarg. Am Himmel kündigte sich grollend ein Gewitter an. Der Bürgermeister rieb seinen Bart und zog die *Mastrucca*, den schwarzen Ziegenfellumhang, fester um sich, während er nachdenklich den Leichnam der Frau betrachtete. Dann stieß er durch die Nase Luft aus, und sein Stirnrunzeln verriet alles über den Gedankensturm, der ihm durch den Kopf fegte. Einer der Männer stieg ins Grab, um herauszufinden, welche Schandtat genau begangen worden war. Als sie ihn herauszogen, war sein Gesicht bleich wie Wachs.

»Eine böse Sache ist da passiert: Man hat Tzia Marias Tränen gestohlen!«, rief er aufgeregt.

Bestürzt fuhr sich der Bürgermeister mit der Hand an den Kopf. »Don Ninnino und ihr alle«, sagte er und blickte seine Dorfgenossen an, »das ist das Zeichen.«

Nun war Don Ninnino tatsächlich einer Ohnmacht nahe. Er schlug eine Menge Kreuze, über sich selbst, in die Luft und über die Anwesenden. »Dann muss ich dem Bischof schreiben! Ich muss ihn um Beistand bitten!« Der Priester war der Verzweiflung nah.

Der Bürgermeister trat zu ihm, die Hände in die Seiten gestemmt. »Nein, Ihr schreibt niemandem. Das geht nur das Dorf etwas an. Das ist unsere Sache, und wir müssen uns darum kümmern. Der Bischof hat nichts damit zu tun. Verstanden?«

Don Ninnino erschrak noch mehr. Er schluckte und fragte: »Was genau heißt ›unsere Sache‹, was geht nur das Dorf etwas an?«

Der Bürgermeister wurde nervös. »Don Ninnino, wacht auf! Das war die Coga! Sie verlangt nach unseren Töchtern und Söhnen, und damit ist nicht zu scherzen.«

Nun fiel Don Ninnino tatsächlich in Ohnmacht; es fehlte nicht viel, und er hätte sich zu Tzia Maria in den Sarg gelegt.

Die Nachricht drang in jedes Haus von Baghintos und verbreitete Angst und Schrecken. Nun endlich, nachdem man das fürchterliche Unheil jahrelang hatte kommen sehen, wurde die Coga zur Coga.

»Die Coga ist Coga geworden, sie will unsere Kinder!«, hieß es im Dorf und in den Nachbarorten, denn über Berge und Täler hinweg erzählte man sich von dem verhängnisvollen Vorgang. Die Älteren wussten noch gut, welche Ingredienzien die Coga brauchte, um sich in eine Fliege, in Nebel oder ein nächtliches Tier zu verwandeln und dann ungestört in ihre Häuser einzudringen.

Was also sollte man jetzt tun? Die alten Leute von Baghintos hatten auch darauf eine Antwort: Cogas konnte man nicht bekämpfen. Man konnte sich nur verteidigen, indem man sämtliche überlieferten Ratschläge befolgte, um sie nicht in die Häuser zu lassen. Manchmal erwies sich der heilige Sisinnius als gnädig, und die Coga wurde verbrannt. Doch während man auf ein Wunder wartete, begaben sich viele erst einmal auf den Gottesacker.

Die Hundertjährigen wie Tzia Paddora klärten über das Wesen der Cogas auf; *jene* arbeiteten nur zwischen Mitternacht und drei Uhr morgens, und sie konnten nur bis sieben zählen. Also musste man ihnen etwas zu zählen geben, die Zähne an einer Sichel zum Beispiel oder die Borsten eines Besens, damit sie endlos immer wieder von vorne anfangen mussten und die Zeit verstrich. Dann empfahl man, einen Dreifuß auf den Kopf zu stellen oder die Hemden auf links zu stülpen, denn umgedrehte Dinge brachten sie um den Verstand, das funktionierte besser als Feuer.

Diese alten Geheimnisse kannte man im Hause Zara seit jeher. Die Familie saß gerade beim Mittagessen, als Cicita mit der Nachricht von der Schändung zurückkam und verkündete, dass die Coga nun Blut trinke.

»Das erzählt man sich im Dorf«, schloss Cicita, welche sich trotz der Armut der Familie, die nur durch Gottes Gnade überlebte, zum Bleiben entschlossen hatte: Sie wollte nirgendwo anders sein. Sie war mit wenig zufrieden, und wie sollten sie ohne ihre Hilfe mit Tziu Efisio zurechtkommen? Im Kopf des Großvaters wimmelte es mittlerweile von komischen, verqueren Dingen, man musste ihn den ganzen Tag im Auge behalten.

Assunta, die noch dünner geworden war und von Kopf bis Fuß in Trauer gekleidet einem Geist glich, ließ den Löffel auf den Teller sinken. Obwohl sie dank Dottor

Spada, der Lucia jeden Tag gut genährt sehen wollte, Fleischbrühe auf dem Tisch hatten, verging allen jäh der Appetit. Sie schwiegen, sahen sich aus den Augenwinkeln forschend an, und ihre Blicke verrieten mehr als tausend Worte. Selbst Tziu Efisio schien den Ernst der Lage zu erfassen.

Nur Pinella, sonst eher dem Schweigen verpflichtet, heftete ihren Blick auf die älteste Schwester und sagte zur Überraschung aller mit schwacher, fast gehauchter Stimme: »Dann darf man eben keine Kinder mehr machen«, während sie Lucia insgeheim beobachtete.

›Sie weiß, dass ich ein Kind erwarte!‹, schoss es Lucia voller Unruhe durch den Kopf. Sie sprang von ihrem Stuhl auf und rannte weinend hinaus.

Nonno Efisio schlug mit seinem Stock aus Olivenbaumholz auf Pinellas Stuhl, wandte sich aber an Cicita. »Die hat wohl eine Schwarze Witwe hier sitzen«, meinte er und deutete auf seine linke Brust. Pinella beachtete ihn nicht und war die Einzige, die ihren Teller leer aß. Zwar war er müde, der alte Efisio, und sein Rücken nicht mehr gerade wie einst, doch sehen konnte er noch recht gut.

13

Die Mittagssonne verwandelte das erste Weiß des Winters in Schneematsch.

Zwei Stunden brauchte Dottor Spada zu Pferd bis in das Dorf, wo die Leute Brot aus Kastanienmehl buken. Doch sein Interesse galt allein dem Torrone, den die Händler, die zum Fest der heiligen Lucia am 13. Dezember angereist waren, auf ihren Tischen feilboten. Weitere zwei Stunden würde ihn die Rückkehr nach Baghintos kosten, um seiner Lucia das Geschenk zu bringen. Es interessierte ihn nicht, über welchen Untergrund er ritt oder durch welches Schneegestöber. Vor seinem inneren Auge sah er bereits Lucias vollkommenes Gesicht, die Dankbarkeit in ihrem Lächeln und diese Andeutung von Scham, die man deutlich in ihren Augen las, wenn sie ein Geschenk nicht erwidern konnte. Ihre erlesene Schönheit und das Wechselspiel von weiblicher Willensstärke und Nachgiebigkeit sorgten dafür, dass er sich als Sieger und Unterlegener zugleich fühlte. Was für den Doktor eine ganz neue Erfahrung war, denn er hatte sein Leben damit verbracht, sich von Gefühlen und Spirituellem fernzuhalten. Er wollte nichts und niemandem hörig sein, nicht einmal einer schönen Frau. Dass Lucia ihn so beherrschte, ohne etwas dafür zu tun, verunsicherte ihn außerordentlich.

Er kostete von dem Torrone, um sicherzustellen, dass er weder zu hart noch zu weich für Lucias Zähne war. Diese Art von Fürsorglichkeit hatte er bei ihr von Anfang an wie selbstverständlich an den Tag gelegt.

Er hätte zu Hause sein können, wenn die Sonne im Zenit stand, wären nicht so viele Dorfbewohner unterwegs gewesen, die aufgeregt tuschelten und sich über etwas grämten, was am Morgen passiert sein musste.

»Hü, Gintilla.« Der Doktor trieb seine Stute an, um den Menschen zu folgen, die alle in dieselbe Gasse strömten. Die Dorffrauen liefen in Grüppchen mit schlammverdreckten Rocksäumen, während die Männer mit ernstem Blick und schmalen Lippen ihre Berritta an sich drückten. Die Prozession mit dem Standbild der heiligen Lucia, die mit einer Liturgie in der kleinen Feldkirche enden sollte, musste warten. Unheil lag in der Luft.

Giuseppe zügelte das Reittier vor dem mit Trauerflor behängten Haus. Hier feierte man nicht, denn Angioledda, die Frau von Raffaele, der sich als junger Mann durch seine Arbeit in den Blei- und Zinnstollen eine Staublunge geholt hatte, war wenige Tage nach der Geburt ihres ersten Kindes gestorben. Die Schreie der Attitadoras ließen Giuseppe erschauern, und die Traurigkeit erfasste selbst ihn, obwohl er die Frau gar nicht gekannt hatte. Er sah sich um und trat nach kurzem Zögern ein.

Jedermann wusste, dass er der neue Doktor war, und als solcher wurde er in allen Dörfern geachtet. Er drückte den im Gebet versammelten Frauen und den Männern im Nebenzimmer sein Beileid aus und trat dann an die Bahre, um die junge Verstorbene mit den über der Brust gefalteten Händen aus der Nähe zu begutachten. Schon beim ersten Blick runzelte Giuseppe unwillkürlich die Stirn. Sein

Expertenauge ließ sich von den merkwürdigen Schrunden in ihrem Gesicht und an Hals, Händen und Handgelenken sowie von den blauen Flecken, die aus der extremen Blässe hervorstachen, nicht beirren. Unverfroren hob er einen Zipfel der Kleidung an, um die anderen Glieder zu begutachten, doch da trat mit hartem Blick Raffaele vor, und der Schmerz, der sich in seinen Pupillen spiegelte, war wie ein Verzweiflungsschrei, der jeden von ähnlich riskantem Tun abgehalten hätte. Er sah aus wie der Sohn des Granits, den er viele Jahre lang gefördert hatte, bevor er krank wurde. Jetzt hatte er die Herde und den Schnaps, um die bösen Dinge des Lebens zu vergessen. An der frischen Luft ging es ihm viel besser, und es scherte ihn nicht, wenn seine Glieder bei Regen schmerzten. Alles, was Raffaele brauchte, war saubere Luft.

Doch Giuseppe war nicht minder hart, und diese Male verhießen für ihn nichts Gutes. Ungeachtet des Ortes, an dem er sich befand, hob er mit fester Stimme zu sprechen an.

»Diese Frau starb an inneren Blutungen«, sagte er dem Witwer ins Gesicht, und in der jäh eingetretenen Stille klangen seine Worte wie eine Anklage.

Er sah sich um, und eine Phalanx aus dunklen Männer- und Frauengesichtern starrte ihm stumm entgegen.

»Man könnte meinen, dass dieser armen Frau wiederholt innere Verletzungen zugefügt wurden, bis sie verblutete. Warum habt Ihr mich nicht gerufen, als es ihr schlecht ging?«

Niemand antwortete auf den Vorwurf des Arztes. Auch die Leute vor dem düsteren Zimmer waren verstummt, und alle im Haus kamen näher und kreisten den Fremden ein. Giuseppe spähte zur Tür, und als er Gefahr witterte, bereute er es, sein Gewehr draußen beim Pferd gelassen zu haben.

»Ich bin Arzt, ich hätte sie retten oder es zumindest versuchen können.« Mit großer Kraft hielt er den Blicken stand, bis Raffaele den Mund auftat und sprach.

»Meine Frau war stark und gesund. Sie hatte keine Angst vor harter Arbeit. Doch in dem Moment, als sie am schwächsten war, hat eine Coga sie gebissen und ihr das ganze Blut gestohlen. Sie ist gestorben, weil die Coga sie gefressen hat!«

Giuseppe kniff bei dieser unfassbaren Behauptung die Augen zusammen. »Was redet Ihr da?«, fragte er und starrte den Mann an. Er war von Kopf bis Fuß so steif und fahl wie der Leichnam seiner Frau. Aberglauben hatte Giuseppe noch nie leiden können, und in dieser Gegend sprachen die Menschen schon seit geraumer Zeit über nichts anderes als die geheimnisvolle Coga, die angeblich in der Nuraghe Marxani wohnte.

Raffaele kam mit geballten Fäusten näher und stampfte mit dem Fuß auf. »Die Coga war's! Meinen Sohn konnte sie nicht holen, weil wir vorgesorgt hatten, deshalb hat sie meine Frau sterben lassen. Wollt Ihr das endlich verstehen?«

Raffaele war wütend. Angioledda war gestorben, weil er es versäumt hatte, sie zu beschützen. Das steckte fest in seinem Kopf, und schwere Schuldgefühle wühlten in seinem Magen und umklammerten seine Brust. Dieser dumme Dottore konnte einfach nicht begreifen, was für alle offensichtlich und natürlich war. Zornig und mit aufgebrachten Gesten wies er auf seine Frau.

»Seht Ihr das, die Bisse der Coga? Hier hat sie zugebissen und ihr das Blut ausgesaugt, und was nicht mehr in ihren Bauch passte, ist aufs Bett geflossen. So habe ich sie gefunden, den Mund vor Schreck aufgerissen«, sagte Raffaele und barg den Kopf in seinen Händen.

Doch Giuseppe glaubte, dass der armen Frau etwas ganz anderes zugestoßen sein musste: Was er da sah, waren die Spuren der Schläge, mit denen ihr Mann auf sie eingeprügelt hatte, auch noch, nachdem sie seinen Sohn auf die Welt gebracht hatte. Von wegen Coga-Bisse! Bei dieser grauenhaften Vorstellung schrumpfte sein Mitleid mit dem Witwer beträchtlich und wurde bitter. Dieser Mann, der mit steifen Knien herumlief und ihn mit seinen grauen Augen aufforderte, andere Diagnosen zu stellen, verdiente sein Mitleid nicht. Giuseppe war sich darüber im Klaren, dass sämtliche Anwesenden genauso dachten wie Raffaele. Ihre Blicke durchbohrten ihn, als wäre er der Feind, der ihre Welt aus uralten und unwägbaren Gesetzen umstürzen wollte. Doch die Wahrheit sah so aus: Ihr Aberglaube hatte eine junge Mutter ums Leben gebracht.

»Solange ihr die Schulmedizin ablehnt, werden solche Sachen immer wieder passieren. Eure Frauen und Kinder werden sterben, weil ihr nicht aufhört, an Dinge zu glauben, die es nicht gibt. Es gibt keine Cogas! Allein die Dummheit gebiert sie! Ist es denn möglich, dass ihr das Licht der Wahrheit nicht seht?«

Auf die Worte des Arztes hin scharten sich die Anwesenden noch enger um den unerwünschten Gast. Als Raffaele die Hand bewegte, befürchtete Giuseppe schon, er könnte jeden Moment ein Messer ziehen und es ihm in den Bauch rammen, worauf die kleine Menschenmenge ihn packen und ihm etwas antun würde, doch alles, was geschah, war, dass sie zur Seite traten, um ihn vorbeizulassen. Durch zusammengebissene Zähne Wortfetzen zischelnd und kurz davor, sich ob seiner Unverfrorenheit auf ihn zu stürzen, bildeten sie eine Gasse bis zur Tür, damit er verschwand und sie ihrem Schmerz überließ. Ein letzter Blick auf Raffaele, dann trat Giuseppe mit schwerem Herzen und entschlossener Miene ins Freie.

Die Frauen versanken sogleich wieder in ihrer Verzweiflung und redeten von verfluchten Cogas, und als eine alte Frau mit einem Säugling im Arm hereinkam, schrien sie noch lauter.

Giuseppe bestieg sein Pferd Gintilla und verließ eiligst dieses unergründliche Dorf, wo man das Licht der Vernunft nicht sehen wollte.

Als er Lucia auf der Türschwelle stehen sah, wie sie ihm im Sonnenuntergang entgegenlächelte, war dies die passende Entschädigung für den müden und frierenden Giuseppe.

Allein der Anblick ihres Mundes, ihrer Augen, ihrer von der vielen Arbeit rissigen Hände genügte, damit sein Herz in ungebremsten Galopp fiel. Den ganzen Tag über hatte er von ihr geträumt, endlich stand sie leibhaftig vor ihm, freundlich und sanft, und gefiel ihm so gut, dass ihm trotz der eisigen Luft ganz warm wurde. Mit einer Tasse dampfender Brühe kam sie auf ihn zu, das schwarze Wolltuch um Kopf und Schultern gewickelt, aus dem die makellose Schönheit ihres Gesichts wie aus einem Bilderrahmen hervorstrahlte. Giuseppe sprang aus dem Sattel und hätte gern so viel mehr getan, als nur beim Ergreifen der Tasse ihre Finger zu streifen.

»Du hättest nicht in der Kälte auf mich warten sollen.« Giuseppe runzelte die Stirn über so viel Leichtsinn.

»Trink!«, erwiderte sie, was er gerne befolgte.

»Ich habe dir etwas mitgebracht«, sagte der Dottore

dann und holte den Torrone aus seiner Tasche. »In einem Dorf haben sie die Lokalheilige gefeiert, die heilige Lucia. Ich habe einen weiten Weg zurückgelegt, nur um für dich diesen Torrone zu besorgen, Lucia.« Giuseppe sprach den Namen Lucia aus, sooft es ging. Das gab ihm ein seltsames Gefühl, wie wenn man etwas ganz für sich allein besitzt.

»Der ganze Weg nur für mich? Das war doch nicht nötig. Schau nur, du bist ja zu Eis erstarrt!«, sagte Lucia und streichelte ihm über das Gesicht.

»Für dich gehe ich bis ans Ende der Welt«, flüsterte er ihr zu, während er ihre Hand ergriff, und bei so viel Ernsthaftigkeit musste Lucia den Blick senken. Dann führte sie ihn viel schneller als sonst ins Haus vor das prasselnde Feuer.

Wenn der Dottore zum Abendessen blieb, fand die Familie immer einen Vorwand, um die beiden eine Weile allein zu lassen. Diesmal kam der Vorschlag von Giuseppe, der Lucia in den Holzschuppen begleiten wollte. Pinella beobachtete sie durch das Fenster und murmelte Gebete, die alles andere als christlich waren.

»Heute ist in dem Dorf, wo ich war, eine Frau gestorben. Und obwohl zum Teil der Ehemann Schuld an ihrem Tod trägt, hatte ich doch Mitleid mit ihm. Eine junge Frau, die eigentlich ihr Neugeborenes hüten müsste, stirbt: eine wahre Tragödie.« Giuseppe wusste, dass Lucia sich dafür interessierte, was er den Tag über tat. Sie war nicht wie andere Frauen, sie ekelte sich fast nie, und ihre Neugierde erfüllte ihn mit Stolz.

»Woran ist sie gestorben?«, fragte Lucia, während sie mit kleinen Schritten den Hof überquerten.

»An inneren Blutungen, und diese stumpfsinnigen Leute haben nichts getan, um sie zu retten. Sie sind fest davon überzeugt, dass eine Coga sie umgebracht hat. Es wird über nichts anderes geredet, egal, wo du hinkommst – nur Cogas!«

Lucia fühlte ihre Sinne schwinden. Giuseppe konnte nicht ahnen, welch schmerzlichen Aufruhr er in seiner Angebeteten hervorrief. »Wovon genau sind sie denn überzeugt, diese Leute?«, fragte sie vorsichtig, während ihr das Herz bis zum Halse schlug.

»Dass die Coga die Wöchnerin gebissen und ihr sämtliches Blut ausgesaugt hat. Unfassbarer Unsinn! In Wahrheit haben sie die Frau sterben lassen, anstatt mich zu rufen, als es ihr schlecht ging. Mag ja sein, dass ich nicht viel hätte tun können, wer weiß, aber vielleicht wäre sie jetzt doch noch am Leben und könnte dank mir ihren Sohn im Arm wiegen.«

Lucia starrte stumm auf seinen Rücken. Giuseppe drehte sich um und sah sie an.

»Für Baghintos ist das kein Unsinn. Meine Familie glaubt auch an solche Sachen.« Lucia milderte ihren strengen Tonfall mit einem Lächeln ab.

Giuseppe trat zu ihr und forschte in ihren großen, klaren Augen. In diesen Spiegeln sah er große Unruhe, die ihm Sorgen bereitete. Also beschloss er, sie zum Reden zu bringen. »Und was glaubst du, Lucia?«

Die unerwartete Frage überrumpelte sie. Wirre Gedanken rasten durch ihren Kopf, nachdem Ianettas Worte in der Nuraghe sie bereits das Schlimmste erwarten ließen. Tag für Tag kratzten sie an der Schale ihrer Überzeugungen.

»Ich?« Was sollte Lucia antworten, wo doch die Zweifel sie fast in den Wahnsinn trieben?

Giuseppe beschloss, ihr beizuspringen. Letztlich hatte

der Dottore nach all dem Gerede, das er in den letzten Monaten gehört hatte, und nach dem, was er zuletzt gesehen hatte, sich längst ein eigenes Bild gemacht, doch er wollte verhindern, dass ein unbedachter Satz ihn von seiner geliebten Lucia entfernte.

»Abergläubische Menschen erzählen sich manchmal solche Geschichten, wenn sie sich einen Todesfall nicht erklären können. Wenn Säuglinge sterben zum Beispiel, oder Wöchnerinnen. Mein Vater hat immer gesagt, dass Wöchnerinnen vierzig Tage lang mit einem Bein im Grab stehen. Die Wissenschaft weiß genau, dass manche Sachen in der Natur einfach passieren«, schloss Giuseppe mit einfühlsamer Stimme. Dann nahm er Lucias Hand, die so kalt war, als flösse Eis durch die Adern. »Du bist ja eiskalt! Lucia, ich bin dir nicht böse, es ist nicht deine Schuld. Du bist unter Menschen aufgewachsen, die in alten Traditionen leben. Da ist es nur normal, dass du selbst ein wenig daran glaubst.«

Lucia schüttelte heftig den Kopf. »Das kannst du nicht verstehen.«

»So redet ihr alle. Ich bin Wissenschaftler, Arzt, ich kann gewisse Dinge verstehen, aber ich akzeptiere sie nicht. Ich bin ein Vertreter der Aufklärung!« Er tippte sich mit dem Finger an die Stirn. Dann lächelte er großmütig. »Ach so, du weißt wahrscheinlich nicht, was die Aufklärung ist. Irgendwann werde ich es dir erläutern.«

Er zog sie in den Schuppen und nahm ihr Gesicht in seine Hände. »Lucia, Lucia! Verzeih mir, wenn ich ein trauriges Thema angeschnitten habe. Du bist viel zu schön, um über so hässliche Dinge zu reden!« Er küsste sie, und dieser Kuss war so eindringlich, dass er Lucia fast den Atem nahm.

Als sie kurz darauf wieder ins Haus kamen, zitterte Lucia immer noch, doch daran waren weder die Kälte noch Giuseppes Kuss schuld. Ein rabenschwarzer Gedanke wirbelte ihr durch den Kopf und versetzte ihr erbarmungslose Stiche. Armer Giuseppe, dachte sie mutlos, wenn er wüsste, dass ihre Familie fest daran glaubte, dass die Coga niemand anderes als ihre Schwester Ianetta war, würde er angewidert das Weite suchen. Und dann würde sie selbst vor Kummer sterben. Und zu diesem Gedanken gesellte sich ein nächster, der noch weit schwerer wog. Ein Geheimnis, das zu ihrem Bedauern nicht mehr lange eins bleiben würde, weil manche Dinge einfach dem Lauf der Natur folgten.

Wäre sie kein so starker Charakter gewesen, dann wäre Lucia vor aller Augen in Tränen ausgebrochen. Doch da sie in letzter Zeit viel weicher geworden war und fast immer einen Knoten im Hals hatte, hielt sie es nicht mehr aus, schüttelte die stets gegenwärtige Pinella ab und flüchtete sich in die kleine Küche, um sich wieder unter Kontrolle zu bringen. Mit geschlossenen Augen klammerte sie sich an eine Stuhllehne, als plötzlich Cicita hinter ihr stand.

Die alte Magd raunte ihr zu: »Lucia, du musst ihm sagen, dass du ein Baby erwartest! Die Zeit ist reif. Oder glaubst du, er würde das nicht von selbst begreifen, mein Kind? Er ist Arzt!«

Lucia nickte mit einem Gefühl der Verzweiflung im Bauch. »Morgen. Morgen sage ich ihm die Wahrheit.«

Als Pinella hereinkam, um den Brotkorb zu holen, verstummten die zwei Frauen. Doch Pinella hatte ohnehin gehört, was zu hören war, und das genügte ihr, damit der Gedanke an Lucia und Giuseppe mit ihrem Kind einen

Schwall Galle in ihr aufsteigen ließ, der ihr den Appetit raubte.

Wenn die Seele in Aufruhr ist, ist es normal, dass nachts die Sorgen und Ängste als schreckliche Albträumen wiederauferstehen. In dieser Nacht wälzte sich Lucia zwischen den Decken, die sie umklammerten und erdrückten wie ein verhasster Feind. Sie träumte, dass sie durch das einsame Haus strich, in jedes Zimmer schaute und sah, dass alle tot waren, auch Giuseppe. Alles wirkte real, auch der Schmerz, der ihr die Brust zerriss, und die Trauer, die sie niederdrückte. Dann merkte sie, dass sie ein Neugeborenes in den Armen hielt, ihren Sohn, er war wunderschön, und sie liebte ihn mit nie gekannter Kraft. Doch in dem Haus befanden sich nicht nur düstere Schatten. Sie hörte einen Klagegesang, so traurig, dass sie sofort wissen wollte, woher er kam. Auf dem Boden lag Ianetta und weinte so leidvoll, wie Lucia es noch nie vernommen hatte. Als sie niederkniete, um der Schwester zu helfen, riss diese ihr das Kind aus den Armen und sprang flink wie eine Katze auf die Beine. Der Kleine weinte, und obwohl doch gerade erst geboren, konnte er sprechen und flehte seine Mutter an, ihm zu helfen. Lucia versuchte Ianetta einzuholen, doch ihre Füße wogen schwerer als Blei, und Ianetta war zu schnell. Dann verschwammen die Bilder, und die Angst wurde unerträglich. Verzweiflung überkam sie, als Ianetta das Kind in den Brunnen von San Borginno warf, und der Schmerz ließ sie fast wahnsinnig werden, als Don Ninnino auftauchte und auf dem Friedhof ein winziger Sarg in eine Grube hinabgelassen wurde. Lucias Kummer war so groß, dass sie sich zwang, zu erwachen. Am Kopfende ihres Bettes saß Cicita und versuchte sie zu trösten, sie trocknete Lucia die Tränen und strich ihr durchs Haar.

Der klare Schein des Morgens brachte keinen Trost. Viele Tage schleppte Lucia das schreckliche Gefühl von Trauer und Verlust mit sich herum. Kaum wahrnehmbar bewirkten der Traum und die Kraft von tausend Worten eine Veränderung in ihr. Sie flößten ihr eine Art von Angst ein, gegen die der Verstand nichts auszurichten vermochte und gegen die auch die Empfindungen machtlos waren, die in der Vergangenheit allem und jedem zum Trotz ihr Mitleid hervorgerufen hatten.

So kam es, dass Lucia anfing, sich vor Ianetta zu fürchten.

14

Man nahm das einjährige Schwein, stach es in den Hals und fing vor dem Zerlegen sein Blut in einem Terracottagefäß auf. In das frische Blut mischte man eingekochten Most, Rosinen, Nüsse und Salz. Dann füllte man die Masse in einen gut ausgewaschenen Schweinedarm, band die Enden zu und legte das Ganze, nachdem man es in kochendem Wasser überbrüht hatte, zum Braten auf die Glut. Cicita war eine Meisterin in der Zubereitung solcher Blutwürste, und sie konnte es kaum erwarten, Dottor Spada von ihrem Lieblingsgericht kosten zu lassen.

»*Sanguneddu*, Dottore? Hier, nehmt, eine wahre Delikatesse. Probiert!«

Dottor Spada ließ sich den Teller füllen. Seine skeptische Miene hellte sich in dem Moment auf, als er eine der dunklen Scheiben in den Mund schob.

»Sehr gut!«, kommentierte er, doch als er Lucias fahles Gesicht sah und sie plötzlich von der Tafel aufsprang, hörte er auf zu kauen.

»Geht ihr nach, Dottore. Sie fühlt sich nicht gut, unsere arme Lucia.«

Das ließ sich Giuseppe nicht zweimal sagen. Er ging hinaus, wo sie zusammengekauert neben dem Brunnen unter dem offenen Laubengang saß.

»Lucia! Lucia! Antworte mir, mach mir keine Angst«, ermutigte Giuseppe sie mit sorgenvollem Ton, doch sie schwieg und hielt das Gesicht hinter den Händen verborgen.

»Ich wusste, dass du nicht in der Kälte stehen darfst. Ich Dummkopf, dass ich dir solchen Leichtsinn erlaubt habe!«

Lucia erhob sich mühsam und sagte, ohne ihn anzublicken: »Ich erwarte ein Kind von dir.« So konnte sie nicht sehen, wie das Gesicht des Dottore erst bleich wurde und dann feuerrot, wie seine Überraschung in Zärtlichkeit umschlug und schließlich in unendlichen Stolz. Und noch bevor sie Luft holen konnte, fand sich Lucia in seinen starken Armen wieder, so sicher wie nie in ihrem Leben.

»Warum hast du mir das nicht gleich gesagt? Ich habe gemerkt, dass etwas nicht stimmt, dass dich ein Geheimnis quält. Aber ich wollte warten, bis du mir selbst davon erzählst. Mir war klar, irgendetwas bedrückt dich! Dabei handelt es sich hier doch um etwas Schönes, etwas Wunderschönes sogar … Sag, warum hast du es mir nicht gleich gesagt, Lucia?«

Lucia schluchzte vor Erleichterung auf. »Ich hatte Angst.«

Giuseppe schob sie ein Stück weg und sah ihr ins Gesicht. »Wovor, meine Lucia?«

»Dass du mich nicht mehr willst!« ›Weh mir, wenn er erfährt, dass Ianetta, die überall verhasste Coga, meine Schwester ist!‹, dachte Lucia untröstlich.

Giuseppes Augenbrauen formten einen lustigen Bogen. »Verrückt, das ist absolut verrückt! Wie kannst du nur so etwas denken? Ich wollte noch abwarten, bis die Trauerzeit für deinen Vater endet, bevor ich dich zu meiner Frau mache. Wusstest du das denn nicht?«

Lucia schüttelte den Kopf. Ihr Herz hätte vor Glückseligkeit überfließen müssen, doch dem war nicht so. Beim Gedanken an Ianetta senkten sich schwarze Schatten auf ihre Brust und ihre Seele. Und entzogen dem Schönen, das ihr gerade widerfuhr, alles Licht.

»Du wirst schon sehen, ich bringe dich nach Cagliari und mache eine feine Dame aus dir! Für meine Frau nur die schönsten Kleider und die prächtigsten Hüte, denn es gibt keine schönere auf Erden. Und dann gehen wir zusammen spazieren, Arm in Arm, unter den Arkaden vor den Segelbooten im Hafen. Hast du schon einmal das Meer gesehen, Lucia? Nein, gewiss nicht. Und dann führe ich dich in ein Café, wo lauter vornehme Menschen sind, und bestelle Eis und heiße Schokolade für meine Lucia.« Giuseppe küsste sie auf die Wangen, die Stirn und die Lippen mit einer herzbewegenden Ehrerbietung.

»Warum weinst du jetzt?«

»Weil ich Angst habe.«

»Wovor?«

»Ich habe Angst, dass unser Kind sterben wird! Oder dass ich sterbe und dich mit dem Kind alleine lasse. Oder dass …«

Giuseppe nahm Lucias Hand und presste sie sich fest auf Mund und Wange. »Ich werde nicht zulassen, dass dem Kind etwas Böses zustößt. Niemals! Ich werde dich besser behüten als mein eigenes Leben. Ach, ich Dummkopf, dass ich dir diese schlimmen Geschichten erzählt habe!« Dann lächelte Giuseppe und umfasste Lucias Schultern. Leise flüsternd, damit nur sie es hören konnte, sagte er: »Meine Liebste, ich möchte, dass du dir keine Sorgen mehr machst. Du bist wie eine unbefleckte, reine Lilie in einem Schweinestall. Nur noch ein paar Entbehrungen, und dann, das schwöre ich dir, bringe ich dich weg von hier an einen Ort, wo die Sonne und die Meeresluft dich stärken. Wenn wir in Cagliari sind, darfst du nur mehr an schöne Dinge denken. Ich sehe dich schon vor mir mit unserem Kind auf dem Arm!«

Nun musste Lucia doch lächeln, und fast wollte sie glauben, dass ein neues Leben in der Stadt möglich war. Die Wolken schienen ihr auf einmal nicht mehr ganz so dunkel und bedrohlich. Giuseppes Kraft war ansteckend, sie ging ihr ins Blut und wärmte sie von Kopf bis Fuß.

»Noch heute verloben wir uns. Dann bitten wir den Bischof um einen Ehedispens, und dann kann ich dich sofort heiraten. Oh, ich Schandkerl, ich habe dich ja noch gar nicht gefragt, ob du meine Frau werden möchtest. Möchtest du, Lucia? Möchtest du meine Frau werden, Lucia? Bitte sag ja!«

Nie und nimmer hätte Lucia dem flehentlichen und zugleich fordernden Ton Giuseppes widerstehen können. »Ja, Giuseppe. Natürlich will ich deine Frau werden!«

»Mein Leben!«, flüsterte er und drückte sie noch fester an sich.

Cicita trat vom Fenster weg und bekreuzigte sich. »Gelobt sei Jesus Christus! Er hat es getan. Ist das schön!«

Die Magd setzte sich auf eine Bank, so überwältigt war sie. An frohe Ereignisse war das Haus Zara nicht gewohnt. Selbst Assunta lächelte zufrieden, und allein das kam einem Wunder gleich. Tziu Efisio klopfte mit seinem gewundenen Stock an Pinellas Röcke und zeigte augenzwinkernd das nackte Zahnfleisch.

»Freust du dich nicht? Das Ende vom Fluch der schönen Jungfern!«

Doch Pinella konnte den Blick nicht von Giuseppe abwenden, der eng umschlungen mit ihrer Schwester stand. Es war ein gieriger Blick. Wie eine Verdurstende in der Wüste labte sie sich an jeder kleinsten Geste und fantasierte von der Wärme ihrer Leiber, ihren nahen Atemzügen, den Berührungen ihrer Hände. Plötzlich runzelte Pinella die Stirn und hielt den Atem an, denn sie glaubte, die geflüsterten Worte zu verstehen. Ganz langsam wich das Blut aus ihren Fingern, während sie in der Schürze krampfhaft die Fäuste ballte. Ein fürchterliches Gefühl, als würde ihr etwas unstatthaft entrissen, trat wie ein Nebel der Missgunst vor ihren Blick.

»Freust du dich denn nicht, Pinella?« Cicitas Frage traf Pinella wie ein Schlag, riss sie aus dem bitteren Liebeszauber, in den sie versunken war. Schnell senkte sie den Blick, ihre Wangen brannten. Mit unverständlichem Gemurmel entfernte sie sich.

Cicita spürte nun ein Pochen an ihren Beinen.

»Oho, hör mal: Der sitzt die Schwarze Witwe hier mittendrin, und die kneift sie, aber feste! Das kann ganz schön wehtun«, sagte Efisio unter Augenzwinkern und trommelte sich dabei in Herznähe auf die Brust.

»Tziu Efisio, nun esst mal weiter!«, ermahnte ihn die Bedienstete und führte den üblichen Kampf, um ihn an den Tisch zurückzubringen. Efisio hatte ein geradezu kindisches Vergnügen daran, sich mit gefülltem Löffel durch das ganze Haus nachlaufen zu lassen, doch an diesem Tag war Cicita mit den Gedanken woanders. Was für eine Freude! Bald würde das Haus Zara zu neuem Leben erwachen. Sie hatte die alten Farben vor Augen, die das viele Grau vertreiben würden, eine frische Brise neuer Freuden, die den Staub von viel zu viel Schmerz und Unglück hinwegfegte.

Cicita wollte Geburtstagskuchen backen, wollte die Babyausstattung waschen und stärken, wollte den ganzen Tag Gelächter und Geschrei kleiner Piepmätze im Ohr haben. Doch Cicita wusste auch, dass nichts von alldem passieren würde, wenn man keine Maßnahmen gegen die Coga traf.

Aus diesem Grund hatte sie vor ein paar Tagen Baghintos verlassen. Aus Zufall oder dank der Vorsehung war ihr zu Ohren gekommen, dass weiter nördlich eine Frau wohnte, die wahre Wunder bewirkte. Sie besaß die Gabe, das wussten alle. Es hieß, sie kenne sich mit allen Dingen der Natur aus, und ihre Räucherungen vermochten Kranke zu heilen. Es hieß auch, dass sie manchmal in die Zukunft sehen könne und sich gut auf Cogas verstünde, so gut, dass sie wusste, wie ein Dorf sich aus ihren Fängen befreien konnte, sollte es von diesem Unglück heimgesucht werden. Die Zaubereien dieser Frau erschreckten und erstaunten gleichermaßen. Cicita hatte erst die Berge überqueren müssen, um sichere Angaben über den Aufenthaltsort der Frau zu bekommen, und nun, da sie wusste, wo sie zu finden war, wagte sie es, ihren Gedanken Lucia gegenüber anzusprechen. An dem Abend, an dem die Verlobung bekannt gegeben worden war, schlüpfte Cicita in Lucias Zimmer, um in aller Heimlichkeit mit ihr zu reden.

»Hör mal zu, meine Kleine: Ich weiß, dass du dir um diese Sache Sorgen machst. Jetzt hast du ein Kind im Bauch, und damit ist nicht zu scherzen. Du hast doch auch von der Frau gehört, die vor ein paar Tagen verstorben ist. Eine Wöchnerin, Heilige Jungfrau!«

Die beiden Frauen bekreuzigten sich und verstummten bedrückt. Dann lauschte Lucia mit glänzenden Augen Cicitas Worten.

»Sieh dich nur an, wie du aussiehst, angespannt und fahl wie eine Todgeweihte. Statt vor Zufriedenheit zu lachen und zu tanzen, ziehst du ein Gesicht wie sieben Tage Regenwetter und bist den Tränen nahe. Ich kann es nicht länger ertragen, dich in diesem Zustand zu sehen.«

Bei Cicitas Worten brach in Lucia ein Damm. Endlich weinte sie, in den Armen des einzigen Menschen, der begreifen konnte, welcher Sturm Tag und Nacht über sie hinwegzog.

»Ich komme um vor Zweifeln! Vielleicht ist Ianetta ja gar keine Coga, vielleicht ist sie doch nur meine Schwester!« Lucia klammerte sich noch immer an ihre alten Überzeugungen. Doch Cicita schüttelte erbarmungslos den Kopf und forderte ihre ganze Aufmerksamkeit.

»Hör zu, meine Süße, so etwas will ich nicht mehr hören! Sieh mich an! Das Kind schwächt dich, aber du darfst nicht vergessen, dass *jene* dir genau gesagt hat, was passieren wird. Ist es nicht so, meine Liebe? Hat sie es gesagt?«

Lucia nickte schwach.

»Willst du, dass die Coga deinen Sohn umbringt? Willst du, dass sie ihm das Blut aussaugt? Willst du, dass sie ihn in den Sarg legen, nachdem du ihn mühsam auf die Welt gebracht hast, nur weil du wirre Gedanken hast und ein viel zu gutes Herz?«

Lucia schüttelte den Kopf, diesmal entschiedener.

»Dann weine nicht, Lucia, vielleicht gibt es ein Gegenmittel.«

Lucia sah neugierig auf.

Cicita lächelte zufrieden in sich hinein, als hütete sie ein köstliches Geheimnis. »Meine Reise war nicht so erfolglos, wie ich dich glauben ließ. Oben im Norden lebt eine Witwe, eine *Bruja*. Es heißt, sie sei die mächtigste auf der ganzen Insel. Sie kann Menschen und Tiere heilen, und vor allem versteht sie sich auf Cogas. Sie hat große Kraft, das sagen alle. Vielleicht weiß sie, was wir tun können, welchen Zauber wir anwenden können, bevor die Coga uns zuvorkommt. Wir dürfen nicht warten, bis sie dich oder das Kind auffrisst, denn *jene* hat es auf dich abgesehen, meine Kleine, so viel ist sicher!«

Aus Lucias Gesicht verschwand jede Spur von Tränen.

»Gut so, wisch dir die Tränen ab, ich mag es nicht, wenn du sprudelst wie ein Brunnen. Dein Gesicht ist zum Lächeln gemacht, dabei hast du so schlimme Dinge erleben müssen, und ohne dich wäre das Haus zugrunde gegangen. Das ist nicht gerecht, das ist wirklich nicht gerecht!« Wohlwollend fasste sie ihren Liebling an den Händen. »Jetzt noch mal: Wir müssen zu ihr gehen, und du musst mitkommen. Und das, bevor dein Bauch zu dick ist und der Schnee uns daran hindert. Vertrau mir, diese weise Frau wird schon wissen, was zu tun ist.«

»Wie heißt denn die Bruja?«

»Zuerst müssen wir diese Tzia Priama suchen. Gott möge uns beistehen!«

Das Wetter klarte auf, und die Gefahr eines Wintereinbruchs schien vorerst vorüber. Die Reise sollte nach Weihnachten stattfinden, kurz bevor der Bischof seinen Dispens für die Hochzeit geben würde, und Cicita und Lucia machten sich bereit.

Kopfzerbrechen bereitete Lucia allerdings, was sie Giuseppe sagen sollte, und vor allem, wie sie standhaft bleiben und sich nicht von seiner Klarsicht erweichen lassen sollte. Anfangs erzählte sie, es sei eine unaufschiebbare und notwendige Reise, die sie unbedingt selbst unternehmen müsse und die aus Familiengründen dränge. Außerdem würden sie nur einen statt zwei Tage unterwegs sein und bequem auf dem Karren vertrauenswürdiger Freunde reisen. Doch Giuseppe gab sich nicht mit einfachen Erklärungen zufrieden und widersetzte sich hartnäckig. Er wollte wissen, wie das Dorf hieß, das sie zum Ziel hatten, welchen Weg sie und Cicita nehmen würden und warum er nicht mitkommen dürfe. Da wusste Lucia sich nicht mehr zu helfen und rückte mit einem Großteil der Wahrheit heraus. Giuseppe war nicht einverstanden. Um nichts auf der Welt wollte er zulassen, dass seine Lucia den ganzen Weg auf schlechten Straßen zurücklegte, um die Behausung einer Megäre aufzusuchen. Diesen Nachmittag, am Vortag der Abreise, stritt Lucia zum ersten Mal mit Giuseppe.

»Zuerst willst du mir nicht sagen, wo du hinfährst, dann erfahre ich, dass du deine Gesundheit und die deines Kindes aufs Spiel setzt und das wegen einer anstrengenden Reise zu einer Megäre, die den bösen Blick wegzaubert. Lucia, komm zur Vernunft!«

Doch Lucia folgte ihrer eigenen Vernunft. Sie brauchte die Bruja, um sich von ihren Zweifeln zu befreien.

»Es ist kein Risiko. Ich bin stark, du brauchst um mich keine Angst zu haben.«

Giuseppe trat zu ihr und strich ihr zärtlich über die Wangen. »Wie naiv du bist, meine Lucia.«

Sie runzelte verärgert die Stirn und murmelte: »Ich bin nicht naiv.«

»Doch, das bist du. Aberglaube ist eine gefährliche Sache, und von Megären soll man sich fernhalten. Und was machst du? Du begibst dich direkt in die Höhle des Löwen! Lucia, was soll ich nur mit dir machen?«

Giuseppe löste sich von ihr, und Lucias Blick wurde

immer düsterer. Der Dottore schien zu einem schwierigen Entschluss gekommen zu sein. Seufzend sagte er: »Dann kann ich nur noch eines machen.«

Lucias Gesichtsausdruck wechselte augenblicklich. Wut packte sie, denn sie hatte gleich begriffen, dass er sie verlassen wollte. Sie zwang ihren Geist zur Ruhe und hielt die Tränen zurück.

»In Ordnung«, stimmte sie ganz sanft zu. »Ich bin eine Zara, ich werde auch sehr gut ohne dich zurechtkommen.« Sie brauchte ihre ganze Willenskraft, um ihre Worte nicht im selben Moment Lügen zu strafen.

Giuseppe sah Lucia verwirrt an. »Für was für einen Mann hältst du mich?«

Er hätte nicht gedacht, dass seine Lucia so hart und dickköpfig sein könnte. Er bekräftigte seinen Entschluss erneut, ohne die gewohnte Freundlichkeit in der Stimme. »Du fährst nirgendwohin, das ist meine Entscheidung. Ende der Diskussion.«

Lucia erwiderte nichts, doch sie wusste genau, was sie tun würde.

So brach sie am nächsten Morgen auf, ohne dem Dottore Gelegenheit zu geben, sein Verbot durchzusetzen.

Es dauerte einen ganzen Tag, bis sie ihr Ziel erreichten. Lucia war noch nie so lange unterwegs gewesen, sie fühlte sich wie in eine andere Sphäre versetzt, orientierungslos im beständigen Nebeldunst der Täler und Vorgebirge. Die Straßen waren tatsächlich unwegsam, sodass der Esel mindestens zwei Mal in steinige Schluchten hinabsteigen musste, um allzu steile Bergpfade zu umgehen. Das Eselchen trabte immer weiter bergan, die Steigung schien kein Ende zu nehmen. Der angenehmste Abschnitt führte unter dem Dach eines dichten Korkeichenwäldchens hindurch. Lucia aß die ganze Zeit wenig und sprach noch weniger, sie war in die Decke mit den schwarzen, von ihrer Mutter gestickten Pferdchen gewickelt, damit die Feuchtigkeit ihr nicht in die Glieder kroch, und dachte an Giuseppe. Erst als die Umrisse kleiner Häuschen zu sehen waren, die sich wie eine Ziegenherde an den Rand des Felsentals drängten und zu einem Dorf gehörten, das noch kleiner als Baghintos war, erwachte Lucia aus ihrer Erstarrung.

»Wir sind da«, verkündete Cicita, rieb sich die steifen Finger und sah sich mit regen Äuglein um. Es war später Nachmittag, als sie in das Dorf hineinfuhren. Der alte Tziu Benvenuto, der den Karren führte, hielt auf dem kleinen Dorfplatz an, wo aus einer moosbewachsenen Felswand eine Quelle sprudelte. Cicita sprang ab und ging auf einen Mann zu, der mit einem von Strohbündeln beladenen Handkarren aus einer Gasse kam.

»Entschuldigt, *su Tziu*, wo finde ich die Mühle von Tzia Priama?« Der Mann mit schwarzverdreckten Händen und einer Berritta über den Ohren blieb stehen und musterte die Fremden. Erst nachdem er alle drei und vor allem Lucia ausführlich betrachtet hatte, entschied er sich zu antworten.

»Am Riu de sa Perda Lada.« Nach der knappen Antwort verhakte er die Daumen in den Hosentaschen und streckte den Bauch heraus.

»Welche Richtung?«

»Kommt, ich führe euch hin.«

Zusammen mit dem Mann stiegen Lucia und Cicita ins Tal hinab und blieben erst stehen, als sie die Umrisse einer aus Granit gebauten Mühle sahen, deren Fundamente auf einer Seite von den Wurzeln eines uralten Olivenbaums herausgedrückt wurden. Das Kiesbett des Bächleins, das »Fluss vom Breiten Stein« hieß, war mit seinen flachen großen Kieseln sehr ungewöhnlich. Rund um die alte Mühle wucherte hoch das Buschwerk aus Steineiche und Erdbeerbaum, Myrte und Mastixstrauch.

»He ho, Tzia Priama, Besuch für Euch!«, rief der Mann, bevor er anklopfte und in den Eingang trat.

»Sie ist drinnen.« Mit einer schnellen Handbewegung forderte er die zwei Fremden auf, einzutreten, und entfernte sich. Lucia bedankte und bekreuzigte sich, wobei sie den heiligen Sisinnius um Hilfe anrief.

Cicita und Lucia übertraten die Schwelle zu einer altertümlichen Welt. Alles, was draußen war, schien in weite Ferne zu rücken, hier zählten nur das goldene Licht und der Duft nach Steinen und Holz. Nicht einmal das Murmeln des Baches war noch zu vernehmen, es war ein winziges Reich, das weder Zeit noch Raum kannte, mit einer Königin, die gerade in ihren Schaukelstuhl zurückkehrte, nachdem sie das Feuer angefacht hatte. Die Bruja musterte Lucia mit einem kleinen, milden Lächeln, ihre ungewöhnlichen blassgrünen Augen strahlten eine Kraft aus, die auch das wagemutigste Herz hätte erschauern lassen.

Die Leute hatten Cicita erzählt, dass sie verwitwet war und etwa fünfundsechzig Jahre alt, doch an ihrem Gesicht konnte man das Alter kaum ablesen, denn alle Dinge, die sie in ihrem Leben gesehen und gemacht hatte, waren in die zahllosen Fältchen ihrer Züge eingeschrieben wie die Zeilen eines Buches der Weisheiten.

»Komm näher, *Bellixedda.*« Priama lächelte Lucia freundlich an, doch der gebieterische Ton ihrer Aufforderung erlaubte keinen Ungehorsam. Sie war es gewohnt, zu kommandieren, ob nun Menschen oder unsichtbare Geister.

Lucia trat näher und spürte dabei die ganze Macht der alten Frau. Priama nahm ihre Hand und betastete das Gelenk, begutachtete jedes Knöchelchen und erklärte schließlich mit einem kleinen Klaps auf Lucias Handfläche: »Keine Sorge, es wird gesund auf die Welt kommen, mit allem, wo es hingehört, wie Gott es befiehlt.« Sie lächelte und zeigte ihre gesunden Zähne.

Lucia spürte eine merkwürdige Wärme im Kopf, die durch die Brust bis in den Bauch wanderte. Ihre Hand prickelte, und in ihren Augen kitzelten Tränen. Tzia Priama bedeutete Cicita, ebenfalls heranzukommen.

»Setzt euch ans Feuer, es ist kalt. Was ist es denn, das euch quält?«, fragte die Bruja, doch Lucia hatte das Gefühl, dass sie bereits alles wusste und vieles darüber hinaus. Beim Blick in diese Augen verflog ihre ganze Aufregung in einem Atemzug. So fand sie die Kraft, zu sprechen.

»Tzia Priama, Ihr müsst uns helfen, um der Liebe der Heiligen Jungfrau willen. Ich heiße Lucia Zara, und meine Familie ist ins Unglück gestürzt. Hätten wir nicht die Almosen meines zukünftigen Ehemannes, müssten wir Hunger leiden. Wenn die Leute im Dorf uns sehen, bekreuzigen sie sich, weil sie glauben, in unserem Haus nistet das Böse. Ich bin die älteste von sieben Schwestern, und von der Letztgeborenen wird behauptet, sie wäre eine Coga.«

Den letzten Satz murmelte sie nur noch leise vor sich hin. Cicita drückte ihr aufmunternd die Hand, doch Lucia befreite sich aus ihrem Griff und warf sich vor der Bruja auf den Boden.

»Ich habe nie geglaubt, dass Ianetta eine Coga und der Grund für all das Böse ist, das uns getroffen hat. Doch jetzt trage ich ein Kind unter meinem Herzen, und sie hat gesagt, dass sie kommt und es fressen wird. Ich flehe Euch an, ich bin voller Angst und verwirrt! Sagt mir, ob Ianetta tatsächlich eine Coga ist!«

Priama lächelte ihr sanft zu, während Cicita verärgert herantrat. »Natürlich ist sie eine Coga. Lucia ist zu gutmütig, um das Böse im Menschen zu sehen. Ihr müsst etwas tun, Ihr habt die Gabe und seht mehr als alle. Eine arme Frau, eine Wöchnerin in einem Nachbardorf, ist bereits gestorben, weil die Coga ihr alles Blut ausgesaugt hat. Sie hat sie aufgefressen. Ianetta hat uns angedroht, dass sie kommen und Lucias Kind fressen wird. Bitte sagt, dass es eine Medizin gegen diese Sache gibt.«

Die Bruja lauschte dem Flehen der beiden Frauen reglos wie ein Felsen, der schon Jahrtausende über sich hinwegziehen sah. Das Licht in ihren Augen veränderte sich leicht, aber genug, um erneut Lucias Unruhe zu wecken.

»Die Nacht bringt nie das Gute. Ich hörte Unheil aus Eurer Richtung wehen. Ich hörte die Coga, wie sie schändet und ein Verbrechen begeht. Ich hörte die heidnischen Geister in ihrem Dunstkreis feiern.«

Welch feste Stimme! Und welch archaische Kraft sich in diesen wenigen Worten entlud.

Wetterwendisch wie die heftigen Stürme, die mit fürchterlichen Wasserstürzen und Blitzen die Schäfer überraschten, wurde die Bruja plötzlich ernst. Sie beugte sich vor, nahm einen Halm aus dem Korb neben dem Feuer und zeichnete damit Dinge in die Luft, die Lucia nicht entziffern konnte.

»In den vergangenen Jahrhunderten lebten die Cogas in den Felsgrotten der Gebirge. Die Wälder waren zu jener Zeit dunkle und verfluchte Orte, die niemand ohne den Schutz der Brujas durchqueren mochte. Cogas sind keine Frauen, und sie sind auch keine Geister. Sie sind etwas anderes: Das Böse auf Erden sind sie! Sie sind so hässlich, wie ihre Seelen gemein sind. Ihr einziges Streben liegt darin, wie Tiere nach dem Blut der unschuldigen Neugeborenen zu gieren, jenen, die ohne Zähne und ohne Taufe sind. Dazu sind sie verdammt, und niemand kann etwas daran ändern.« Die Bruja sprach wie in einem anderen Geisteszustand, während ihre Hände weiter durch die Luft fuhren. Sie schien Dinge zu sehen, die für andere unsichtbar waren. »Erzählt mir von dieser Coga«, verlangte sie mit aufflackerndem Interesse.

Lucia und Cicita sahen sich an. Dann begann Lucia von ihrer Schwester zu erzählen. »Ianetta ist sehr stark und sehr schlau, sie schlägt sich immer durch. Sie braucht niemanden, wie ein Tier in der freien Natur. Mir gegenüber war sie noch nie böse, aber als ich sie das letzte Mal gesehen habe, hat sie mir Angst eingejagt. Sie hat Sachen zu mir gesagt, die sie noch nie gesagt hat, und mir auf den Bauch gestarrt mit Augen, die nicht von dieser Welt waren! Bei uns zu Hause war die Hölle los, als sie den einzigen Schutz gestohlen hat, den es gegen Cogas gibt. Meine Mutter wäre fast vor Herzeleid gestorben.«

Priama musterte Lucia mit entrücktem Blick. »Sage mir, was sie an jenem Tag gestohlen hat.«

Lucia zog schaudernd das Schultertuch enger, denn die Bruja war immer noch so unwirklich wie aus einer anderen Welt und schien viel mehr zu wissen, als sie bisher offenbart hatte.

»Meine Mutter bewahrte seit Ianettas Geburt ein Stückchen Nabelschnur auf. Sie sollte es gut verstecken, was auch immer passiert. Aber Ianetta hat es gestohlen und ist damit aus dem Dorf geflüchtet.«

Priama lächelte und schaute das Mädchen nun mit wachem, durchdringendem Blick an. »Das wollte ich wissen!« Sie lächelte erneut und stand überraschend geschmeidig auf. »Ihr wart so unvorsichtig und dumm wie Schafe. Nun hat sie die Macht. Ohne dieses Ding kann niemand etwas gegen die Coga ausrichten.«

Lucia spürte, wie in ihrer Brust ein angsterregender Schlund aufriss. Dann war die Bruja also davon überzeugt, dass Ianetta eine Coga war. Dann würde sie kommen und ihr Kind töten, denn das war ihr Schicksal. Nachdem sie Ianetta am Tag ihrer Geburt vor dem Tod bewahrt hatte, würde sie nun selbst die bitterste Strafe zahlen. Lucia barg ihr Gesicht in den Händen. Nie in ihrem ganzen Leben war sie so verzweifelt gewesen, nicht einmal, als ihr Vater krank war und ihre Familie alles verlor. Es kam ihr vor wie ein grausamer Albtraum, ein übler Scherz des Schicksals, das sie bestrafte, weil sie nicht hatte glauben wollen, was alle anderen von Anfang an gesehen hatten.

Cicita schnaufte zornig. »Der ganze lange Weg und kein Funke Hoffnung, herrje!«

Die Bruja lächelte den Frauen zu, doch nur kurz, um dann schnell wieder tiefernst zu werden. »Wer hat denn gesagt, dass ich nichts tun kann?« Dann packte sie Lucia und half ihr auf. Priama war groß und ebenso imposant wie ihr Geist. »Schnell, Kind, komm her, ich muss etwas schauen.«

Gefügig ließ sich Lucia in die Mitte des Zimmers führen. Priama nahm ein Kohlenbecken und verteilte auf den glühenden Scheiten zerkleinerte Thymian-, Ysop- und Palmzweigblätter.

»Atme ein, das wird dir guttun!«

Lucia tauchte ein in den dichten weißen Rauch, der in eindrucksvollen Kräuseln und Wölkchen von der Glut aufstieg.

Die Bruja nahm einen Faden weißen Reihgarns und maß genau den Umfang von Lucias Armen ab, bevor sie einige Käuzchenfedern mit komplizierten Knoten aneinanderband und den Restfaden abschnitt. Dann rezitierte sie das Vaterunser, das Ave-Maria und das Glaubensbekenntnis mit solcher Inbrunst, dass die junge Frau verwundert lauschte. Es folgte ein Gebrummel aus unverständlichen Worten, als ob sie in einer fremden Sprache redete. Lucia sah, wie die Bruja ein kleines Tuch aus ihrer Tasche zog und es auf dem Boden ausbreitete, mit einem Häuflein Knochen darin. Was sie nicht begriff, war, dass es sich um Knochen eines Toten handelte, und so mischte sie sie ohne Bedenken, wie die Bruja es ihr aufgetragen hatte, und wartete aufgeregt auf das wundersame Orakel.

Priama geißelte sie mit einem alles andere als freundlichen Blick und warf eine Handvoll Pulver auf die Glut. Dicht stiegen die harzduftenden Dämpfe auf und bewegten sich auf scheinbar unnatürliche Weise, wogten und reckten sich zuerst in Richtung der Bruja, dann zu Lucia hin. Schließlich verbrannte die Bruja die Federn, nahm die Asche und vermischte sie mit etwas Milch, die sie Lucia reichte.

»Trink!«, befahl sie harsch. Lucia war völlig überwältigt vom Zauber des Rituals und leerte das Getränk in drei Schlucken. Priama zeichnete ihr mit gesalbtem Öl das

Kreuzzeichen auf die Stirn. Und endlich, nachdem sie drei Mal über das Gesicht der jungen Frau gepustet hatte, sprach sie ihr Orakel aus.

»Schlimme Dinge liegen vor Lucia. Es ist wahr, ihre Schwester will das Kind für sich, doch die Engel und Heiligen sind auf unserer Seite und haben gesagt, dass sie uns beistehen.«

Cicita bekreuzigte sich mehrmals bei den Worten der Bruja. »Und was müssen wir tun?«

Priama kehrte auf ihren Platz im Schaukelstuhl zurück und begann, den Rosenkranz zu beten. »Es gibt nur eins zu tun: hingehen und das holen, was die Coga versteckt hat. Das ist ihre einzige Schwachstelle.«

Cicita fuhr zusammen und wurde bleich. »Wir?«

»Ich kann sie aufhalten, doch ich brauche das Gegenmittel, das sie in ihrer Höhle verbirgt, damit der Ritus wirkt.« Priama drehte sich zum Fenster. Ihre Augen blickten hinaus auf die schwarzen Regenwolken und die hereinbrechende Nacht. »Die Nuraghe ist ihr Schlupfwinkel, dort müssen wir hin.« Damit stand sie auf und brachte den Frauen zwei Tassen lauwarmen Kräutertee, den sie zuvor bereitet hatte. »Trinkt, das tut gut.«

Sie bedachte ihre von widerstreitenden Gefühlen gezeichneten Besucherinnen mit einem Lächeln und verließ die Mühle. Die Wärme des Feuers in ihrem Rücken erfasste langsam die von allzu vielen Sorgen gequälten Glieder, ihre Atemzüge wurden ruhig und gleichmäßig. Kurz darauf nickten sie ein, nur eine Minute lang. Zumindest glaubten sie das, doch als sie die Augen öffneten, betrat Priama gerade das Haus, und die Sonne ging auf, die Vögel zwitscherten in den Zweigen und der Himmel strahlte wolkenlos wie auf einem Kirchenbildnis.

»Wir haben die Nacht übersprungen!«, rief Cicita aus, doch die Bruja musste ihre Fantastereien dämpfen.

»Unsinn, Cicita! Steht auf, wir müssen los. Der Regen gönnt sich nur eine Atempause, er wartet nicht, wie es uns Frauen passt.«

Lucia und Cicita gehorchten und staunten, dass sie sich ausgeruht und frisch fühlten wie nach einem langen Schlaf.

»Nehmt das, Tzia Priama, für Eure Dienste. Wir sind keine Leute, die mit leeren Händen kommen.« Aus ihrem Sack zog Cicita zwei kleine Pecorino-Laibe hervor und einen Riegel Torrone, denselben, den Giuseppe Lucia mitgebracht hatte.

Priama deutete auf ein Regalbrett neben der Kochstelle. »Recht so. Und wenn du schon dabei bist, röste doch gleich ein paar Scheiben von dem *Civraxiu*-Brot, das ich mit Ricotta esse. Und darüber noch ein bisschen Honig, wenn ich es mir so recht überlege.«

Lucia griff gerne zu bei dem Gedanken, dass die Bruja Abhilfe schaffen würde bei allem, was sie fürchtete. Sie konnte es kaum erwarten, nach Baghintos zurückzukehren und all die schlimmen Dinge endlich hinter sich zu lassen.

Sie war voller Liebe für Giuseppe, und im Überschwang der Gefühle umschlang sie ihren Bauch und versuchte sich vorzustellen, wie sie ihren Sohn fest an die Brust drückte. Sie dachte an Giuseppes Versprechen von einem neuen Leben in der Stadt, an all die schönen Dinge, die sie haben würde, und daran, dass sie endlich das Meer sehen würde. Trotz der tausend Beschreibungen konnte Lucia sich immer noch nicht das viele Salzwasser vorstellen, nicht einmal im Traum.

Und doch, bei aller Hoffnung, die in ihrem Herzen keimte, verging ihr bald schon wieder der Appetit. Wenn sie ernsthaft nachforschte, was in ihrem Kopf vorging, konnte sie letztlich nur eine Wahrheit zulassen: Bei allem Respekt vor der Bruja war ihre Seele noch genauso mutlos wie zuvor.

15

Und ihr müsst uns mit euren frommen Gebeten helfen! Zündet eine geweihte Kerze an, damit der Rauch euer Flehen in den Himmel trägt. Dann nehmt das Salböl und zeichnet ein Kreuz auf alle Schwellen und Türen, denn das hat in diesem Haus bisher noch niemand getan.«

So hatte Tzia Priama es befohlen, mit solch ernster Miene, dass ihr bloßer Anblick beunruhigte, und so würden sie es tun. Die Bruja hielt sich nicht mit Leuten auf, denen beim bloßen Gedanken an die Coga das Herz in die Hose rutschte, doch noch unerträglicher waren ihr Menschen wie Dottor Spada, die weder zu beten noch mit heiligen Dingen umzugehen verstanden.

Als die fremde Frau mit Lucia und Cicita ins Dorf kam und gleich das Haus übernahm und allen eigenartige Befehle erteilte, begriff Giuseppe, dass es sich weder um eine Verwandte noch eine Vertraute der Familie handelte. In Baghintos kursierten Gerüchte über sie, man sprach von einer Bruja, welche nun der Familie Zara helfen würde. Also nahm Giuseppe, der wegen der heimlich unternommenen Reise zutiefst erbost war, Lucia mit großem Ernst zur Seite und konfrontierte sie mit der Angelegenheit.

»Ich will nicht, dass diese Megäre dir irgendwelche Flausen in den Kopf setzt. Mir gefällt nicht, was sie redet, und mir gefällt nicht, dass sie sich hier als Herrin aufspielt.«

Lucia erstarrte. Dass Giuseppe sich erlaubte, in diesem Ton mit ihr zu reden, war ihr vollkommen neu. »Sie spielt sich nicht auf. Sie hilft uns nur.«

Giuseppe schnaufte. »Wie soll uns eine Megäre helfen, Lucia? In deinem Köpfchen ist beileibe genug Verstand, aber manchmal begreife ich dich wirklich nicht. Jetzt zum Beispiel: Du versteifst dich auf eine Idee und schmollst wie ein kleines Kind.«

Unwillkürlich legte sich Lucia die Hand auf den Bauch, eine beschützende Geste, die dem Dottore nicht entging.

»Bitte sag mir, was sie hier tut.«

Lucia wandte den Blick ab und schwieg trotzig.

»Geht es etwa immer noch um diese Coga-Geschichte? Denk doch mal nach, Lucia! Das ist alles nur alberner Aberglaube für Dummköpfe, das hat doch nichts mit dir zu tun.«

Lucia wollte ihn immer noch nicht ansehen.

»Verdammt, Lucia! Ich will diese Megäre nicht im Haus haben!«

Lucia blickte ihm direkt ins Gesicht, stampfte auf dem Gipfel des Zorns schließlich mit dem Fuß auf und sagte feierlich: »Noch ist es nicht dein Haus!«

Giuseppe taumelte zurück, als hätte er einen Schlag bekommen. Er wandte sich ab, versank in Gedanken und sagte nach einer halben Ewigkeit: »Ich muss für eine Woche nach Hause. Ich breche heute noch auf.« Bevor er ging, warf er ihr einen letzten warnenden Blick zu. »Ich bitte dich nur, auf unser Kind aufzupassen.«

Dann verließ er das Zimmer. Im Hof blieb er einen Moment stehen, um seine Wut zu kühlen. Er kickte einen

Stein in die Luft und peitschte mit der Hand durch eine Basilikumpflanze. Dabei bemerkte er Pinella nicht, die hinter ihm stand und gierig seine Gestalt beäugte. Endlich ein Hoffnungsschimmer, dieser Streit gab ihr wieder Luft zum Atmen. Sie wollte ihn trösten, ihm zeigen, dass nicht alle Zara-Frauen so dumm wie Lucia waren. Sie selbst wüsste wohl, wie sie ihn rundum glücklich machen konnte. Doch als Giuseppe sie bemerkte und sie mit einem wenig freundlichen Blick bedachte, verflog Pinellas mühsam gesammelter Mut gleich wieder. Der Mann ließ sie wortlos stehen, bestieg eilig sein Pferd und entfernte sich, während sie kraftlos zurückblieb.

Als sie allein war, ließ Lucia sich niedergeschlagen und gramerfüllt auf einen Stuhl sinken. Die schreckliche Furcht, Giuseppe könnte vielleicht nie mehr zu ihr zurückkehren und sie mit ihrem ungeborenen Kind allein lassen, raubte ihr den Atem.

Dann aber kam Priama heran und riss sie aus ihren tristen Gedanken. Sie legte ihr eine Hand auf den Arm und sagte: »Ganz ruhig, Lucia. Der kommt immer wieder, dem bist du bis ins Mark gefahren, und er kann nichts dagegen tun.«

Lucia richtete sich auf, plötzlich von Zorn gepackt. »Ich will hinauf zu der Nuraghe. Ich will dabei sein, wenn Ihr Ianetta trefft, Tzia Priama.«

Nichts auf der Welt konnte sie davon abbringen. Lucia setzte alles in Bewegung, um zu erreichen, was sie sich vorgenommen hatte, zumindest, solange sie noch ihre eigene Herrin war und gehen konnte, wohin sie wollte.

Also wurde beschlossen, dass Lucia und Priama gemeinsam zur Nuraghe Marxani hinaufsteigen würden. Cicitas Vorwürfe konnten nichts ausrichten: War es nicht geradezu frevelhaft, sich freiwillig der Coga auszuliefern, mit dem Kind im Schoß?

Assunta schien nicht besorgt, zumindest weniger als die Magd. Sie hielt sich weitgehend aus dem Streit heraus und verabschiedete am Ende nur beiläufig ihre Tochter, die zum Berg aufbrach. Lucia aber wusste, dass das Herz ihrer Mutter eine sehr komplizierte Angelegenheit war, ein Ort voll unergründlicher Abgründe, weich und zugleich voll harter Rinden, wo man es am wenigsten erwartete, und deshalb würde sie immer einen Weg finden, sie zu verteidigen.

Vom Küchenfenster aus, das auf den Hof ging, beobachtete Pinella die Schwester beim Abschiednehmen. Seit die Bruja ins Haus gekommen war, hielt Pinella sich abseits, denn wenn die Alte jemandem ins Gesicht schaute, vermochte sie in dessen Seele zu lesen, und Pinella fürchtete, im Innersten erkannt zu werden.

»Halt dich warm, Lucia, und pass auf dich auf!« Bei dieser letzten Ermahnung schluchzte Cicita unwillkürlich auf, bevor Lucia außer Sicht geriet.

»Gib dich in die Hand der Madonna, liebe Lucia. Wenn der Moment gekommen ist, werden die Leute im Dorf schon wissen, was sie zu tun haben«, versicherte ihr Priama und schlug ein schnelleres Tempo an.

In ihre warmen Wollschichten gehüllt, betrachtete Lucia die schwarzen Kleider der Bruja, die im Wind wehten. Priama schien den Schnee, der in der Luft lag, nicht zu fürchten, denn sie war älter als jeder Sturm. Ihr sicherer Schritt und der Rosenkranz um ihren Hals gaben der jungen Frau Mut und Kraft für den Aufstieg auf den Berggipfel.

In kürzester Zeit fand sich Lucia, ohne dass sie die

Mühe des Fußmarsches bemerkt hätte, in der Nähe der Nuraghe wieder. Sie wusste, dass sich an dem steilen Bergpfad, hinter dem großen Mastixstrauch, Ianettas Höhle befand. Einen Moment lang schaute sie hinab auf die Dächer von Baghintos und suchte nach ihrem Haus. Sie wollte sich den Aufruhr in ihrer Brust nicht eingestehen.

Plötzlich wies die Bruja sie an, stehen zu bleiben, während sie selbst den Weg weiterging. Am Rand der Hochebene hielt sie inne, stattlich und erwartungsvoll erhob sich die Nuraghe Marxani vor den beiden Besucherinnen.

Die im Laub der alten Eiche verborgenen Krähen hatten harte Schnäbel und einen scharfen Blick. Priama, die in ihnen das Zeichen der Hölle erkannte, küsste schnell das Kreuz an ihrem Rosenkranz. Von diesem tückischen Federvieh würde sie sich nicht ins Bockshorn jagen lassen, dachte sie und rief den heiligen Michael um Hilfe an. Sie zog ein Klappmesser aus der Tasche, reckte es wie ein Schwert gen Himmel und rammte dann unter rhythmisch-monotonem Gemurmel seine Klinge in die feuchte Erde. Unaufhörlich spulte die Bruja die magischen Verse ab, die *Brebus* der Schäfer, mit denen diese ihre bockigsten Schafe zur Räson riefen. Die geheimen Worte, die sie sprach, schienen geradewegs aus dem tiefsten Herz der Erde zu kommen. Sie bebten in der Luft, begleitet von einer mit Granitglocken geläuteten Musik.

Wie hätte Lucia all das wissen können? Ihre schlichte Seele staunte über die Kühnheit der Bruja. Denn tatsächlich schien die Bruja ein Gebet zu sprechen, auf das hin die Krähen weder ihre Flügel ausbreiteten noch angriffen, wie sie eigentlich erwartet hatten. Konnte es in Lucias Augen ein größeres Wunder geben?

Als der Moment gekommen war, verstummte Priama.

Alle Krähen hockten wie festgewachsen auf den Ästen der riesigen Eiche. Nichts auf der Welt, davon war die Bruja überzeugt, hätte sie dazu gebracht, sich zum Flug zu erheben. Ihre Krallen schienen ein Teil des dunklen und dichten Laubs geworden zu sein.

Schnellen Schrittes und den Blick vor dem hohen Baum furchtsam gesenkt, näherte sich Lucia der Nuraghe, während die Bruja einen Zweig zwischen die Steine über dem Sturz des Höhleneingangs klemmte. An den Zweig band sie ein Knochensäckchen.

»*Jene* ist nicht da. Wenn sie zurückkommt, wird sie uns nicht angreifen können«, sagte Priama und deutete auf das Säckchen. »Beeil dich!«, mahnte sie und betrat ohne weiteres Zögern die Nuraghe.

Sie schien mit der Örtlichkeit vertraut zu sein. Lucia hingegen fürchtete jeden Moment, Ianetta irgendwo hervorschlüpfen zu sehen. Schon hatte sie ihren gebeugten, humpelnden Gang vor Augen, ihre großen Tieraugen in dieser uralten Höhle, ein Schatten zwischen Schatten.

»Sprich das Vaterunser, meine Tochter, sonst stiehlt sich *jene* in dein Herz. Jetzt heißt es suchen! Suche, suche um des Herrgotts willen!«

Lucia fuhr wie von einer Tarantel gestochen auf und begann, die grausige Nuraghe auf der Suche nach Ianettas Nabelschnur zu durchstöbern. Sie betete und betete, um der Finsternis keinen Raum zu geben. Die zwei Frauen durchsuchten jeden Winkel und jede Ritze genau, überall steckten sie ihre Finger hinein. Sie warfen alles durcheinander, hoben Steine an und rissen den endlosen Wollfaden ab, der von dem Spinnrad herabhing und sich rund um die kreisförmigen Wände zog wie das Nest einer Schwarzen Witwe.

In ihrem Feuereifer hätte Lucia fast übersehen, dass sich die Miene der Bruja veränderte und sie die Lippen aufeinanderpresste. Ihr stockte der Atem, sie umklammerte ihren Rosenkranz und empfahl sich einmal mehr dem Schutz der Jungfrau und aller Heiligen.

Als Ianetta die Nuraghe betrat, kam sie Lucia vor wie die Ianetta von früher, als sie noch im Hause Zara lebte und die Schwestern sie aus sicherem Abstand beobachteten, obwohl sie natürlich gewachsen und ihre Gelenke kräftiger geworden waren. Die wilde Ianetta, das angsteinflößende Monstrum, das wie ein Tier vor der älteren Schwester zurückwich und ihr doch zugleich nahe war. Doch der erste Eindruck täuschte, denn Ianetta hatte sich verändert. Ihr schmerzerfülltes Hinken und die Art, wie sie Kopf und Rücken fest in das Tuch gehüllt hatte, als raube ein Knochenleiden ihr alle Ruhe und beschere ihr Kälte und Wärme zugleich, erschütterten Lucia zutiefst.

Auf den Anblick der Bruja reagierte Ianetta nicht, doch als sie ihre großen, ernsten Augen auf Lucia richtete, wurde sie unruhig. Sie begann zu zittern, kurze, schnelle Wortfetzen entfuhren ihr und reihten sich zu einer misstönenden Melodie. Der unerwartete Besuch schien sie völlig durcheinanderzubringen, mehrmals sah es aus, als wollte sie die Schwester nach dem Grund ihrer Anwesenheit in der Nuraghe befragen.

Als sie in ihrem gepeinigten Hin und Her auf Lucia zuhielt und sich mit immer lauterer Stimme gramerfüllt auf die Brust schlug, warf die Bruja sie mit einem Stoß zu Boden. Schwach und unterwürfig flüchtete Ianetta sich in einen Winkel.

»Im Namen des Vaters, des Sohnes und des Heiligen Geistes …«

Die Bruja begann ihr Ritual, ihre Macht schien direkt vom Himmel zu kommen. Feierlich sprach sie Gebete und streng geheime *Brebus*, magische Beschwörungsformeln, dann schöpfte sie Weihwasser aus einem ausgehöhlten Kürbis und bespritzte Ianetta damit. Die besprengte Kreatur hob den Blick und konnte nicht begreifen, was da geschah. Mit aufgerissenen Augen beobachtete sie die Bruja und ihr geheimnisvolles Tun. Ihr Versuch aufzustehen wurde von Tzia Priama sogleich unterbunden, indem sie einen Metallspieß aus dem Kamin packte und ihr damit zwischen die Rippen stach. Jeder Befehl wurde begleitet von einem kräftigen, gemeinen Stich. Der Schmerzensschrei der Schwester riss Lucia auf die Beine.

»Verfluchte Coga, sag mir, wo du es versteckt hast! Sag mir, wo du es hast, sonst ersteche ich dich mit dieser Eisenstange!«

Ianetta begann zu weinen und zu flehen. »Lasst mich! Lasst mich! Lasst mich!«, wimmerte sie schmerzerfüllt.

Doch die Bruja kannte keine Gnade und stach wieder und wieder zu, ganz gleich, wohin. »Rede, wo hast du es versteckt! Du weißt genau, was ich suche. Red schon! Rede!«

»Lasst mich! Lasst mich!«

Lucia keuchte vor Grauen. Ianettas Stimme klang manchmal wie die von Mariuccia, und bei dem Gedanken stiegen ihr die Tränen in die Kehle.

»Ihr tut ihr weh!«, sagte sie zur Bruja, die Hand auf der Brust und die Augen voller Tränen. Sie wollte nicht, dass Ianetta litt, doch die alte Frau hörte sie gar nicht.

Sie war zur Nuraghe hinaufgestiegen, um die Coga zu stoppen, und das würde sie tun.

So marterte sie mit der Eisenstange Ianettas Fleisch,

und Ianetta flehte, sie gehen zu lassen, denn etwas anderes konnte sie nicht tun.

»Wenn du sie in der Falle hast, spielen sie die Schwachen, aber niemals darf man auf ihr Gejammer hereinfallen. Winseln und betrügen können sie gut, Lucia. Schau sie nicht an, sonst wirst du nur wirr im Kopf! Sie kriegt dich, sobald du unachtsam bist.«

Doch Lucia konnte den Blick nicht abwenden, denn Ianettas Weinen fuhr ihr direkt ins Herz und weckte ihr Mitleid.

»Sprich, Coga, oder ich rufe das Feuer auf dich herab!« Die Bruja hantierte immer noch ohne jedes Mitgefühl mit Weihwasser, Rosenkranz und Eisenstange.

Doch trotz dieser von Cogas hochgefürchteten Waffen zeigte Ianetta auf die Gebete der Bruja keinerlei Anzeichen von Reinigung oder Gehorsam. Gedemütigt kauerte sie auf der Erde, das aufgerissene Fleisch brannte und die Knochen wollten nicht aufhören zu schmerzen.

»*Hö-a-uf!*« Ianettas Stimme wurde zu einem düsteren, unverständlichen Klagegesang.

»Schluss damit, Coga, oder ich steche dich ab wie ein Schwein! Wenn du nicht redest, habe ich kein Mitleid mit dir.«

Ianetta hob die Augen zu Lucia, und Lucia hätte sie gern an der Hand genommen und der schrecklichen Folter entzogen.

»Schau sie nicht an, schau mich an! Schau mich an!«, befahl die Bruja Ianetta und versetzte ihr einen Schlag auf den Kopf.

Lucia trat hinzu, und während sie den Arm der alten Frau zurückhielt, redete sie beschwörend auf Ianetta ein. »Bitte, Ianetta, sag mir, wo du es versteckt hast! Du musst es mir sagen! Danach werden wir dich in Frieden lassen, versprochen.«

Ianettas Klagegesang schwoll an; sie sah auf Lucia, bis die Bruja sie wieder zwang, zu Boden zu schauen.

Priama verstärkte ihre Gebete; ihr Opfer wurde nun mit sämtlichen Mitteln aufgefordert, das Geheimnis zu enthüllen, nicht zuletzt mit der Aussicht, dass der Heilige Geist sie in Kürze zu Asche verbrennen würde, wenn sie nicht antwortete. Doch bei Ianetta war es, als wollte man Blut aus einem Stein pressen. Nachdem die Lage hoffnungslos schien, änderte die Bruja den Tonfall.

»Stimmt es, dass du die Coga bist? Antworte!«

Erst da schien Ianetta die Worte zu begreifen, die ihr entgegengeschleudert wurden. Von neuer Kraft belebt, veränderte sich ihr Gesichtsausdruck. Sie ballte die Fäuste, und ihr Blick sprang immer schneller zwischen der Bruja und Lucia hin und her. Eine Explosion schien sich anzukündigen. Dann erklärte sie im Brustton der Überzeugung: »*Sie* sagt, ich bin Coga! Ich bin Coga!«

Für Ianetta war dies eine unumstößliche Wahrheit, die einzige, die auf sie zutreffen konnte. Lucia fuhr bei diesem Geständnis hoch, und selbst die Bruja schien betroffen.

»Der Blitz möge dich erschlagen und das Feuer dich verschlingen!«, rief sie aus und roch am Weihwasser.

»*Sie* sagt, ich bin verdammte Coga!«

»Gestehe: Ist es wahr, dass du Lucias Kind rauben und aufessen willst? Antworte!«, befahl die Bruja mit der Autorität einer Patriarchin.

Lucia hielt den Atem an und kniff angstvoll die Augen zusammen, als Ianettas Stimme klar und misstönend durch die Luft schallte: »Ich nehme kleines Kind! Ich bin Coga! Ist mein Schicksal …«

»Ha! Sie hat es gestanden! Sie hat es gestanden!«, schrie die Bruja, während sie wie eine Furie Lucia packte und nach draußen vor die Nuraghe zerrte.

»Jetzt gibt es nur noch ein Mittel, um alles zu säubern. Du bleibst hier, Lucia.«

Lucia gehorchte der Frau, die schon wieder in den Bau zurückgekehrt war. Ianettas Jammern schallte über die ganze Hochebene des Colle Marxani und ließ eine Art Brechreiz in ihrer Schwester aufsteigen. Lucia zitterte, aber nicht vor Kälte. Bevor sie begriff, was im Gange war, war Priama schon wieder bei ihr, ergriff ihre Hand und führte sie auf einen Felsvorsprung, der über den Dächern von Baghintos ins Leere ragte. Die Frau atmete tief ein und ließ dann zu Lucias Überraschung eine Stimme ertönen, die fast unglaublich voll und laut klang.

»Leute von Baghintos, es ist an der Zeit! Kommt herbei, schnell!«

Lucia beugte sich vor, um die kleinen Lichter in der Tiefe zu betrachten. Dort unten bewegte sich eine leuchtende Schlange. Lang war sie und hatte den Kopf in ihre Richtung gewandt, zum Colle Marxani hin, und sie war so schnell, dass sie die Nuraghe einen Wimpernschlag später erreicht zu haben schien.

»Jetzt geh weg von hier. Was wir tun, ist nichts für dich.«

Alles andere als freundlich verjagte die Bruja Lucia, sodass die Erstgeborene der Familie Zara eilig den Weg nach unten einschlug. Doch dann blieb sie stehen und drehte sich um, denn sie konnte sich beim besten Willen nicht vorstellen, was hier passieren sollte.

Die Leute von Baghintos waren herbeigelaufen, mehrere Hundert Männer kletterten mit den Frauen zur Nuraghe herauf, und ihre Stimmen verschmolzen zu einem einzigen großen Gebetschor. Unter den Dorfbewohnern erkannte Lucia Pinellas vertraute Gestalt, die von einer nie gesehenen Verbissenheit vorangetrieben wurde. Die hoch erhobenen Fackeln der Leute flackerten über die Gesichter und über den Weg, sie schleppten große Mengen trockener Reisigbündel mit sich und Krüge mit Öl und Schweinefett. Die glühende Rezitation von Gebetsversen beschleunigte ihre Schritte und entfachte die Blicke, die nur ein einziges Ziel kannten. Schnell mussten sie sein, schnell: So hatte es die Bruja ihnen vorher aufgetragen. Eilig verteilten sie das Fett über die Stoppeln um den Steinbau, sorgfältig um das gesamte Rund, um dann den Rest zu Füßen der großen Eiche auszuleeren, immer darauf bedacht, nicht der gefangenen Coga zu begegnen. *Jener* wollten sie um keinen Preis der Welt ins Angesicht schauen.

Auf ein Zeichen der Bruja hin senkten alle, einschließlich Pinella, ihre Fackeln. Lucia, die bis dahin nicht begriffen hatte, was sie vorhatten, fuhr entsetzt zusammen.

»Jesus Maria! Ianetta!«, rief sie aus und wich voll Schrecken zurück.

Ein Licht blitzte auf und entzündete eine Feuersbrunst, wie sie in Baghintos noch nie gesehen worden war. Die Hitzewelle ließ alle zurücktaumeln. Die Flammen schossen in höchste Höhen und verbrannten die Bündel, umfingen die Steine, schlängelten sich in den Eingang der Nuraghe und verschlangen alles, was darinnen war. Wie von einer geheimnisvollen Kraft angezogen, tauchte das Feuer ein in den Bauch der Nuraghe, schlug in ihrem Innersten die unfassbarsten Funken, indem es mit leuchtender Umarmung den Stamm der hundertjährigen Eiche umschloss. Die Krone schoss in Flammen auf, und ihre Blätter vergingen in der Zerstörungswut der Feuerszungen. Mit gigantischem Feuerschein verbrannte majestätisch die Eiche, sie prasselte, während die umstehenden Leute aus Baghintos ihre Gebete, Beschwörungen und Parolen schrien, herabgekommen durch die Jahrtausende bis zu ihnen.

Während Asche auf die Dächer von Baghintos schneite, erhoben sich von den brennenden Ästen die Vögel zu ihrem letzten Flug. Mit den Flügeln schlugen sie wahre Funkenwolken in die Luft, bevor sie wie Kohlestücke tot herabfielen.

Irgendjemand schwor Stein und Bein, Schreie gehört zu haben.

»Das ist das Gebrüll der Hölle!«, sagten viele und sie hielten sich die Ohren zu, um nicht Opfer dieses unheilvollen Gesangs zu werden.

In ihrer Mitte stand die Bruja und erteilte ihre Befehle, damit der richtige Moment nicht verstrich, ohne dass getan wurde, was zu tun war. Sie blieben auf dem Berg, bis die Flammen langsam erloschen und eine Rauchsäule bis weit in den Sternenhimmel hinaufstieg. So kam es, dass niemand den leidvoll zusammengekrümmten Schatten sah, der aus der Nuraghe huschte, die nur noch ein riesiger, rauchender Kamin war. Niemand bemerkte, wie der Schatten über den Pfad hinweg und auf der unwirtlichsten Seite hinunterschlüpfte, auch nicht Lucia, die ein heftiges Zittern auf die Knie gezwungen hatte. Die eisige Nacht biss in ihr Fleisch, und das Grauen vernebelte ihr den Blick. Alles um sie herum verschwamm, bis sie plötzlich in aller Klarheit die geliebte Gestalt Giuseppes erkannte, der auf sie zugelaufen kam. Er sah krank aus vor Sorge, und doch war er wie ein starker Fels im sturmgepeitschten

Meer, fest und fähig, den inneren Aufruhr zu besänftigen, der ihr die Zähne aufeinanderschlagen ließ wie in einem Schneesturm. Sie streckte ihm die Arme entgegen und sofort war er bei ihr und riss sie hoch von der feuchten, kalten Erde.

»Verzeih mir! Verzeih mir, dass ich dich allein gelassen habe!«

Lucia streichelte sein Gesicht mit derselben Hingabe, mit der ein Verdurstender nach Wasser verlangt. »Ich habe dir nichts zu verzeihen. Aber es gibt Sachen, die kann ich nicht erklären, alte Sachen, die nur die Menschen aus Baghintos verstehen.«

»Aber ich muss wissen, was vor sich geht! Sprich mit mir, Lucia, hab keine Angst.«

Giuseppe drückte sie noch fester an sich, als wollte er die Wahrheit aus ihr herauspressen. Geheimnisse waren Giuseppe schon immer zuwider gewesen. Er hatte längst begriffen, was mit Ianetta los war. Er hatte die arme Kreatur nur einmal gesehen, war ihr aber bei zahlreichen Gelegenheiten als grausiger Protagonistin so vieler schrecklicher Geschichten begegnet, welche die Menschen im Ort über sie erzählten. *Die Coga.* Giuseppe hatte vielfach versucht, Lucia zum Reden zu bringen, sie zu veranlassen, das Unaussprechliche auszusprechen. Doch sie war die dickköpfigste Person, der er jemals begegnet war.

»Ich bitte dich im Namen der Heiligen Jungfrau, wenn du mich irgendwie magst, stell mir keine Fragen. Vergiss diesen Tag!«, flehte sie und klammerte sich an ihn.

Sie blickten einander tief in die Augen, und Giuseppe sah ein, dass er nicht weiter bohren durfte, wenn er Lucias Liebe nicht verlieren wollte. Er war überzeugt davon, dass Lucia ihm mit der Zeit von selbst ihre Sorgen und Nöte mitteilen würde. »Wenn ich dich irgendwie mag? Wenn du es von mir verlangtest, würde ich mir das Herz aus der Brust reißen und es dir zu Füßen legen.«

Lucia fühlte ihre Sinne schwinden. Wie konnte eine Frau einer solchen Liebeserklärung widerstehen? Sie weinte und schluchzte unaufhörlich. Und schickte ein Flehen in den Himmel hinauf: Von ganzem Herzen bat sie darum, sich Giuseppes Liebe würdig zu erweisen.

»Ich verspreche dir, dass ich dich sehr bald von hier fortbringen werde. Einbildung und Aberglaube vergiften den Verstand und ersticken das Herz. Ich bringe dich weg von hier, bevor diese Pestilenz auch dich noch ansteckt«, murmelte er in ihre Haare hinein, und Lucia fing wieder an zu weinen.

Hinter Giuseppe und Lucia stand aufgerichtet eine gepeinigte Seele und starrte aus scheelen Augen auf das kleine Idyll. Pinellas Hoffnungen waren gerade zu Asche verbrannt wie die Eiche der Nuraghe. Mit abstoßender Zähigkeit klammerte Lucia sich immer noch an den armen Giuseppe und umgarnte ihn wieder einmal mit ihrem verhassten Gesäusel. Bevor Pinella den Rückweg antrat, blickte sie in den Sternenhimmel und flehte mit gefalteten Händen: »Warum erhört Gott meine Gebete nicht und nimmt Lucia zu sich? Warum?«

Auf der Ebene des Colle Marxani, in der Nuraghe selbst und auf der ganzen schwarzverbrannten Umgebung wuchs viele Jahre lang kein Gras mehr, und kein Affodill spross aus dem Boden.

Da waren nur noch Steine und Wind.

Ianetta war gestorben, ohne ein Knöchelchen zu hinterlassen. Das stand für ganz Baghintos fest. Und doch konnte Lucia nicht richtig glauben, dass sie wirklich tot war. Sie konnte nicht glauben, dass die Coga, ihre Schwester, für immer verschwunden sein sollte. Ianetta war zu schlau, sie kam immer irgendwie davon. Die Wurzeln des Wacholders lassen sich nicht so leicht ausreißen; sie sind wie aus Eisen, und selbst wenn sie brennen, bleibt ihr innerstes Herz am Leben. Das sagte Großvater Efisio immer.

›Sie wird zurückkehren‹, dachte sie in den zwei Tagen, die sie das Fieber ins Bett zwang, welches sie durch die Aufregung und die Sorge um das Kind in ihrem Schoß ergriffen hatte. ›Ianetta wird zurückkehren. Vielleicht wird sie sich für das rächen, was ich ihr angetan habe, und dann wird es schlimmer sein als zuvor.‹ Eins zumindest war gewiss: Lucia war nicht zur Nuraghe Marxani hinaufgestiegen, um Ianetta sterben zu sehen.

Die Baghinteser ergingen sich in tausend Dankesworten und zahlreichen Gaben für die Bruja und bereiteten ein großes Fest vor, mit dem sie die Befreiung des Dorfes von der Coga feiern wollten.

Als Tzia Priama für die Rückkehr zu ihrer Mühle bereit war, den Esel vollgepackt mit allem, was das Herz begehrte, wollte sie noch einmal Lucia sehen, um von ihr Abschied zu nehmen. Ihre Hände waren warm, und ihr fester Griff vertraueneinflößend. Die Welt schien endlich wieder ins Lot zu kommen, wenn Tzia Priama sie mit diesem uralten Lächeln ansah.

»Meine liebe Lucia, nun erquicke deine Seele, denn die schlimmen Dinge sind endgültig vorbei«, begann Priama und beugte sich über sie.

Lucia lächelte wenig überzeugt.

»Fürchte nicht den Kauz in der Nacht, denn es ist bloß ein Kauz. Das Feuer dort oben hat verschlungen, was es verschlingen sollte, und so sei es! Gott behüte uns für das, was wir getan haben. Bete zur Heiligen Jungfrau, zu Jesus Christus und dem Heiligen Geist, und du wirst sehen, dass deine Seele auf immer gerettet ist.«

Doch Lucia blieb voll Unruhe. Sie konnte nicht still unter den Decken liegen, denn seit Tagen quälte sie ein Gedanke und ließ sie nicht mehr los.

»Ich möchte zur Nuraghe hinaufsteigen, nur so, um es mir anzuschauen«, beichtete sie schließlich, doch die Miene der Bruja wurde auf einen Schlag düster wie die Nacht.

»Bah, in dunklen Sachen willst du wühlen! Das Licht ist heilig, vergiss alles, was nicht heilig ist. Die Nuraghe … vergiss sie, denn wenn man die Geister zu sehr reizt, kann es damit enden, dass sie plötzlich wirklich und leibhaftig vor einem stehen!«

16

Als das Brautpaar am Morgen der Hochzeit das Haus Zara verließ, regnete es händeweise Korn und gesegnetes Salz auf sie herab, das zu ihren Füßen auf dem im frühen Sonnenlicht glänzenden Schnee landete. Lucia und Giuseppe wünschten sich eine schlichte Trauung, doch Baghintos hatte ganz andere Pläne. In großer Zahl standen die Dorfbewohner vor der Tür, denn niemand wollte sich den Anblick der madonnengleich schönen Braut entgehen lassen. Sie wollten feiern, dem Brautpaar zujubeln, Lucias schneeweiße Bluse bewundern, die Weste mit den rot gestickten Blüten und den knöchellangen Rock, den schon Assunta bei ihrer Hochzeit getragen hatte. Das gestärkte Kopftuch umrahmte das vollkommene Oval ihres Gesichts, keine Haarsträhne schaute darunter hervor. Die Fransen des fein bestickten Dreiecktuchs wippten bei jedem Schritt der jungen Frau, und Cicita lief hinter ihr her, glättete unerwünschte Falten und verjagte kleine Rotznasen, die versuchten, die wunderhübsche Braut zu berühren. Vor zehn Tagen hatten die Hochzeitsvorbereitungen begonnen, und Cicita und Assunta hatten Unmengen von Kuchen und Brote in Herz- oder Kranzform gebacken, um sie mit weißen Bändern zu schmücken.

Als Giuseppe Spada in seinem dunklen Anzug, den er

eigens aus der Stadt hatte kommen lassen, beim Haus der Braut eintraf, folgte ihm ein Festzug aus Baghintesern. Begleitet von der vibrierenden Musik der dreirohrigen Hirtenflöten sangen alle, lachten und forderten ihn zur Eile auf. In diesem fröhlichen Trubel trafen Lucia und Giuseppe im Türrahmen des Eingangs aufeinander, und als sich ihre Augen beim Anblick des anderen weiteten, war die restliche Welt nicht mehr von Bedeutung.

Assunta, die für einen Tag zu ihrer einstigen Erhabenheit zurückgefunden hatte, erfüllte ihre Mutterpflicht und sprach den zwei jungen Menschen ihren Segen aus: dass der Himmel die Eheschließung gutheißen möge mit sicherem Geld- und Kindersegen. Dann zerschmetterte sie den Teller mit Korn und Salz vor den Füßen des Brautpaars, die Baghinteser jubelten, und mit dieser von allen erwarteten Besiegelung wandten sie sich in Richtung Kirche.

Cicita war an diesem freudigen Tag in Tränen aufgelöst. Immer wenn sie sah, wie der Dottore ihre kleine Lucia anblickte, mit so viel Zärtlichkeit und Bewunderung und diesen aufmerksamen und besitzergreifenden Gesten, spürte sie einen Kloß im Hals, den sie nur durch viele Tränen wieder lösen konnte.

»Dottor Spada ist so ein guter Mann!«, verkündete sie in steter Wiederholung, eine treu ergebene Dienerin. Giuseppe seinerseits hielt sich für den glücklichsten Mann auf Erden, weil er seine Lucia gefunden hatte. Als Tziu Efisio ihm mit der reifen Würde des Alters seine Enkelin übergab, erreichte seine Ehrfurcht ihren Höhepunkt. So sanft und schön war Lucia, schön wie eine Jungfrauenfigur auf den Kirchengemälden. Und die große Hingabe, die ihn an jenem Tag ergriff, löschte alle Schroffheiten ihres Charakters aus und ließ sie in seinen Augen glatt und kostbar erscheinen wie eine Meeresperle.

In der Kirche, im wichtigsten Augenblick des heiligen Ritus, steckte Giuseppe sich selbst den Ring an den Finger, der ihn durch ein Silberband mit Lucias Leben vereinte: Nun gehörte sie ganz und gar zu ihm, vor Gott und den Menschen, ihre Leiber unzertrennlich bis zum letzten Atemzug.

Lucia glaubte, in ihrem Inneren gar nicht genug Platz zu haben für all die Gefühle, für das Glück, das sie erfüllte und ihre Augen leuchten ließ. Sie hatte beschlossen, sich nicht daran zu stören, wenn die Familie Spada tatsächlich den groben Schnitzer begehen würde, nicht zur Hochzeit zu erscheinen. Giuseppes Vater, der hochverehrte Agostino Spada, hatte per Brief zu verstehen gegeben, dass er keinen Schritt tun würde, um einen so gottverlassenen Ort aufzusuchen, nicht einmal zur Hochzeit seines Sohnes, die er ohne Schönrednerei als übereilt, um nicht zu sagen unbesonnen bezeichnete. Giuseppe jedoch kannte seinen Vater und auch seine Mutter, er kümmerte sich nicht weiter um ihre ablehnende Haltung und hatte mit großer Zielstrebigkeit alles arrangiert, damit die Hochzeit so gefeiert wurde, wie er es wollte. Das Einzige, was jetzt zählte, war seine Lucia, an seine Familie würde er zu gegebener Zeit denken, wenn sie in die Stadt gezogen waren.

Lucia wunderte sich außerordentlich, als Giuseppe aus Cagliari den berühmten Fotografen Rodriguez kommen ließ, um ihre Eheschließung im Bild zu verewigen. Die Baghinteser beobachteten ihn staunend und voll Neugier, da ihnen die Fotografie fremd war wie manch andere moderne Teufelei. Als der Fotograf die Fotoplatten in den Apparat legte und unter dem schwarzen Tuch verschwand, um das Brautpaar vor der steinernen Kirchenfassade abzulichten, starrten sie ihn mit offenen Mündern an. Giuseppe machte allerlei übertriebene Posen, er verhielt sich, als stünde er kurz vor der Abreise und wollte für Lucia zum Abschied viele schöne Erinnerungen festhalten. Im Kreise der Familie fehlten zwischen den ernsten und konzentrierten Mienen nur Fedela und Desolina. Sie hatten ihrer lieben Lucia geschrieben, dass sie angesichts des Schnees nicht reisen wollten, doch tatsächlich geschah dies aus Scham. In ihrem unfreiwillig heiratslosen Stand vermochten sie der Familie und dem ganzen Dorf nicht erhobenen Hauptes entgegenzutreten. Dennoch war die Hochzeit für sie ein erneuter Ansporn, die Madonna di Bonaria mit frischem Ehrgeiz und Feuereifer um einen Ehemann zu bitten. Vielleicht würde ja, da die Familie nun die eine Hochzeit feierte, die nächste auf dem Fuße folgen, wer wusste das schon. Immerhin ließen sie es sich nicht nehmen, dem Brautpaar ein sehr willkommenes Geschenk zu übersenden, ein kleines Flachrelief der Heiligen Familie aus Silber, das sie unter erheblichen Opfern erstanden hatten.

Am schönsten war das Hochzeitsgeschenk, das Assunta ihnen machte: eine weiße Bettdecke aus feinster Wolle, darauf eine Stickerei mit dem Brautpaar, umgeben von Pferden, Pfauen, Kindern mit jubelnd hochgeworfenen Armen sowie Blüten und Blättern, die sich um das Quadrat in der Mitte zu einem einzigen großen Bilderreigen zusammenschlossen. In dieser ersten Nacht schlüpften die zwei Jungvermählten mit großer Ehrerbietung unter die kostbare Decke.

Von dem Tag an zog der Dottore endgültig im Hause Zara ein, und es war ihm eine große Erleichterung, nicht mehr zwischen seinem alten und dem neuen Zuhause hin und her pendeln zu müssen. Nun gehörte er ganz Lucia. Tag und Nacht klebten sie aneinander wie ein Schwanenpaar, und allein die täglichen Visiten, die der Doktor bei seinen Patienten in den verschiedenen Dörfern machen musste, unterbrachen das Idyll. Doch auch das war ihnen Anlass zur Freude, denn wenn Giuseppe nach Hause kam, konnten sie sich gegenseitig mit tausend Aufmerksamkeiten überschütten.

Die Mahlzeiten wurden dank dem Dottore üppiger und reichhaltiger, und ging etwas kaputt, wurde es schnell durch etwas Neueres und Moderneres ersetzt. Ausbesserungen am Dach oder an andere Teilen des Hauses wurden erledigt, bevor die nächsten Wetterunbilden sie trafen. Giuseppes einziges Bestreben war Lucias Wohlbefinden, die Instandhaltung des Hauses interessierte ihn in Wahrheit herzlich wenig, da er es mit seinen dunklen Zimmern und dicken Mauern ungemütlich und kalt fand. Und auch wenn er sich an die neue Verwandtschaft gewöhnt hatte, wie es oft in solchen Fällen geschieht, fühlte er doch keinerlei Zuneigung für sie, am wenigsten für seine Schwägerin Pinella, die ihm ständig zwischen den Füßen herumlief.

Das Leben des jungvermählten Paares mit seinem Schöntun und dem heimlichen Gewisper zog Pinella an wie der Magnet das Eisen, und in kürzester Zeit ließ ihre krankhafte Neugierde sie jede Grenze von Anstand und Vorsicht überschreiten. Auch wenn sie scheinbar im Haushalt beschäftigt war oder ihre Finger sich mit Nadel und Faden an der Stickerei abmühten, war Pinella mit einem Ohr ununterbrochen bei ihnen, lauschte auf die Worte und Geräusche, die aus dem Zimmer im oberen Stockwerk drangen. Selbst in der Hochzeitsnacht hatte sie dort in der Dunkelheit gestanden und sich mit merkwürdigen Gedankengängen gequält, die alle in dieselbe Richtung wiesen.

Und die hieß Giuseppe Spada, ihr frischgebackener Schwager.

Die Verklärung seiner Person, die sie insgeheim ständig mit Lob überhäufte, ging einher mit der Demolierung ihrer Schwester Lucia, die sie als Ehefrau für völlig unfähig hielt. Pinella zufolge schenkte Lucia Giuseppe nicht die nötige Aufmerksamkeit, gab sich ihm nicht mit Leib und Seele hin, wie sie selbst es getan hätte, und zwar schlicht aus dem Grund, weil sie nicht begriff, welches Glück sie hatte. Wenn Giuseppe an Pinella vorüberkam, hängte sie sich ihm an die Fersen, um seine Nähe bis aufs Letzte auszukosten. Sie erfand die banalsten Ausreden und sogar Lügen, bloß damit der Dottore sie berührte, wie an dem Tag, als sie so tat, als hätte sie sich den Knöchel verstaucht. Wenn er sie anfasste, vergaß sie von jetzt auf gleich die Welt um sich. Zugleich tat Pinella alles, um ihr Interesse an ihrem Schwager geheim zu halten; sie ersann tausendundeine List, um nicht von ihrer Schwester entdeckt zu werden oder von Cicita, die von allen die Wachsamste war. Doch manchmal gelang ihr das nicht, und dann übermannte sie ein ihr unbekannter Instinkt, ihr Gesicht erhitzte sich, ihre Augen glänzten, und dann gab es keine Ausrede mehr und kein Versteck, um in aller Stille ihre überschüssigen Gefühle abfließen zu lassen.

Wenn sie die beiden beim Küssen beobachtete, stieg ein Schwall bitterer Galle in ihr auf. Gereizt wie eine Spinne, die man mit einem Stöckchen ärgert, überkam sie der Wagemut, und sie tat Sachen, die sie sich sonst niemals getraut hätte. Einmal wusste sie, dass der Dottore gerade ein Bad in der Wanne nahm, eintauchte in dampfendes Wasser am Ende eines langen Tages, an dem er von Dorf zu Dorf geeilt war, um mittellose Menschen zu untersuchen. Während in der köstlichen Wärme langsam die Müdigkeit und der Schmutz des ganzen Tages von ihm abglitten, war Pinella statt Lucia in sein Zimmer getreten und hatte diesen unerhörten Anblick eines männlichen Aktes bewundert. Niemals mehr würde sie ihn aus ihrem Geist löschen können. Sicher, als sie dabei erwischt wurde, wie sie dem, was sie nicht sehen durfte, nachspionierte, entwickelte der Schwager eine solche Feindseligkeit, dass die junge Verwandte ganz starr wurde. Doch statt sich beleidigt zurückzuziehen, steigerte sie ihre verzweifelten Versuche noch. Pinella wollte nicht glauben, dass sie nicht einmal einen Funken Hoffnung hatte, dass sie ihr Leben lang nur zusehen und sich in ewiger Unzufriedenheit verzehren musste.

Der einzig tröstliche Gedanke in dieser Zeit war für sie, dass Lucias Bauch mit den Wochen dicker und dicker wurde. Er verzerrte ihre viel gepriesene Schönheit und machte eine bizarre alte Gans aus ihr. Niemals hätte Pinella sich vorstellen können, dass Lucia in den Augen ihres Mannes schöner als eine Königin war, so schön, wie das nur der Blick eines verliebten Ehemanns zu erkennen vermag.

So beruhigte sich das Leben im Hause Zara in den folgenden Monaten allmählich. Der Winter verging, es verging der Frühling, in Nu war der Juni da und die Zeit war fast so reif wie das Getreide auf den Feldern.

Lucia stellte fest, dass sie es hasste, dick und plump zu sein. Dieses natürliche Missbehagen bereitete ihr schlechte

Laune, denn sie konnte im Haus nicht mehr anpacken wie früher, und Cicita hielt sie wie ein Wachhund davon ab, nach Belieben umherzustreifen. Ihre schwerfälligen Schritte machten sie ungeduldig, und nach neun Monaten hatte sie die Nase endgültig voll von ihrem fassrunden Bauch. Sie hatte immer Hunger auf in Milch getränkte Brotscheiben, durch Ei gezogen und in Schweinefett gebraten. Davon konnte sie nicht genug bekommen, nur frittiertes Brot schien ihren Hunger stillen zu können.

Als die viereckigen Felder unterhalb von Baghintos sich golden färbten und den Sommer willkommen hießen, und das Kind immer ungeduldiger strampelte, um endlich auf die Welt zu kommen, mischte sich ihren Gedanken eine leichte Unruhe bei, und nur allzu schnell kamen alte Erinnerungen hoch. Es waren Erinnerungen an eine andere Geburt vor vielen Jahren, welche die Familie Zara quälten, ihr den Schlaf raubten und sie mit Ängsten und Herzklopfen marterten. Wenn die Schreckgespenster sie heimsuchten, wusste Lucia, dass es nur einen Balsam gab, der ihre Beklemmungen lösen konnte: Giuseppes zuverlässiges Gemüt, nur an ihn konnte sie sich klammern wie eine Ertrinkende an den Felsen. Ein paar trostvolle Worte seiner tiefen und festen Stimme genügten, damit die Umrisse der Dinge wieder klar und leuchtend wurden. Ihr Gatte und Arzt wirkte so selbstsicher und konzentriert, was konnte sie gegen die Ängste einer werdenden jungen Mutter anderes tun, als seine gelassene Ruhe aufzusaugen?

›Mit meinem Kind wird alles seine Ordnung haben und in der Nacht ist es sicher!‹, dachte sie während ihrer nächtlichen Gebete.

Lucia wollte es nicht zugeben, doch bei ihren Gebeten um die Gesundheit des Kindes galten ihre Gedanken

Ianetta, und im tiefsten Innern spürte sie dabei eine schmerzliche Mischung aus Vertrauen, Sorge und Schuldgefühl.

Als an Johanni überall in Baghintos Feuer zu Ehren des heiligen Johannes des Täufers entzündet wurden, beschloss der Sohn von Lucia und Giuseppe, dass alle im Hause Zara nun endlich sein außerordentliches Gebrüll zu hören bekommen sollten. Während die Hoffnung auf neue Freuden bei allen ein Lächeln hervorrief, verbrannten im Dorf die unverheirateten jungen Männer Olivenbaumblätter im Warten auf ein erlösendes Ja, und die Älteren sprangen zu zweit durch die Flammen, um herauszufinden, ob das kommende Jahr eine glückliche Ernte bringen würde.

Mit sicheren Handgriffen half Dottor Spada seinem Sohn durch die Geburt, doch sein Herz war wie gelähmt. Es fand erst zu seinem stetigen Rhythmus zurück, als geklärt war, dass für das Kind alles zum Besten stand.

»Schrei, so viel du willst, liebe Lucia. Dein Kind will auf die Welt«, sagte der Ehemann, und Lucia ließ sich wahrlich nicht lange bitten.

Die Zeiger der Uhr zeigten auf ein Uhr mittags, als der Dottore seinen Erstgeborenen in den Armen hielt, einen Jungen mit starken Lungen und kräftigen Ärmchen und Beinchen.

»Ein Junge!«, flüsterte Lucia und drückte Küsse auf den kleinen Kopf. Giuseppe konnte nicht aufhören zu lächeln und sie zu küssen, und sein großer Stolz und seine Gefühle erfüllten seine Augen mit Sternenglanz. Welch schlimme Gedanken hatten Lucia in den vergangenen Tagen umgetrieben, und nun, da sie ihren Kleinen an die Brust drückte und Cicita die blutverschmierten Laken zusammenraffte, lösten sich all die alten Ängste auf in einer Wolke höchster Glückseligkeit.

»Ich geh ihn waschen.« Assuntas Miene war im Gegensatz zu den anderen blass und finster. Sie wechselte einen einvernehmlichen Blick mit ihrer Tochter, bevor sie ihren Enkel mitnahm. Vorsichtig säuberte sie ihn, doch ihre Hände suchten vor allem einen Vorwand, um ihn zu untersuchen, zu berühren und herauszufinden, dass dieses kräftige Kind gesund war wie ein Fisch im Wasser, keine Male des Schreckens am Leib hatte und in der Gnade Gottes stehen würde, einen Schritt neben der Heiligkeit. Sie beendete die Sache so schnell wie möglich und musste plötzlich lächeln: Noch nie im Leben hatte sie ein schöneres Baby gesehen als dieses hier in ihren Armen.

»Danke! Danke!«, murmelte sie gerührt gen Himmel.

»Er soll Johannes heißen, wie sein Schutzpatron.«

Assunta war nicht glücklich über die Entscheidung von Tochter und Schwiegersohn. Sie hätte es lieber gesehen, wenn das Kind den Namen des Großvaters bekommen hätte, Severino. Doch bald schon sprachen alle im Hause Zara und im Dorf liebevoll vom kleinen Giovannino.

Welches Glück hallte durch das Haus am Abend des frohen Ereignisses! Und doch gab es eine, die das vollkommene Bild von außen betrachtete und nicht imstande war, dieselbe Festtagsfreude zu empfinden. Pinella war fast enttäuscht, dass ihre Schwester die Niederkunft so gut überstanden hatte und schnell wieder zu Kräften kam. In letzter Zeit hatte sie sich Dinge ausgemalt, die eine gute Schwester sich niemals ausmalen sollte. Wie auch immer die Träume begannen, stets endeten sie mit einem jungen trauernden Witwer, der frei war von den Ketten einer Ehe, die er in Wahrheit niemals gewollt hatte, den sie trösten und an sich ziehen konnte. Dann folgte der Traum von Lachen und von tausend Schmeicheleien, die einzig und allein ihr galten, der neuen Gefährtin, die endlich nicht mehr nur ein bedeutungsloser Schatten am Rande sein würde. Stattdessen zerbrachen, als sie ihren Neffen bäuchlings in der Wiege liegen sah, ihre Träume so erbärmlich, dass sie den grausamen Schlag fast körperlich spürte. Wie zur Salzsäure erstarrt stand sie reglos davor, als Lucia kam und ihn zum Stillen aufnahm. In einem leisen Rascheln der Röcke schlüpfte Pinella aus diesem freuderfüllten Zimmer, ohne dass jemand sie bemerkt hätte.

Die Familie Zara wusste besser als andere, dass es bei Licht stets auch Schatten gab und früher oder später die Nacht hereinbrechen würde. Deshalb verloren sie keine Zeit und verteilten im Haus die uralten Gegenmittel: Überall an den Wänden hingen Votivbildchen des heiligen Sisinnius und kleine Ysop-Sträuße. In einer Ecke bei der Wiege lehnte ein umgedrehter Besen.

Während das Sonnenlicht tagsüber Lucias Seele beruhigte, ließen ihr die Albträume nachts keine Ruhe. Sie hatte die Wiege ins Elternschlafzimmer gebracht und einen umgedrehten Dreifuß daruntergestellt. Giovannino war ein ruhiges Kind und schlief die Nacht durch, doch seine Mutter stand viele Male auf und überprüfte, ob er atmete und gesund und heil war, vor jedem Übel sicher.

Zu viel Unheil hatten die Zara im Laufe der Jahre sehen und ertragen müssen, um nun nicht um das Liebste, das sie auf der Welt hatten, zu bangen.

17

Mit großer Sorgfalt hatte Assunta Zara das weiße Taufkleid ihres Enkels Giovannino vorbereitet. Sie hatte es mit Spitze besetzt und in das Futter demutsvolle Bitten und gute Wünsche eingestickt: *Liebes Jesuskind, beschütze mich! Heiliger Sisinnius, wache über mich! Selige Jungfrau Maria, bitte für mich! Glück und Wohlstand! Gesundheit und Frohsinn!*

Zusätzlich hatte sie geweihte Salzkörner und ein gefaltetes Marienbildchen eingenäht. Zusammen mit Cicita kleidete sie das Kind an, und nachdem sie ihm Söckchen übergezogen hatte, setzte sie ihm eine Haube aus schneeweißer Seide auf die weichen Löckchen. Ein ekstatisches Seufzen ging durch Teile der Menge, denn Giovannino glich ganz und gar einem kleinen Rauscheengel, der vom Himmel herabgestiegen war, zuckersüß und strahlend.

Lucia dachte gar nicht daran, zu Hause zu bleiben. Acht Tage waren seit der Geburt ihres Sohnes vergangen, und keinen einzigen sollte er länger ungetauft bleiben. Giuseppes Gezeter, der sie als Arzt und Ehemann lieber im Bett ruhend gesehen hätte, interessierte sie nicht, und auch die Proteste von Assunta und Cicita, die noch abwarten wollten, bevor die Wöchnerin sich für den Segen zum Priester begab, prallten von ihr ab.

So gehörte Lucia der Gruppe an, die aus dem Haus trat und den Weg zur Kirche einschlug. Tzia Doloretta, die im Dorf für alle Babys zuständig war, hielt Giovannino im Arm; gleich hinter ihr folgte Bürgermeister Todde, der sich für den Erstgeborenen von Dottor Spada als Pate empfohlen hatte. Lucia lief zwischen Assunta und Cicita, während Pinella mit noch deutlicherer Schmollmiene als sonst hinter Giuseppe den Kochtopf mit lauwarmem Wasser trug, der verhindern sollte, dass der Kopf des Kindes während der Segnung auskühlte.

Dieser Festtag machte Lucia Mut, dennoch konnte sie ihre mütterliche Sorge nicht gänzlich ablegen. Sie ließ das Kind keine Minute aus den Augen, ob Tag oder Nacht, immer wieder überprüfte sie, ob es gleichmäßig atmete und es ihm gut ging. Wann immer sie konnte, drückte sie ihren Kleinen an die Brust, formte zwischen zwei Wiegenliedern mit ihren Lippen Gebete und versicherte sich immer wieder, dass der Dreifuß unter der Wiege stand.

Nicht lange nach der Tauffeier begann Pinella ein Werk, das keinen anderen Zweck zu verfolgen schien, als insgeheim den Seelenfrieden zu untergraben. Sie nutzte jede Gelegenheit, um ihrer Schwester Lucia gewisse Sätze zuzuflüstern und dann schweigend an Augenausdruck und Miene die Wirkung abzulesen.

»Gib acht auf deinen Sohn! Behüte ihn gut. Wenn sie so klein sind, weiß man nie, was ihnen zustoßen kann«, raunte sie so leise, dass nur Lucia es hören konnte. Und dann mit grausamer Eindringlichkeit: »Heute hatte ich einen bösen Traum. Ich habe geträumt, dass die Coga als Geist aus der Hölle auferstanden ist und sich Giovannino geholt hat. Wie schrecklich! Gott behüte uns vor solch schlimmen Dingen! In Baghintos heißt es, Cogas könnten auch als Geist wieder auftauchen, wusstest du das, Lucia?«

Lucia erwiderte nichts auf dieses Gerede, doch Pinellas Anwesenheit wurde ihr immer unerträglicher. Schon seit einer Weile fühlte sie sich in ihrer Nähe wie im Flammenfeuer des heiligen Antonius. Wenn sie sah, dass Pinella Giovannino berührte, nahm sie ihn ihr schnell aus dem Arm und brachte ihn weg.

Und doch fielen die Samen, die Pinella säte, auf fruchtbaren Boden, entwickelten sich und warfen ihre Früchte ab an dem Tag, als Giuseppe spontan in ein Dorf gerufen wurde, wo in einer Kohlenmine einige Arbeiter verunglückt waren. Er war Arzt, schweren Herzens musste er aufbrechen, obwohl Lucia ihn beschwor, zu bleiben. Früh am Morgen sattelte er Gintilla, und nach einem Kuss und einer Umarmung sprang er in den Sattel und eilte im Galopp davon. Wie einsam fühlte sich Lucia, als ihr Ehemann abgereist war. Geschwächt wie ein zartes Pflänzchen, dem sein kostbarster Halt genommen war, hätte sie am liebsten geweint. Dann okkupierten der Haushalt und vor allem Giovannino ihren Tag, und die Kräfte kehrten langsam zurück. In der ersten Nacht tat sie kein Auge zu und hielt das Kopfkissen ihres Mannes eng umschlungen. In der zweiten Nacht hatte sie Albträume, wenn sie überhaupt in den Schlaf fand, und am Morgen beim ersten Sonnenstrahl war sie froh, dass ihr Kind noch kräftig und gesund war.

Am dritten Tag begann sie sich Sorgen um Giuseppe zu machen. Beim leisesten Geräusch rannte sie in den Hof in der Hoffnung, ihn hereinreiten zu sehen. Es war sehr heiß, und in ihren wahnhaften Gedanken stellte Lucia sich alle möglichen schrecklichen Unfälle vor, die Giuseppe zugestoßen sein mussten, denn wie sonst ließ sich erklären, dass er noch nicht zu ihr zurückgekehrt war?

An diesem Abend fragte Cicita, ob sie in ihrem Zimmer schlafen solle, doch Lucia lehnte trotz ihrer Niedergeschlagenheit ab. Sie lag wach, Giuseppes Uhr mit der Hand umklammernd, und suchte mit den Augen das dunkle Zimmer ab, während ihre aufgewühlten Nerven keine Spur von Schläfrigkeit zuließen. Nur der Anblick des selig schlafenden Kindes verschaffte ihr ein wenig Erleichterung. Um zwei Uhr nachts setzte sie sich auf das Bett, um ihre müden Beine auszuruhen, und nach wenigen Minuten war sie, ohne es zu merken, in einen Schlaf so ruhig wie Milch und Honig geglitten.

Ein lautes Krachen im anderen Teil des Hauses ließ sie jäh hochfahren. Sie setzte sich auf und lauschte mit angehaltenem Atem und gespitzten Ohren auf das kleinste Geräusch. Die Stille war ohrenbetäubend. Sie hielt es nicht länger aus und sprang aus dem Bett, um zu sehen, ob der Kleine in seiner Wiege noch atmete. Dem Himmel sei Dank löste sich die Spannung in einem erleichterten Seufzen auf.

Im Mondlicht sah sie auf das Ziffernblatt der Uhr: Viertel vor drei.

Lucia beschloss, im Dunkeln einen Rundgang durch das Haus zu machen, um sich zu beruhigen. Mit nackten Füßen und immer dicht an der Wand entlang stieg sie hinab und kontrollierte, still und bleich wie ein Nachtgespenst, die Schlösser von Fenstern und Türen. In der Küche räumte sie einen im Weg stehenden Stuhl beiseite, trank ein Glas Wasser und lauschte schweigend einem in der Ferne bellenden Hund. Dann, bevor sie wieder in ihr Zimmer zurückkehrte, machte sie einen Umweg zur Haustür, aus übertriebener

Vorsicht, da sie die Tür eigenhändig mit dem Riegel verschlossen hatte. Wie angewurzelt blieb Lucia stehen, eine eisige Hand schien ihr den Atem aus der Brust zu stehlen. Wie konnte es sein, dass die Tür nun offen stand?

Sie raffte allen Mut zusammen, den sie finden konnte, streckte die Hand aus und verschloss die Tür schnell wieder. Dann öffnete sie einen Fensterladen in der großen Küche und sah nach, ob sie ein Familienmitglied ausgeschlossen hatte. Vielleicht handelte es sich um ein nächtliches Delirium von Nonno Efisio? Vor ihr lag schweigend der Hof, ein lebloses Schattenreich.

Um das Rätsel zu lösen, ließ sie sich von ihren Füßen zu Cicitas Kammer tragen, doch als sie anklopfen wollte, entdeckte sie Pinella, die halb verborgen in der Tür ihres Schlafzimmers stand und sie beobachtete. Ein Blick genügte, um zu wissen, dass etwas nicht stimmte. Noch bevor ihr Geist eine vernünftige Vermutung anstellen konnte, war sie schon die Treppe hinauf, flog das kurze Stück Flur entlang und stürzte keuchend in ihr Zimmer. Ihr Herz setzte einen Schlag aus und ihr Blut erstarrte, als sie sah, wie Ianetta Giovannino aus der Wiege hob und fest in die Arme nahm. Bei diesem Anblick entfuhr ihr ein Klagelaut, sehr wenig im Vergleich zu dem, was sie fühlte, als sie ihre Mutter Assunta hereinkommen sah, mit einer Lampe, die die Szene bis in die Einzelheiten beleuchtete.

»Jesus Maria!«, murmelte Assunta mit großen, verwirrten Augen.

Ohne den Blick von Ianetta zu lösen, sagte Lucia zu ihrer Mutter: »Macht die Tür zu.«

Es war kaum ein Flüstern, um Ianetta, die sich dicht an die Wand presste, nicht zu alarmieren. Gebeugt hielt sie das Kind umarmt, und ihre von einem eigenartigen Leuchten erfüllten Augen schossen hierhin und dorthin. Ianetta war kaum wiederzuerkennen. Sie war verwahrlost wie eine Tote aus dem Jenseits und sah aus, als hätte sie sich mit bloßen Händen aus einem verscharrten Sarg freigeschaufelt. Die Kleider waren verdreckt und angesengt, die nackten Füße mit Wunden übersät, doch ihre Haare waren vollständig weggebrannt, und anstelle des unbeherrschbaren Gewirrs bedeckten nun Flecken von Flaum ihre flammend rote Kopfhaut. Die Wangenknochen standen kantig aus dem Gesicht hervor, und die Nase war größer als früher, während der Hals immer noch der eines unterernährten Kükens war.

Wie sehr aber Ianetta tatsächlich gelitten hatte, seit sie aus der brennenden Nuraghe geflohen war, konnte man nur an ihren schweren Atemzügen erahnen, die wie das Röcheln eines Sterbenden klangen.

Lucia versuchte das starke Zittern zu unterdrücken, das sie schüttelte, und bemühte sich, die Lage irgendwie in den Griff zu bekommen. Sie ließ ihren Sohn nicht aus den Augen und konnte nicht unterscheiden, ob er nur still war, weil er schlief oder weil Ianettas Biss ihn erstickt hatte. Mit glänzenden Augen trat sie einen Schritt vor und streckte die Arme aus. Sie sagte mit Nachdruck: »Ianetta, erschrick nicht, ich tu dir nichts. Bitte, gib mir meinen Sohn. Sei so lieb, ich möchte ihn gerne nehmen.«

Sie versuchte sie mit ihrer sanftesten Stimme zu bezirzen und schluckte die Tränen hinunter, die ihr den Blick verschleierten.

Ianetta wand sich bei dieser Bitte, beugte sich über das Kind und senkte den Kopf, um an ihm zu riechen. Lucia zuckte zusammen, und auch Assunta trat alarmiert einen Schritt vor.

»Ianetta, hör mir zu! Ich bin es, Lucia. Leg das Baby in die Wiege, dann verspreche ich dir, dass du haben kannst, was du willst. Bitte, Ianetta, so machst du dem kleinen Giovannino Angst!«

Lucia war der Verzweiflung nahe, sie wünschte sich mit ganzer Kraft, Giuseppe wäre da und könnte ihr helfen, die Situation zu lösen. Als ihr eine Träne über die Wange floss, wurde Ianetta unruhig und tänzelte hin und her wie auf heißen Kohlen. Sie begann ein altes Wiegenlied zu singen, dasselbe, das Desolina jahrelang für Mariuccia gesungen hatte, doch die Melodie, die aus ihrem Mund kam, klang wie der Klagegesang bei einer Trauerfeier.

»Kleines Kind. Lucias kleines Kind! Ganz lieb kleines Kind!«, murmelte sie und sah die Schwester dabei an.

Langsam schien sie nachzugeben, und Lucia bat und flehte weiter, doch dann drückte sie das Kind plötzlich wieder fester an sich und machte alle Hoffnung zunichte.

Da sprang Assunta vor, als wollte sie sich auf Ianetta stürzen, mit all ihrem Zorn und Hass, die sie seit der Geburt ihrer siebten Tochter in sich angestaut hatte. »Lass das Kind los, verfluchte Coga! Warum hat das Feuer dich nicht zu Asche verbrannt?«

»Schweigt, Mamma!«, verlangte Lucia von ihrer Mutter, doch es war zu spät. Von Assuntas hasserfüllten Worten getroffen, stieß Ianetta einen Schmerzensschrei aus und schlug sich mit unerwarteter Brutalität gegen den Kopf. Dann wandte sie sich mit ausgestreckter Hand in einem letzten, herzzerreißenden Flehen Assunta zu.

»M-U-T-T-E-R!«, skandierte sie weinend.

Cicita und Tziu Efisio betraten in dem Moment das Zimmer, als Ianetta der ganzen Welt verkündete, wovon sie zutiefst überzeugt war.

»Ich bin Coga!«

Lucia sah Ianetta an und sah ihren Sohn an, und sie spürte, wie alle Angst verflog. Sie trat so nah an die Schwester heran, dass sie den Geruch nach fauligem Laub riechen konnte, der ihr anhaftete, sah ihr offen ins Gesicht und berichtigte: »Du bist keine Coga. Du bist meine Schwester!«

Verwirrt und orientierungslos ließ Ianetta es ohne Gegenwehr zu, dass Lucia ihr den kleinen Giovannino aus dem Arm nahm.

Ohne sich umzudrehen, wich Lucia zurück, ergriff die Klinke und ging, die Tür schnell hinter sich zuziehend, hinaus. »Atme! Atme!«, rief sie voll Dankbarkeit aus. Giovannino war wohlauf und blickte seine Mutter mit großen, leicht verärgerten Augen an. Das ganze Hin und Her war gar nicht nach seinem Geschmack.

Aus dem Raum erklang nun der Lärm eines Handgemenges, und von neuer Angst gepackt flüchtete Lucia. Sie floh die Treppe hinab, riss die Haustür auf und überquerte den Hof, um sich hinter dem vertrockneten Stamm des Feigenbaums zu verstecken. Sie konnte sich nicht vorstellen, was im Hause geschah, und konzentrierte sich ganz auf Giovannino, der aus Leibeskräften schreiend seinen Protest kundtat. Lucias Gesicht war flammend rot, der Zopf wog schwer wie eine Decke und das Nachthemd klebte an ihrer feuchten Haut. Die Nacht legte ihren schwülwarmen Arm um sie.

»Lucia!«

Beim Klang der Stimme fuhr Lucia herum und sah Ianetta vor sich stehen. Das kalte Mondlicht fiel auf ihre grotesken Züge und ließ ihre schwarzen Augen wie Obsidiansplitter blitzen. Plötzlich tauchte in ihrer Erinnerung das Bild der neugeborenen Ianetta auf. Von dem Kind Ianetta. Der verlassenen Ianetta. Der verfluchten Ianetta. Der zwischen Schatten und Licht hin und her gerissenen Ianetta. Der von allen gehassten Ianetta. Der Ianetta, die stark war wie das Holz des Wacholders und doch immer kurz davor zu brechen.

»Lucia, hilf mir!«

Sie flehte zu ihr mit einer Stimme, die weder misstönend noch unangenehm war. Noch nie zuvor hatte Lucia Ianetta als so menschlich empfunden. Noch nie zuvor war Ianetta ihr ganz und gar wie ihre Schwester vorgekommen, Blut von ihrem Blut. Doch der Trost, zu begreifen, dass sie es schon immer gewusst hatte und dass das Mitleid, das sie all die Jahre für sie empfunden hatte, nicht vergebens gewesen war, währte nur kurz.

»Ianetta«, konnte sie gerade noch sagen, da tauchte schon Cicita hinter Ianetta auf und traf sie hart auf den Kopf. Auch Nonno Efisio bearbeitete sie mit seinem Stock, während Mutter Assunta ihren Fuß in den verhassten Körper der Tochter versenkte, die drei Gesichter verzerrt von Empfindungen so schwarz wie die Nacht. Lucia hatte keine Chance, den Frevel zu verhindern, der Ianettas Leib angetan wurde. In voller Länge musste sie das Knacken brechender Knochen erleben, den keuchenden Atem, das Blut, das in die harte Erde des Hofes drang und die Wurzeln des Feigenbaums tränkte.

Ihren Sohn eng an sich gepresst, wich sie zurück und fand vor dem Zusammenbruch Halt an dem Stamm hinter ihr. Wie im schlimmsten aller Albträume starrte sie lange auf Ianettas aufgerissene, gläserne Augen, ihre Pupillen, die sie noch zu sehen schienen, auf die vom Tod verzerrte Hässlichkeit.

»Was habt ihr getan?« Ganz schwach war Lucias Stimme, denn sie konnte nicht glauben, dass Ianetta tatsächlich durch die Hand ihrer Familie gestorben war.

Die drei standen wie betäubt, nur Tziu Efisio regte sich und tippte mit der Fußspitze an den leblosen Leib der Enkeltochter. Die Falten in seinem Gesicht glätteten sich, und auch seine Mundwinkel schoben sich nach oben, als er den Beweis hatte, dass die Coga endlich ins Jenseits übergegangen war.

»Was habt ihr getan!« Dieses Mal schrie Lucia ihr Entsetzen laut heraus.

»Wir müssen sie loswerden«, erwiderte Assunta pragmatisch. Mit großer Überwindung blickte Lucia auf ihre Mutter und nie zuvor war sie ihr wertloser vorgekommen, ferner als alles, was sie besaß. Wie sollte sie jemals den schrecklichen Anblick ihrer Mutter vergessen, die Ianetta mit den Füßen tottrat? Als Assunta ihre Tochter ansah und zu reden begann, wünschte Lucia, sie wäre nie geboren worden.

»Wir haben getan, was schon viel zu lange getan werden musste. Wir haben beendet, was die Bruja begonnen hat und wozu dein Vater nicht den Mut hatte. Dies war das einzig mögliche Ende.« Ihre Stimme tönte so hart, als meißele sie das Urteil in Stein.

Cicita trat zu Lucia, und sie strahlte keinen Deut Gefühl oder Freundlichkeit aus. »Meine Kleine«, begann sie mit lebhaften Gesten, »schau doch nicht so streng! Bist du verrückt? *Jene* wollte dein Kind fressen, wolltest du etwa noch eine Beerdigung in diesem Haus erleben? ›Eine tote Coga? Lass uns feiern!‹ Das hat meine Großmutter immer gesagt. Merk dir das gefälligst.«

Lucia richtete sich auf und blickte die drei an, als wären

sie Fremde, deren grausame Gesichter sie zum ersten Mal sah.

»Sie wollte nur meine Hilfe.« Aus ihrer Stimme sprach die schmerzlichste aller Niederlagen.

»Du irrst dich, meine Kleine. Blut, das ist es, was sie wollte.«

»Nein!«, lautete die Antwort, die sie so oft wiederholte, bis ihr die Stimme auf den Lippen erstarb. Lucia drückte ihr Kind an sich, während die Szene um sie herum in Tränen verschwamm. Sie wünschte sich, aus Baghintos fliehen zu können, weg von zu Hause. Sie wünschte sich, Giuseppe wäre bei ihr, um sie fortzubringen von all dem Schrecken. Keine Sekunde länger konnte sie es bei ihrer Familie aushalten, sie flüchtete ins Haus. Während sie Giovannino mit mechanischen Bewegungen in seine Wiege zurücklegte, flogen ihr merkwürdige Gedanken durch den Kopf. Wie von selbst kehrte machtvoll die Erinnerung an Pinella zurück, die sie von der Türschwelle aus beobachtete, kurz bevor der Tumult losbrach. Ein düsterer, unaussprechlicher Verdacht stieg in Lucia hoch, der den bitteren Geschmack des Verrats hatte. Viele kleine Puzzleteilchen reihten sich nach und nach aneinander, bis ein Gesamtbild entstand, das sie erst erschreckte und dann taub vor Wut machte. Wie betäubt von ihren eigenen Gedanken ging sie mit langsamen Schritten, lief dann aber immer schneller, bis sie schließlich vor Pinellas Zimmer stand.

Wie eine Furie stürmte Lucia hinein, dass Pinella aus ihren Decken hochfuhr und sich aufsetzte. Lucia packte das Laken und riss es mit einem Ruck weg, während Pinella sich in eine Zimmerecke duckte. Der Willkür ihrer Schwester ausgeliefert, legte sie schützend die Arme um sich, als erwarte sie Prügel.

»Steh auf, Verräterin!«, befahl Lucia, packte sie an den Haaren und zerrte sie über den Boden zu sich.

»Tu mir nicht weh, Lucia!«, bettelte Pinella, die wie ein Opferlamm vor ihr kauerte.

»Warum hast du das getan? Warum hasst du meinen Sohn so sehr?« Lucia zog an den Haaren, sodass sie aufschauen musste.

»Du wolltest nicht an die Coga glauben! Du hattest es verdient, dass dir etwas Schlimmes zustößt. Außerdem hast du mir ein gemeines Unrecht angetan!« Pinella bettelte nun nicht mehr, sondern spuckte all ihren Zorn aus, der ihr zwischen den Zähnen knirschte.

»Welches Unrecht soll ich dir denn angetan haben?« Lucia lockerte ihren Griff keine Sekunde.

»Du hast dir genommen, was ich am meisten auf der Welt wollte. Ich habe ihn zuerst gesehen, ich hätte Giuseppe heiraten sollen! Aber du hast dir ein Kind machen lassen, um ihn an dich zu binden.«

Lucia starrte sie an, und erst jetzt ahnte sie die erbärmliche Wahrheit, die sie in all den Monaten nicht erkannt hatte. Pinella versuchte sich zu befreien, doch Lucia warf sich mit ihrem ganzen Gewicht auf sie und krallte sich erneut fest.

»Und ich sage dir noch etwas, liebe Schwester. Als Ianetta in die Nuraghe gezogen ist, bin ich zu ihr gegangen, weil ich ihre Zauberkünste brauchte. Ich wollte, dass dein Kind im Bauch stirbt und dass sie auch dich umbringt, und ich wollte, dass Giuseppe, der dann endlich frei wäre, mich zur Frau nimmt. Ich habe dir, ohne dass du es gemerkt hast, eine Zaubermixtur zu essen gegeben, doch es ist nichts passiert. Ihr zwei seid aus demselben starken Holz geschnitzt!«

Bei jedem von Pinellas Worten zog Lucia fester, immer fester, bis sie das Gefühl hatte, ihr fast die Kopfhaut abzureißen.

»Ich war oft bei ihr und habe ihr mit vielen Worten eingehämmert, dass sie deinen Sohn holen muss, weil sie die Coga und das ihr Schicksal ist. Aber dann wolltet ihr sie ja rösten, und da musste ich mich fügen, wie du gesehen hast. Ich dachte, es sei nicht mehr wichtig. Aber da habe ich mich geirrt.«

Pinella war wie im Fieberwahn und spürte den Schmerz überhaupt nicht, sie war nicht mehr die Schwester, mit der Lucia aufgewachsen war, sondern ein niederträchtiges, unbekanntes Wesen. Allein sie anzufassen rief in Lucia einen unsagbaren Abscheu hervor.

»Vor drei Nächten war Ianetta draußen im Hof. Zuerst wollte ich das ganze Dorf zusammentrommeln; ich hatte Angst, denn sie sah aus wie ein Monster. Aber in der zweiten Nacht habe ich es mir anders überlegt und mit ihr geredet. ›Kleines Kind von Lucia‹, weinte sie vor sich hin. Also habe ich ihr heute Nacht die Tür aufgemacht, damit sie ihrer Pflicht als Coga nachkommt, aber du hast alles kaputtgemacht. Schau mich nicht so an, du Ehemanndiebin! Wenn es dieses Kind nicht gäbe, hätte Giuseppe dich längst verlassen.«

Die beiden Schwestern blickten einander eine Ewigkeit an. Dann spuckte Lucia ihr ins Gesicht und trat von ihr weg, als wäre sie der Gipfel aller Verderbnis. »Das Böse von Ianetta kam von dir. Du hast ihr diese ganzen schlimmen Mordideen in den Kopf gesetzt. Deine Seele ist schwarz wie die Nacht! Bete zu Gott, dass er dir vergeben möge, denn ich werde es nicht tun, solange ich lebe!«

In der Tür stand Assunta mit einer Hand auf der Brust, während sie sich mit der anderen die Tränen abwischte. Lucia bedachte sie mit einem eisigen Blick, so reserviert wie eine Fremde.

»Ihr weint um die falsche Tochter.«

Hätte Lucia am Abgrund zur Hölle gestanden, wäre ihr Wunsch, von diesem Ort zu fliehen, nicht größer gewesen.

Als das Weinen verklungen war, wurde es still im Hause Zara. Das erste Licht des neuen Tages vertrieb die Schatten der Nacht. Doch gegen die Schatten der Seele gab es kein ähnliches Mittel. Die Zimmer waren stumm und merkwürdig leer. Für Lucia war es, als kehrte sie nach langer, trauriger Abwesenheit zurück und entdeckte, dass alles tot war, dass all ihre Lieben der Erde übergeben waren. Das Geburtshaus schenkte ihr keinen Trost, hier gab es nichts als eisige Trauer und Verlassenheit. Sie stellte fest, dass es kaum anders war als in dem Traum, der sie monatelang gequält hatte. Im Hof sah sie Tziu Efisio, in Betrachtung des dunklen Flecks versunken, den das Blut in die Erde gezeichnet hatte.

Ihr ruheloses Pilgern durch das Haus in dem traurigen Bewusstsein, dass ihre Welt in tausend Stücke zerbrochen war und nichts sie wieder zusammenfügen konnte, brachte Lucia vor die Tür, die einst in Ianettas kleines Reich geführt hatte. Niemand hatte seitdem diese Schwelle übertreten. Es roch nach verschlossenen Räumen, nach etwas, was dort zurückgelassen worden war, damit die Würmer jede Spur auslöschten. In der Hand eine Kerze, die Schatten auf die Wände zeichnete, sah Lucia sich um, als wollte sie sich vor dem Abschiednehmen alles ganz genau einprägen. Dann stellte sie das Licht auf dem Boden ab, um nach so vielen Jahren noch einmal die Schublade herauszuziehen. Sie kniete sich davor und betrachtete Ianettas geheime Sammlung mit dem unangenehmen Gefühl, sie zu entweihen. Sie wusste nicht, was sie damit tun wollte, sie dalassen oder zusammen mit Ianetta begraben. Doch dann zog sie den Bezug eines Kopfkissens ab und füllte die Sachen hinein, die ihrer Schwester so wertvoll gewesen waren. Dabei achtete sie besonders auf die Haare, vor allem auf die von Mariuccia. Am traurigsten waren die Staubschicht und die dunklen Flecken, die auf dem Holz zurückblieben.

Als sie zu dem letzten Gegenstand in der hintersten Reihe kam, wusste sie gleich, dass sie dieses Bündel noch nicht gesehen hatte. Wie die anderen war es staubbedeckt und der Stoff mit der Zeit verblichen, doch die mit geschickter Hand gestickte Ähre war noch gut zu erkennen.

Lucia klappte die Ränder des Taschentuches mit fliegenden Fingern auseinander, und als sie erkannte, was es enthielt, fuhr sie sich mit der Hand an die Stirn und erbleichte.

Innerhalb einer Sekunde schien die Welt über ihr zusammenzubrechen. Lucia mochte nicht wahrhaben, dass der Grund für so viel Hass und für die Hetzjagd, die zu Ianettas Tod geführt hatte, in Wirklichkeit niemals das Haus verlassen hatte. Im Gegenteil, er war mit größter Sorgfalt in die geliebte Sammlung einsortiert worden, wer weiß vor wie langer Zeit.

Bestürzt setzte sie sich, überwältigt von den bitteren Konsequenzen ihrer Entdeckung. Der schreckliche Diebstahl hatte nie stattgefunden. Eine Coga, die abgewehrt werden musste, hatte es nie gegeben.

Schmerzlich schnürte es Lucia die Kehle zu bei dem

Gedanken, alles falsch gemacht zu haben, nichts getan zu haben, um ihre Schwester Ianetta zu retten.

Der ganze Hass der Familie auf die für eine Coga gehaltene Tochter hatte sich zu einem Gift verdichtet, das am Ende auch ihr ins Blut geträufelt war und sie mit dummen Ängsten erfüllt, ihr Herz verseucht und ihren Geist vernebelt hatte.

Jetzt war es zu spät, Lucia konnte nichts mehr tun.

Ianetta war tot.

Das Gefühl der Schuld lastete schwer auf ihrem Herzen, und im selben Moment wusste sie, dass sie sich niemals von diesem Gewicht befreien konnte. Mit Tränen in den Augen starrte sie auf das Taschentuch zwischen ihren Händen und streichelte es, wie sie es mit Ianetta hätte tun wollen, wenn sie noch da gewesen wäre.

»Verzeih mir, wenn du kannst!«, murmelte sie in einem schmerzvollen Flehen, das aus der Tiefe ihres Herzens kam. Das Taschentuch mit der Ähre nahm sie mit und sprach niemals darüber, mit niemandem. Die anderen brauchten es nicht zu wissen, das würde ein Geheimnis zwischen ihr und Ianetta bleiben.

In den Stunden nach Ianettas grauenhaftem Tod, als der Hof schon in bläuliches Licht gehüllt war und die Luft sich mit dem Gezwitscher des Morgens füllte, lauschte Lucia voll Bitterkeit den Überlegungen der Familie, wie sie Ianettas Leichnam beseitigen könnten.

»Wir graben ein Loch und legen sie hinein, bevor es hell wird«, schlug Cicita vor.

In der Frage gab es verschiedene Parteien und Meinungen, doch am Ende wurde beschlossen, sie in den Brunnenschacht von San Borginno zu werfen.

»Da soll sie für immer bleiben«, beendete Assunta die

Diskussion. Während der ganzen unschönen Unternehmung wechselten die Mitglieder der Familie Zara kein Wort mehr. Cicita und Pinella würden noch vor Tagesanbruch die Leiche durch den Steineichenwald schleppen, indem sie ihr Füße und Arme mit einem Strick zusammenbanden, um sie bequemer tragen zu können. Doch Lucia spürte einen Widerstand in sich aufsteigen, der sie befeuerte, sie wollte nicht zulassen, dass die Schändung bis zu ihrem schrecklichen Ende durchgeführt wurde.

»Ihr schleppt sie nirgendwohin. Ich werde mich um sie kümmern.«

Steif und keuchend vor Anstrengung entriss Lucia der Schwester und der Dienstmagd die Stricke, die um Ianettas Hand- und Fußgelenke gebunden waren, und begann, sie wieder aufzuknoten.

»Was glaubst du, wer du bist? Geh zurück ins Haus zu deinem Sohn!« Cicita wollte sie zur Seite schieben, während die Mutter die Knoten wieder zuband. Doch Lucia stieß sie vom Leichnam der Schwester weg.

»Lasst sie in Ruhe! Habt wenigstens im Tod ein wenig Mitleid mit ihr!«

Die vorwurfsvollen und missbilligenden Blicke der beiden sprachen Bände. Lucia war verrückt geworden, das war die einzig mögliche Erklärung, und außerdem war sie böse, denn sie behandelte sie mit völliger Gefühllosigkeit.

»Geht weg! Rührt sie nicht an!«, schrie Lucia mit solchem Furor und Zorn, dass die beiden unwillkürlich zurückwichen. Und so sahen alle außer Pinella, die unbeobachtet verschwunden war, zu, wie Lucia sich abmühte, den Leichnam der Coga aufzuheben und auf einer Art Schlitten festzuschnallen, mit dem sie sonst trockenes Reisig aus dem Wald transportierten.

Dass es undenkbar war, Ianetta unter Segnungen auf dem Friedhof von Baghintos zu beerdigen wie einen normalen Christenmenschen, wusste Lucia nur zu gut. Deshalb beschloss sie, sie unter den Kastanien zur letzten Ruhe zu betten, in der weichen schwarzen Erde, und selbst ein paar Gebete zum Abschied zu sprechen. Wie ein Packesel zog sie die mit jedem Schritt schwerer werdende Last und erreichte ihr Ziel, als die Sonne schon hoch stand und sie am Ende ihrer Kräfte war. Unter dem Laub der Kastanien war es friedlich, und der Duft nach Blättern und feuchter Erde erfüllte die Luft. Aus der Ferne hörte man das Plätschern eines Bächleins, und ein Hirsch blieb stehen und betrachtete die arme, keuchende Lucia.

Im einsamen Herzen des Kastanienwäldchens fasste Lucia neuen Mut und grub, während sie die Tränen zurückhielt, mit einem kleinen Spaten ein tiefes Loch in die torfweiche Erde. Dann wandte sie sich Ianettas Leichnam zu, band ihn von dem Schlitten los und ordnete ihr die Kleider. Soweit wie möglich vermied sie den Blick in das entstellte Gesicht, und ihre Hände und Fingernägel waren in kürzester Zeit verkrustet mit Erde und Blutklumpen. Sie grub noch ein wenig tiefer, und als sie meinte, es sei genug, packte sie Ianetta schnell unter den Armen, um sie vom Schlitten zu zerren. Sie stemmte ihre Füße in die ausgehobene Erde und zog mit letzter Kraft. Doch Ianettas Leiche schien sich jäh in einen Bleiklumpen verwandelt zu haben, der zu schwer für sie war. Noch einmal umfasste sie die kalten Gliedmaßen der Schwester und versuchte, sie mit einem Ruck wegzuziehen. Da schien es, als habe dieser Ruck Ianettas Nerven einen Schlag versetzt, der sie die Muskeln anspannen und die Fäuste ballen ließ. Lucia ließ los und fiel rückwärts in das Loch, das sie selbst gegraben hatte.

Benommen und starr vor Schreck ob dieser unerwarteten Regung der Toten stand sie auf und beobachtete Ianettas Körper, als müsste er sich erneut bewegen. So vergingen stumm einige Minuten, und obwohl auf den ersten Blick nichts auf etwas anderes als einen kalten und leblosen Leichnam hinwies, glaubte Lucia etwas wahrzunehmen, was jede menschliche Vernunft überstieg. Plötzlich ließ sie sich mit einem Gefühl von Hoffnung, in das sich Furcht und Leid mischten, neben dem Körper auf die Knie fallen und beugte sich über Ianettas Brust. Sie hielt den Atem an, als ein Hauch eine ihrer Haarsträhnen bewegte. War es nur der Wind? Eigenartige Bilder stürmten auf Lucias Geist ein und verstrickten sich innerhalb weniger Minuten zu einem derartigen Netz wilder Fantasien, dass ihr das Herz schmerzvoll gegen die Rippen pochte. Vorsichtig nahm sie eine eisige Hand auf und drückte sie, um ihr etwas von ihrer Wärme zu schenken. Doch was brachte es, einen Körper zu wärmen, durch dessen Adern kein Blut mehr floss, dessen Lunge alle Luft ausgehaucht hatte und in dessen Augen nur noch Finsternis lag?

Einen Augenblick lang hatte Lucia das Unmögliche gehofft. Mit unsicheren Bewegungen bettete sie Ianettas Hand zurück auf die Brust und machte sich wieder an die Arbeit, die sie aus Liebe zu ihrer Schwester zu Ende bringen wollte. Da geschah etwas. Lucia konnte kaum das Zittern beherrschen, das sie von Kopf bis Fuß ergriff, als sie bemerkte, wie Ianettas Brustkorb sich in einem langsamen, aber gleichmäßigen Rhythmus hob und senkte. Lucia bekam große, glänzende Augen. »Ianetta?« Ihr Ruf floss über vor neu gewonnener Hoffnung. Die Stille des Waldes war feierliche Erwartung. Dann ertönte aus Ianettas Mund ein Lebenszeichen.

Die Sonne stand hoch und fiel in goldenen Strahlen durch das dichte Laub, doch auf Lucias Antlitz erwachte ein neuer Morgen und es war, als würde die Sonne an diesem Tag zweimal geboren.

18

Cagliari, Mai 1906

Als Lucia Spada die Fensterläden öffnete und die laue Morgenluft hereinließ, blickte sie auf Dächer und Schornsteine und einen hellblauen Streifen Meer, der wie kostbare Diamanten glitzerte. Überall in diesem Teil der Stadt flatterte zum Trocknen aufgehängte Wäsche, Menschen kamen und gingen, denn die Kathedrale und der Weg, der zum Markt hinunterführte, waren nicht weit. Hier befand sich das höher gelegene Herz der Stadt, von wo aus man das Meer und die zahlreichen Segelboote sehen konnte, die beim An- und Ablegen ihre Schleifen zogen. Die Luft war eine ganz andere, angefüllt mit Gerüchen, die vom Meer, aus den Häusern und dem Gassengewirr aufstiegen.

In der Anfangszeit war Lucia sich nicht sicher gewesen, ob das Stadtleben das Richtige war für eine wie sie, die sich nur mit einfachen Dingen auskannte. Es kam vor, dass sie so etwas wie Sehnsucht verspürte nach ihrem Geburtshaus, dem Dorfplatz, den Feldern und Wäldern von Baghintos. Doch dann genügte die schlimme Erinnerung an Trauerröcke und verkohlte Nuraghen, um ihr jeden Anflug von Bedauern zu nehmen. Bei ihrer Ankunft in der Stadt hatten sie die Büsten der Männer, die vom höchsten Sims der alten Familienvilla der Spada bedeutungsschwer gen Horizont blickten, sehr eingeschüchtert. Diese strengen Wächter schienen sie zu warnen, als wollten sie ihr mit ihrer Präsenz verbieten, sich als Herrin in ihrer neuen Heimat zu fühlen. Fremd war Lucia sich vorgekommen, ein Eindringling in einem Haus, das ihr mit seinen drei Stockwerken und den hellen Marmortreppen unangemessen groß vorkam, mit Fenstern, die Licht und Luft in jedes Zimmer brachten, und einer Haushälterin mit gestärkter Schürze, ernst, höflich und immer dienstbereit. Mit der Zeit fand Lucia heraus, dass das Haus – wie groß und unpraktisch und schrecklich unerforscht es auch anfangs gewirkt haben mochte – in Wirklichkeit so angenehm und passend war wie ein perfekt sitzender Handschuh. Dank ihres Gatten Giuseppe, der sie auf Händen trug wie ein Juwel von unschätzbarem Wert, gewöhnte sie sich bald ein und blühte auf an diesem neuen Ort.

Ein paar Minuten lang genoss Lucia den Anblick des glitzernden Horizonts, dann atmete sie ruhig durch und zog die Vorhänge vor. Es war der erste Mai, in Cagliari feierte man den heiligen Ephisius mit einer Prozession, zu der Menschen von der ganzen Insel zusammenströmten. Am Tapsen kleiner Füße aus dem Nachbarzimmer hörte sie, dass ihre drei Kinder aufgewacht waren, freudig erregt wegen des bevorstehenden Feiertages. Giuseppe würde bald zurückkehren, damit sie alle zusammen zu dem Treffpunkt gehen konnten, wo der Karren mit der Heiligenstatue wartete, vor den festlich geschmückte Ochsen gespannt waren. An den anderen Tagen arbeitete Lucia in der Praxis von Dottor Spada, wo sie sich als tüchtige Krankenschwester und aufmerksame Verwalterin der Angelegenheiten ihres Mannes erwiesen hatte. Bei den Patienten, die jeden Tag das Wartezimmer füllten, war sie beliebt und respektiert. Ehrfurchtsvoll wurde sie »Sa Baronessa« genannt, denn man glaubte, der Dottore habe sich von weit weg eine Adlige zur Frau geholt, so schön und liebenswert war sie.

Sie hatte ein sicheres Auftreten, und wenn sie da war, brachte sie jedermann dazu, auch die bitterste Medizin zu schlucken. Wenn sie mit erhobenem Kopf umherging, beherrschte Sa Baronessa die Szene, genau wie einstmals ihre Mutter Assunta, nur dass Lucia freundlichere Augen hatte und die Menschen sich ihr deshalb gerne anvertrauten.

Die Hausangestellte klopfte, bevor sie den kleinen Salon betrat. Sie war jung und schweigsam, arbeitete für zwei und kümmerte sich um alles. Beim Anblick ihrer erloschenen, ausdruckslosen Miene hätte niemand geglaubt, wie gerne Nella für den Dottore und seine Frau arbeitete.

»Nella, was hat dieser Lärm zu bedeuten?«, erkundigte sich Lucia bei ihr.

»Die Kinder, sie springen auf den Betten herum«, erwiderte die Angestellte mit monotoner Stimme.

»Tu etwas, sonst machen sie noch die Matratzen kaputt.«

»Sissignora«, antwortete die Frau, trat einen Schritt näher und überreichte der Hausherrin einen Brief. »Für Euch, Signora. Der kam heute Morgen.« Und sie verschwand mit kleinen, schnellen Schritten.

Lucia machte es sich vor dem Fenster bequem. Sie las den Absender, und ein Lächeln erschien auf ihren Lippen: »Kapuzinerinnen des heiligen Herz-Jesu-Klosters«.

Die spontane Freude über das Schreiben verwandelte sich augenblicklich in Besorgnis. Jeder Brief von Schwester Eufrasia, einer entfernten Verwandten, konnte auch schlechte Nachrichten enthalten, das durfte sie nicht vergessen. Sie runzelte die Stirn und öffnete mit fliegenden Händen den Briefumschlag. Die Buchstaben der ersten Zeilen verkeilten sich ineinander, und sie musste dreimal ansetzen, bevor sie den Sinn des Schreibens erfasste.

Teuerste Tochter,
ich hoffe, es geht Euch gut und Ihr erfreut Euch bester Gesundheit, wie ich es auch von mir sagen kann. Ich schreibe Euch diese bescheidenen Zeilen, um Euch von unserer lieben Ianetta zu berichten, die sich an Körper und Geist einer guten Verfassung erfreut.

Lucia drückte den Brief an ihr Herz und seufzte erleichtert auf. »Die gute Schwester Eufrasia!«, murmelte sie gerührt.

Wie Euch sicherlich freuen wird zu hören, hat sie seit Eurem letzten Besuch große Fortschritte gemacht. Schwester Vincenziana sagt, dass sie in Kürze das Vaterunser wird beten können. Ich bin mir da noch nicht ganz so sicher. Mir scheint es schon viel zu sein, dass sie gelernt hat, das Kreuzzeichen zu schlagen, dass es ihr manchmal gelingt, eine ganze Stunde lang ohne Geschrei Schuhwerk zu tragen, und dass sie sich sehr bemüht, die Küchenräume und die Kapelle mit Besen und Lappen sauber zu halten. Auch nach all den Jahren fällt es ihr schwer, ruhig und still bei Tisch zu sitzen, und sie verweigert weiterhin den Gebrauch von Messer und Gabel, isst aber mit gutem Appetit und hat ein bisschen

Fleisch auf die Rippen bekommen. Wollt Ihr mir glauben, dass sie in diesem Frühjahr mit uns allen zusammen Marmelade gekocht hat? Gelobt sei Jesus Christus, als wir das volle Gläschen sahen, haben wir vor Freude laut in die Hände geklatscht. Gewiss, manchmal scheint es, dass Eure Schwester nach einem Schritt nach vorn fünf zurück macht, doch das zählt nicht, wenn man bedenkt, wo sie begonnen hat. Wir beide wissen, wie sie zugerichtet war, doch Gott hat sich ihrer gnädig erwiesen und ein Wunder an ihr gewirkt.

Lucia verscheuchte die schlimmen Bilder, die in ihrem Gedächtnis anklopften, Bilder von all dem, was sie in aller Heimlichkeit, ohne Wissen ihrer Familie und des Dorfes, getan hatte. Niemand konnte sich ausmalen, wie mutig Lucia gehandelt hatte, bevor sie Baghintos für immer verließ, mithilfe ihres Gatten, der aus dem Mund seiner Frau endlich die ganze Wahrheit erfahren hatte.

Ich darf Euch sagen, dass der Nutzgarten immer noch ihr bevorzugter Aufenthaltsort ist. Sie scheint Erde in den Adern zu haben, sie liebt sie wie der Regenwurm, der von ihr lebt, und es ist ihr egal, ob es regnet oder schneit, solange sie nur ein wenig Erde unter den Füßen spürt. Dies ist das einzig wirksame Mittel, wenn sie wieder einmal die Gelenke plagen.

Lucia hielt inne und rief sich dankbar den Kreuzgang und die Gärten rund um das Kloster vor Augen, am Ufer des Meeres, befreiende Orte. Dort fand selbst die gequälte Seele ihrer kleinen Schwester Ruhe und Stärkung, während sich ihre Wunden langsam schlossen.

Sie läuft immer noch weg; zwei- oder dreimal mussten wir sie in den letzten Monaten am Strand suchen, doch dann kommt sie ohne Gegenwehr mit uns nach Hause. Ich glaube, in Wahrheit ist es ihre Ungeduld, weil sie hofft, dass Ihr sie besuchen kommt. Bis dahin wird Euer Porträt mit ihren vielen Zärtlichkeiten allerdings ganz abgegriffen sein, fürchte ich.

Nun denn, dem habe ich für heute nichts mehr hinzuzufügen. Möge die Jungfrau Euch beschützen, Euch sowie Eure ganze Familie. Friede. Ich bete jeden Tag für Euch. Kommt recht bald wieder und richtet allen Grüße aus.

Schwester Eufrasia Cardia

Lucia stand auf. Sie hasste es, wenn die Rührung sie aufwühlte und in heißen Tränen aus den Augen fließen wollte. Sie hatte in der Vergangenheit zu viel geweint. Und so atmete sie ein paarmal tief durch und zwang sich zu lächeln. Die Albträume waren vorbei. Nun war alles gut. Doch wie viel Mühe hatte es gekostet, die Schatten beiseitezudrängen …

Als Lucia Baghintos verlassen hatte, war es, als wäre mit ihr die Sonne untergegangen. Nach ihrer Abreise waren Assunta und Cicita gleichsam erloschen, verzehrt von bösen Gefühlen und schlimmen Erinnerungen an ein Leben, das alle frohen Hoffnungen der Jugend Lügen gestraft hatte.

Nonno Efisio war als Erster gestorben. Sein Körper wurde plötzlich sehr schwach, und sein Geist schien sich auf einen fernen Berg zurückzuziehen, bevor er Gott schließlich seine Seele empfahl. Das ganze Dorf bemitleidete Assunta, denn man erinnerte sich wehmütig der Zeit, als sie sich noch kleidete wie eine Dame adliger Abstammung. Die Menschen hatten noch gut vor Augen, welches Vermögen die Familie einst in den Händen gehalten hatte.

Eine ganze Weile lang verließ Assunta danach das Haus nur noch, um zum Friedhof zu gehen. Und als sie schließlich an der Lunge erkrankte, weigerte sie sich, zu Lucia in die Stadt zu ziehen. Sie war voller Zorn, da sie von der Geburt ihres zweiten Enkelkindes nur über Umwege erfahren hatte, und das war für sie einfach unverzeihlich. Obgleich alle sagten, die Meeresluft sei ein Allheilmittel und Dottor Spada ein tüchtiger Arzt, rührte ihre Weigerung vor allem aber auch daher, dass Assunta nicht ohne die tröstliche Umgebung ihres Hauses und ihres Besitzes leben konnte. Selbst wenn sie den Mut gefunden hätte, in den Zug zu steigen und in die Stadt zu fahren – sie wäre niemals das Gefühl losgeworden, ihre Verstorbenen zu verraten. Im Moment des Todes wurden die alten Ränke letztlich jedoch bedeutungslos: Assunta verstarb mit Lucias Namen auf den Lippen.

So blieb Cicita allein zurück, einzige Wächterin eines Hauses, das zu einer düsteren Heimstatt für ihre müden Knochen geworden war. Auch sie weigerte sich hartnäckig, in die Stadt zu ziehen, denn sie hing an Baghintos wie die Flechte an einem Stein; sie konnte sich nicht davon trennen, ohne zu vertrocknen. Kein Jahr später starb sie an Einsamkeit und Trauer.

Lucia blieben nur ihre Schwestern Fedela und Desolina, die übrige Familie schien wie Staub in alle Winde zerstoben.

Fedela hatte alles gegeben, um einen Mann zu bekommen, und zu ihrer großen Zufriedenheit fand sie schließlich in der Basilika der Madonna di Bonaria einen Ort für ihre Votivgabe, das Silberherz. Seit Lucias Hochzeit glaubte sie, dass vielleicht auch für sie noch Hoffnung bestand. Die Zeit verstrich, doch nichts geschah. Gerade als sie enttäuscht aufgeben wollte, weil es unter den Unmengen von Menschen in der Stadt keinen Mann zu geben schien, der sie wollte, hielt der Lebensmittelhändler Tonino um ihre Hand an. Ohne auch nur eine Sekunde zu überlegen, packte sie ihre Koffer und sagte der armen Desolina Lebewohl.

So blieb der einzige Wermutstropfen für die Schwestern, dass Desolina noch niemanden gefunden hatte. Dabei war sie eine tüchtige, demütige Frau mit schönen Augen, die einen Haushalt zu führen verstand. Sie war nachgiebig und kochte gut. Zusammen mit Fedela kam sie Lucia regelmäßig besuchen, blieb aber nie lange, weil sie sich schämte. Lucia hatte alles, und sie fast gar nichts. Und zudem musste sie dem Himmel danken, dass Cousine Erminia sie noch bei sich duldete, wenngleich als eine Art Gesellschaftsdame, die sämtliche Besorgungen für sie erledigte.

Fedela und Desolina jedenfalls wollten nie wieder nach Baghintos zurückkehren.

Und in Baghintos? Dort zog man einen Schlussstrich unter die Geister des Dorfes. Cogas gab es nicht mehr, und die Unglücksfälle der Vergangenheit schienen weit zurückzuliegen. Dinge aus einer anderen Zeit, die man zum Wohle aller Dorfbewohner schnell vergessen musste.

Auch Pinella vergaßen sie schnell.

Wenige Tage nach dem niederträchtigen Verrat hatte Pinella schamvoll ein Bündel mit ihren Sachen gepackt und war von zu Hause verschwunden. Man hörte nichts mehr von ihr; es versuchte aber auch niemand, sie zu finden. Mit einem entschiedenen Axthieb wurde im Hause

Zara alles, was mit ihr zu tun hatte, zerschlagen und für immer entsorgt, wie man es mit den kranken Teilen einer Pflanze tat. Es ging das Gerücht, dass Pinella irgendwo im Norden hinter den Bergen das ärmliche Leben einer Tagelöhnerin führte. Andere meinten zu wissen, dass sie einen Mann gefunden hatte, einen Schweinezüchter, der sie von morgens bis abends prügelte. Wieder andere schworen, dass ein Bauer sie nicht lange nach ihrem Weggang gefunden habe, erhängt an einem wilden Mandelbaum. Nach dem Verrat und all den schlimmen Heimlichkeiten kam Lucia zu der Überzeugung, dass es bei Weitem das Beste wäre, sie tot zu wissen. Selbst den Gedanken an die Schwester wollte sie begraben …

Ihre traurigen Erinnerungen wurden von drei braungelockten Köpfchen unterbrochen, die in der Tür auftauchten und den kleinen Salon mit Fröhlichkeit erfüllten. Lucia lächelte und breitete die Arme aus.

»Da sind ja meine drei Schlingel. Guten Morgen!«

Giovannino, Mariuccia und Caterina stürmten zu ihrer Mutter, hängten sich unter Kosen und Gelächter an ihre Röcke, bettelten um Zärtlichkeiten und Küsse. Lucia ordnete die Schleifen, zog die Manschetten glatt und fuhr ihnen durch die Locken. Heute wollte sie gerne ihren Spielen zusehen, denn so würde sie den Morgen über nicht mehr an den Brief denken müssen. In einer Ecke des Salons, die von der ersten Maisonne gewärmt wurde, machten sie es sich bequem. Lucia setzte sich die jüngste Tochter Caterina auf den Schoß, die gerade erst drei Jahre alt und von allen am schüchternsten war. Wenn sie etwas nicht kannte oder ihr jemand, der nicht zur Familie gehörte, über die schönen apfelroten Bäckchen strich, verbarg sie ihr Gesicht schnell am Busen der Mutter. Der siebenjährige Giovannino, der in Aussehen und Wesen Giuseppe glich, und Mariuccia, zwei Jahre jünger als er und munter wie ein Spatz, ließen sich zu ihren Füßen nieder.

»Mammina, Ihr seid so schön mit der Sonne auf den Haaren!«, rief Giovannino hingerissen und streckte die Hand aus, um seine Mutter ganz leicht zu berühren, als wollte er sicherstellen, dass sie wirklich echt war. Seine Schwestern stimmten aus vollem Herzen zu; niemals hätten sie infrage gestellt, was ihr angebeteter großer Bruder von sich gab.

»Wie eine Königin sieht sie aus«, sagte Mariuccia.

»Eine *Prinsessin!*«, verbesserte Caterina lispelnd.

»Erzählt Ihr uns eine Geschichte, bis der Babbo kommt?«, bettelte Giovannino, und sofort setzten sich alle Kinder gespannt zurecht.

»Jetzt? Wollt ihr nicht lieber heute Abend eine hören, wenn ihr ins Bett geht?«

Lucia sah ihre Kinder der Reihe nach an, wohl wissend, dass sie ihnen nichts abschlagen konnte.

»Jetzt und heute Abend!«

Lucia musste über ihre Entschiedenheit lächeln.

»Na gut, dann lasst uns beginnen.« Sie lehnte sich zurück, und ihr Blick wanderte in die Ferne, in längst vergangene Zeiten. »Vor langer, langer Zeit lebte in einem fernen Wald ein trauriges Mädchen. Ihr Zuhause war ein steinerner Turm, der bis hoch zu den Wolken reichte, und ihre einzigen Freunde waren die Tiere des Waldes: Kröten, Füchse, Käuzchen …«

»Auch Schlangen?«, fragte Giovannino.

»Ja, auch Schlangen.«

»Auch Mäuse?«

»Ja, Caterina, Mäuse auch.«

Mariuccia wedelte aufgeregt mit der Hand. »Auch riesengroße Eulen?«

»Eulen auch. Alle Tiere des Waldes waren ihre Freunde. Sie folgten ihr überallhin, sie sprachen und sangen mit ihr und leisteten ihr Gesellschaft. Denn das Mädchen hatte keine Familie, und die Leute aus dem Dorf hassten sie, weil sie nicht wie die anderen Kinder war. Sie sagten, sie sei hässlich wie ein wildes Tier und ihre Seele müsse genauso hässlich sein. Sie behaupteten, dass sie eine böse Zauberin sei, die alle Felder verdorren ließ und Hagel schicken konnte, vor allem aber, dass sie die kleinen Kinder im Dorf umbringe, weil sie eine Coga sei, die den Leuten nur Böses tut. Am Ende glaubte das sogar das Mädchen, obwohl sie in Wirklichkeit nichts anderes war als ein braves und sehr unglückliches Mädchen, das auf der Welt niemanden hatte, der es liebte. Und eines Tages beschlossen die Leute dann im Dorf, dass es an der Zeit sei, sich von der Boshaftigkeit der Coga zu befreien. Darum entzündeten sie ein großes Feuer rund um den Turm. Doch niemand wusste, dass das arme Mädchen eine Schwester hatte, die sie seit Langem verzweifelt suchte! Und wisst ihr, wie diese Schwester hieß?«

Immer wenn Lucia diese Geschichte erzählte, nahm sie den Namen eines ihrer drei Kinder, und jedes Mal war dieses gerührt und überrascht, als wäre es das erste Mal. Alle drei schüttelten den Kopf und schauten sie gespannt an. Also raunte Lucia feierlich: »Sie hieß Mariuccia. Ihr könnt euch nicht vorstellen, wie mutig Mariuccia war und wie lieb sie ihre arme Schwester hatte. Sie rettete sie aus den Flammen und brachte sie in ein wunderschönes Schloss, wo nur freundliche Menschen wohnten, die immer lächelten und ihr jeden Tag tausend Geschenke machten. Wie ein Becher füllte sich das Herz des Mädchens nun randvoll mit Freude, und sie lebte noch viele, viele Jahre in dem Schloss, geborgen in Liebe und Glückseligkeit.«

Verträumt blickten die Kinder auf, schienen aber noch nicht zufrieden damit.

»Noch eine Geschichte! Erzählt uns noch die von den Bienen und den bösen Kindern!«

Giovannino richtete sich auf, um seine Schwestern zu übertönen. »Nein! Die von dem Mädchen, das sich im Gewitter verläuft!«

So lange bestürmten sie ihre Mutter, bis diese schließlich noch eine Geschichte erzählte.

Danach ging Lucia, den Brief an die Brust gedrückt, ins Elternzimmer, während die Kinder sich mit selbst erfundenen Liedern vergnügten. Sie zog die Schublade ihres Schreibtisches auf und legte den Brief zu den anderen, dorthin, wo sie auch die Schlüssel zum Haus Zara aufbewahrte. Der größere Schlüssel für das Haupttor mit den zwei Z an den Flügeln war aus poliertem Messing. Unwillkürlich wanderten Lucias Erinnerungen zu ihrem Elternhaus zurück, das nun leer stand, abgeschlossen vor der Welt wie eine traurige Hülle. Sie sah das Zimmer wieder vor sich, das sie sich mit ihren Schwestern geteilt hatte, und all die anderen Zimmer, kühl im Sommer und eisig im Winter, und stellte sich das Schweigen vor, das nun in den mit Erinnerungen gefüllten Räumen herrschen musste. Sie dachte an die Ställe, in denen keine Tiere mehr standen, an die Asche in der erloschenen Feuerstelle und an die quietschende Holztür. Stark und lebendig stieg jeder einzelne Geruch aus Lucias Wiege der Erinnerungen auf. Hier erklangen keine Stimmen mehr, kein Brot wurde mehr aus dem Ofen gezogen, es gab weder scharrende

Hühner noch Basilikumblüten. Holzwürmer und Spinnen hatten nun das Sagen im Haus, und die Unbilden des Wetters verzehrten im langsamen, aber unaufhaltsamen Verfall das Dach und die Mauern. Nichts währte ewig, und auch das Wasser im Brunnen würde früher oder später faulen und höchstens noch für die Kaulquappen taugen …

Nur der alte Feigenbaum, der wie durch ein Wunder aus dem Stamm erneut ausgetrieben hatte, stand immer noch im Hof. Junge, knospende Zweige und dicht belaubte Triebe hatten ihn wie früher erblühen lassen. Er war ganz und gar der alte Feigenbaum, der vier Generationen der Familie Zara gesehen hatte und immer noch einem Großteil des Hofes seinen Schatten spendete. Und als letzten Beweis, dass er wahrhaftig seinen eigenen Geist hatte, trugen seine Zweige saftige Früchte.

Diese zu essen fand jedoch nie mehr ein Mensch den Mut.